言葉と想像力

まえがき

　国際基督教大学は戦後間もない1949年にその設立にむけた準備が始まり、1953年に日本で初めての四年制教養学部大学として発足したのであるから、2000年を中心に2、3年間は設立50周年を記念するさまざまな事業がなされた。この大学はアメリカのリベラルアーツ・カレッジをモデルにした少人数教育による教養学部一学部の教育体制で開学され、それ以来日本の大学のなかできわめてユニークな存在であり続けて来た。最近、大学教育における教養教育の重要性がさかんに論じられるようになるにつれ、多方面から注目を集めているのも、他大学に例のない特徴が評価されているからであると考えられる。たとえば、少人数制という点でいえば、創立以来この50年間で世に送りだした卒業生の総数は1万6千人弱でしかない。本学が50年間かかって成し遂げたこの卒業生数をたった一年間で輩出する大学がいくつもあるが、本学のこの数字は平均すると一年に3百人程度という少なさである。現在では、一学年6百人ほどであり、それが6学科に別れていて、その学科のひとつである人文科学科は100名ほどの学生からなる。さらにそのうち、英米文学を専攻する学生は毎年ほぼ10人程度である。この数字は世界で最大の英米文学科を有する日本のある大学の一学年の定員310人と比較するまでもなく、いかに少数であるかが際立っている。

　さて、英米文学専攻となれば、言うまでもなく英語で書かれた文学作品の研究をすすめるのだが、本学の最大の特徴は文学研究以外のさまざまな分野について、それも人文科学科の科目のみならず、さらに学科の壁を超えても広く履修できる点にある。西洋古典学、宗教学、歴史学、言語学、英語史、社会学、美術史、音楽史など幅広く学びながら、シェイクスピアやミルトンを読みすすめることができる。

本学の第二期生である斎藤和明先生は、この学科で齋藤勇先生の薫陶を受け、ミルトンを中心に広く英文学を専攻し大学院に進学され、ブリティッシュ・カウンシルの奨学制度によってオックスフォード大学およびベルファースト・クウィーンズ大学で学ばれた後、専任講師として教壇に立たれた。爾来40年、ひとりひとりの学生は逃げ場のない少人数のクラスのなかで、斎藤先生から*OED*と欽定訳聖書とを丹念に参照させられる講読の訓練を受けた。その過程を少しでも経験した者は瞬時に、翻訳では到底知り得ないイギリス文学の醍醐味を味わうことになった。同時に単にテキストのみによるのではなく、関連する学問分野の裾野の広い視点から文学作品にアプローチする技をも習得していったのである。ある者は、言語学を、またある者は西洋古典を、そしてキリスト教学をも同時に学びながらの作業であった。こうして、そのごく少人数の英文学専攻生の中から、研究者として大学で教鞭を取るようになる者が毎年続き、学際的な訓練を反映して、さまざまな専攻を持ちながらユニークな研究目標をもって現在教壇に立っている。

　去る2000年3月に斎藤先生が定年退職を迎えられ本学を辞されたのを期に、先生に教えを受けた者のうち有志が集い論集を企画したのが本書である。斎藤先生の40年近い教壇生活を反映して、ここに論文を寄稿した者の年齢は様々である。そして、扱う課題も先生の豊かな関心の広がりに影響をうけて、実に多種多様である。しかし、テキストに対する厳密な読みという点において、すべての者が共通に持っている素養があるのではないかと思う。言葉への緻密な飽くなき関心と、想像力によってその言葉から宇宙を構成していく作業をここに見ることができる。文学研究にとってもっとも基本的で、しかも不可欠な技を、私達は斎藤先生から学んだのである。

> And our new Hands
> Learned *Gem-Tactics* —
> Practicing Sands —
> 　　　　Emily Dickinson

　　　　　　　　　　　　　　　　　　　　　　　大西　直樹

目　次

まえがき ……………………………………………………………… i

'Roma fuit'—15～17世紀のイギリス人旅行者にみられる
　　　　ローマ像の変遷— ………………… 松田　隆美　　1

シェイクスピアの *Venus and Adonis* と
　　　　オルフェウス伝説 ………………… 松田美作子　18

笑うリアとコーディリア ………………………… 服部　隆一　33

シェイクスピアの劇場と役者
　　　—新グローブ座の可能性を巡って— ………… 下館　和巳　48

The Old Wife's Tale の構造とことば—創造力の限界と
　　　　解放される想像力— ………………… 本山　哲人　66

ウェストミンスター宗教会議における
　　　「長老派」に関する一考察 ………………… 佐野　正子　84

Paradise Lost における主体の誕生 ……………… 小野　功生　94

ミルトンとアメリカ ……………………………… 大西　直樹　113

キーツとシェリー—*Adonais* における
　　　　言語、想像力、詩— ………………… 田久保　浩　131

「ことば」の届かない領分で："And their Reputation - Does Not Depend Upon Human Speech" …… 石田美穂子　149

ヒヤシンスの庭、イゾルデの庭—T. S. エリオットにおける
　　エロスとしての「ことば」— ………………… 山本勢津子　167

郊外(サバービア)への郷愁—ジョン・ベッチマンの
　　『ミドルセックス』— ………………………… 新井　潤美　183

近代的主体探究：女性自己形成小説(フィーメール・ビルドゥングズローマン)としての『屋根裏の二處女』
　　における想像とことば ………………… 鈴木美智子　198

こころの平安—悲劇のカタルシスの作用について— …… 斎藤　和明　215

斎藤和明先生略歴 ……………………………………………………… 230

あとがき ………………………………………………………………… 233

'Roma fuit' — 15〜17世紀のイギリス人旅行者にみられるローマ像の変遷 —

松田　隆美

> Vere maior fuit Roma, maioresque sunt reliquie quam rebar.
> Iam orbem ab hac urbe domitum, sed tam sero domitum miror.
> — Francesco Petrarca

1

> The city which thou seest no other deem
> Than great and glorious Rome, queen of the earth
> So far renowned, and with the spoils enriched
> Of nations; there the Capitol thou seest
> Above the rest lifting his stately head
> On the Tarpeian rock, her citadel
> Impregnable, and there Mount Palatine
> The imperial palace, compass huge, and high
> The structure, skill of noblest architects,
> With gilded battlements, conspicuous far,
> Turrets and terraces, and glittering spires.[1]

Paradise Regained 第4巻において、悪魔が 'airy microscope' (IV. 57) を使って山上からキリストに見せるローマのパノラマは、ティベリウス帝 (42 B.C.-37) 治世下のローマ帝国の首都のそれであり、当然の事ながら、グランド・ツアーの一般的な 'giro d'Italia' の旅程にしたがってイタリアを訪れ、当時のイギリスの詩人としては積極的にイタリアの文人達と交わっていたミルトンが実際に目にしたローマではない。[2] ミルトンが訪れたローマは、そして中世以来多くのイギリス人の旅行者が目にしたローマは、'caput mundi' として全世界に君臨した古代ローマの廃虚の上に建造されたローマであり、まさに廃虚ゆえに多くの旅行者を魅了してきたといえる。本論では主にイギリス人旅行者によるローマ像の変遷をたどり、特に中世後期のローマが有していた二面性を浮き彫りにする。

ローマは常に廃墟であった訳ではない。既に東ゴート族出身の王テオドリックの支配下にあった最晩年のローマを 500 年頃に訪れた Fulgentius は、率直にその美しさへの感動を表明している。[3] しかし帝国末期の度重なる蛮族の侵略と、そしてなによりも 11 世紀後半には叙任権闘争に端を発したノルマン人とサラセン人によるローマの略奪により、多くの古代以来の建造物が灰となった。'Par tibi, Roma, nihil, cum sis prope tota ruina; / quam magni fueris integra fracta doces' と始まる Hildebert of Lavardin (1056-1133) のローマへの哀歌は、略奪の傷跡がなまなましい状況で創られた。ヒルデベルトは、ローマを造った人間の創造力は自然の力も神々の技も凌駕すると述べ、その美しさは廃墟になっても消失することはないと主張する。

> urbs cecidit de qua si quicquam dicere dignum
>   moliar, hoc potero dicere: Roma fuit!
> non tamen annorum series, non flamma, nec ensis
>   ad plenum potuit hoc abolere decus.
> cura hominum potuit tantam componere Romam
>   quantam non potuit solvere cura deum.[4]

ローマ賛歌 (encomium urbis) は古代末期から一つのジャンルとして存在していたが、廃墟を中心として展開されたヒルデベルトの哀歌は中世を通じて最も良く知られていた一編である。ヒルデベルトの根本的関心はむしろ、ローマ自身が語り手となって、廃墟となっても、異教徒の皇帝の支配下にあったときよりもキリスト教の中心となった現在のほうが幸福であると語る、この詩の姉妹編に表明されているといえるが、[5] ローマの黄金時代への歴史的興味、文化的憧憬が根底にあることには変わりはない。ヒルデベルトの哀歌は、12 世紀になると古代への考古的興味の高まりとともに、複数の著述家に引用されて古代ローマへの歴史的関心と郷愁を次世代へと伝えてゆくこととなる。1143 年頃に Benedictus という名前の聖ピエトロ寺院の聖堂参事会員によって記された *Mirabilia Urbis Romae* は、中世を通じて最も広く利用されたローマ案内である。ローマの主要な史跡と教会へのガイドとして、旅行者や巡礼のために作成されたこの短いテクストは、ローマの起源を説明し、パンテオン、コロッセオなど主要な史跡の由来と

それらが使徒時代や教父時代にいかにキリスト教化されたかという解説とを含んでいる。初期教会の殉教者の話や異教の神殿や寺院がキリスト教化された次第を丁寧に語ってはいるが、その本質は巻末に記されているように、ローマ市内にあった古代の寺院や宮殿の「金、銀、真鍮、象牙、宝石で飾られた美しさを、文章によって人々の記憶にとどめる」ことに他ならない。[6]

ほぼ同時期にイングランドの歴史家、William of Malmesbury (c.1090-1142) は年代記の *Gesta Regum* のなかで、1100 年の十字軍の集結を記述する過程でローマにふれている。記述そのものは *Mirabilia Urbis Romae* に準じてローマの市門や主たる史跡を客観的に列挙するものだが、実際の記述に先立ってヒルデベルトの哀歌を引用し、この詩行から古代ローマの繁栄とともに「現在の廃墟の壮麗さ」が明らかであると指摘している。[7]

また、同じ 12 世紀に Gregorius というイギリス人が残したローマ案内にもヒルデベルトの詩の冒頭の 2 行が引用されているが、この典拠はおそらく William of Malmesbury であろう。[8] グレゴリウスはこの 2 行について、「現世の全てのものの長であるローマが日々衰退し崩壊してゆくのを見るにつけ、ローマの廃墟は現世の全てのものに終わりが近づきつつあることの徴であるように思われる」と注釈し、ローマの崩壊を世界の終わりの前兆と解釈している。[9] グレゴリウスの描写の中心も古代のローマであり、廃墟を詳細に解説する一方で、キリスト教の教会にはごくわずかしか触れていないのである。

中世後期にローマの廃墟を眼前にした感動と畏怖の念をもっとも端的に表明したのはペトラルカである。ペトラルカの『親近書簡集』(II, 14) には、1337 年に、ローマ到着に際して枢機卿 Giovanni Colonna にあてた簡潔な書簡が含まれている。そのなかで詩人は具体的な記述は一切せずに、廃墟を前にした感動のみを次のように率直に伝えている。

> Ego quoque, quamvis desiderio flagrarem, non invitus differebam, metuens ne quod ipse michi animo finxeram, extenuarent oculi et magnis sempernominibus inimica presentia. Illa vero, mirum dictu, nichil imminuit, sed auxit omnia. Vere maior fuit Roma, maioresque sunt

reliquie quam rebar. Iam orbem ab hac urbe domitum, sed tam sero domitum miror.[10]

　ペトラルカの精神の高揚は、1337年に一緒にローマを巡ったドメニコ会士、Giovanni Colonna di San Vito にあてた書簡のなかにより具体的なかたちで見いだされる（『親近書簡集』VI, 2）。この書簡がはたして実際のローマ探訪の直後のものかどうかについては諸説あるが、そこでは枢機卿への簡潔な手紙とは対照的に、ローマの廃墟について史実とつき合わせつつ詳細に記している。

　古典文学の知識と照らし合わせて廃墟の一つ一つに古代を見いだすことで、古代と同一化するという幸福感をペトラルカは味わっているが、それはまさに数百年後のゲーテの体験に通じる。旅することと読むこととが不可分であるという状況が、ローマでは廃墟をめぐって常に存在していたといえる。ローマ紀行では、現実の旅が常に廃墟を介して権威的テクストへの言及を求められる。そうした状況はマンダヴィルの『旅行記』(John Mandeville, *Travels*) に代表されるように中世の紀行文においては自然なかたちだが、[11] ことローマ紀行に関する限り、19世紀に至るまで旅行者の基準であり続ける。

　その一方でペトラルカは、同じ書簡で現実のローマの道徳的堕落への危惧を表明している。またボッカチオは『デカメロン』(V.3) のなかで、ローマはかつては世界の頭であったがいまやしっぽになったと記している。[12] 政治的混乱に翻弄され荒廃した現実のローマへの失望と廃墟が伝える過去の偉大さへの郷愁とが交錯した複雑な感情は、14世紀イタリアの人文主義者たちに共通する意識であり、またイギリスでは1610年頃に南イタリアを旅した George Sandys の体験に通じるものである。[13] 同じ二面性は Joachim du Bellay (c.1522-60) のローマへの哀歌、*Antiquitez de Rome* の基盤をなしている。このソネットの連作を Edmund Spenser は *Ruines of Rome* と題してほぼ正確に英訳しているが、ローマの廃墟は何よりも現世の無常と時の絶対性の象徴である。

　　　Behold what wreake, what ruine, and what wast,
　　　And how that she, which with her mightie powre

> Tam'd all the world, hath tam'd herselfe at last,
> The pray of time, which all things doth deuowre.
> > *Rome* now of *Rome* is th'onely funerall,
> > And onely *Rome* of *Rome* hath victorie;
> Ne ought saue *Tyber* hastning to his fall
> Remaines of all: O worlds inconstancie.
> > That which is firme doth flit and fall away,
> > And that is flitting, doth abide and stay.　　　(33-42)[14]

　ローマへの哀悼よりも、全てを服従させたローマが最後は自らに服従することになるというアイロニーが基調にあり、諦めともとれる変動の絶対性の認識に結びつく。

　しかし、一方でローマの精神はローマの地霊（'daemon Romain'）として受け継がれていて、廃墟のうえに新たな街を造る。

> Regarde apres, comme de jour en jour
> Rome fouillant son antique sejour,
> Se rebatist de tant d'oeuvres divines:
>
> Tu jugeras que le daemon Romain
> S'efforce encor d'une fatale main
> Ressusciter ces poudreuses ruines.　　　(XXVII. 9-14)[15]

　ローマは新たに建造された 'oeuvres divines' により宗教的に再生し、ヒルデベルトの哀歌にあるようにより敬虔な都として生まれ変わるのである。
　一方でスペンサーはドュ・ベレーの 'Rome fouillant son antique sejour, / Se rebatist de tant d'oeuvres divines' を、'Repayring her decayed fashion, / Renewes herselfe with buildings rich and gay;' (374-75) と訳している。'decayed fashion', 'rich and gay' からは、「虚栄」や「傲慢」の擬人像にしばしば使われる化粧をこらす老女が連想され、[16] そこには間接的ながら反カトリック的なローマ批判が読みとれる。ドュ・ベレーにおいてはローマの永続性と再生を主題とするこのソネットは、逆にスペンサーでは、現代のローマの表層的な贅沢さと道徳的退廃を示唆する内容となっている。両者の違いは宗教的立場の違いを反映していると思われるが、スペンサーが間接的に批判しているカトリックのローマは、中世後期から近代初期に

かけてはまさにキリスト教徒の現実的な敬虔さを支える、最重要の巡礼地であったのである。

2

　廃墟への眼差しが中世以来のローマ観を一貫して規定している一方で、中世後期のローマは重要な巡礼地であり、その意味で最先端の「観光都市」であった。巡礼地としてのローマは、個人の霊的救済に物心両面から対処するきわめて現実的で同時代的な旅行目的地として機能していたが、そうした巡礼者にとってのローマの姿は、ローマの各教会で得られる贖宥を列挙した教会案内、'libri indulgentiarum' に端的に認められる。

　1300年の聖年に、ボニファチウス8世はローマの教会において全贖宥 ('plenissima venia peccatorum') を公示し、ローマへの巡礼者（およびその途上で息絶えた者）に対して完全な免償を与えた。フィレンツェの年代記作家、ジョヴァンニ・ヴィラーニも記しているこの出来事は、その年多くの巡礼をローマに引きつけたのみならず、indulgence は 'a poena et a culpa'、つまり償いのみならず罪自体も完全に赦免するものであるという誤解を煽る結果となった。ローマには特別な免償効果が付与された祭壇 (indulgenced altar) が集中していたが、14世紀以降数多く出版された 'libri indulgentiarum' は、それらを、ローマの教会に安置されている聖遺物とともに解説したものである。15世紀には *The Stacyons of Rome* として知られる韻文の英訳も登場している。以下のサン・ジョヴァンニ・ラテラノ教会の例のように、その記述は極めて簡潔である。

> In þat mynster þat ys so hende,
> Fowr dores shalt þou fynde;
> As sone as þou be In at one,
> And passes þowr euerychone,
> Plener Remyssyon may þou haue
> Of all þe synnis þat þou wylt craue.[17]

ローマは汲みつくせぬ免償の宝庫であり、全編を通じて500年、7000年

といった長期間の免償や全免償 (plenary indulgence) が繰り返し登場する。[18]

より詳細な英語による巡礼ガイドも存在する。*The Solace of Pilgrimes* は、恐らく1450年の聖年にローマを訪れたであろうアゴスティノ会士のJohn Capgrave によって記されたとされるローマ巡礼案内で、*Mirabilia Urbis Romanae* に基づいてローマの歴史を概説をする前半と、ローマの教会ガイドの後半からなる。後半は 'libri indulgentiarum' に基づくが、同じサン・ジョヴァンニ・ラテラノ教会でも、その描写は聖ペテロと聖パウロの像の表情にまで及んで、*The Stacyons of Rome* と比較するとはるかに詳細である。

> The hed of petir is a brood face with mech her on his berd and þat is of grey colour be twix whit and blak. The hed of paule is a long face balled with red her both berd and hed .... In þe uttir ende of þe cherch ferþest fro þis auter is a chapell in whech be many relikis. Ther is þe arke of þe eld testament with þe tables þe rodde þat floured & þe uessel of gold with manna. [19]

ガイドブックとして権威的テクストに依拠しつつも、実際にその場を訪問する巡礼の視点に立って、個人的観察に裏打ちされていると感じられる詳しい解説を展開している。

同種のローマ・ガイドとしては、1470年頃に William Brewyn というイギリス人が記したとされるラテン語の写本がある。[20] 描写の詳しさは *The Solace of Pilgrimes* と *The Stacyons of Rome* の中間に位置するが、個人的な紀行文の性格が強い。主たる典拠はやはり 'libri indulgentiarum' で、*Mirabilia Urbis Romanae* を使用した形跡もあるがローマの起源や史跡についてはほとんど触れていない。むしろ著者自身の旅行体験をさまざまな関連文書とともにひとつにまとめたという性格が強く、ローマの教会の贖宥のリストやラテン語の全免償証書の全文など、現地で入手したであろう文書をそのまま転記している。教会案内に続いてカレーからローマへの旅程や通貨の換算レートも記しているが、そこからも個人的に編纂された写本であることがうかがいしられる。

こうした巡礼のためのガイドブックにより提供される情報は、15世紀に

おいては極めて現実的に受け入れられた。15世紀のローマを一日廻れば、最高15万年間の免償と、さらに加えて全免償も獲得できる計算になる。[21] こうした免償の人気の高まりは煉獄の教義的成立に呼応するもので、両者のあいだには表現上の類似性が見られる。たとえば11世紀のシトー派の教訓逸話集であるハイステルバッハのセザリウス作『奇蹟をめぐる対話』(Caesarius of Heisterbach, *Dialogus miraculorum*) では、煉獄での滞在期間は、免償期間とのアナロジーで30日や3ヶ月のような具体的な期間として示されている。言うまでもなく、煉獄での滞在時間と現世の時間とのあいだには直接の対応関係は存在せず、免償期間を表す何日、何年という表現は現世での償いの何日分に対応するという意味でしかないが、民間信仰のレベルではしばしば免償期間は煉獄での滞在期間の実質的短縮と混同された。こうした混乱は決して俗信徒の間だけのことではなかったようである。一説では最後の審判までの年数は六千年と考えられていたので、その年数を越えた免償の有効性について、神学者たちの間で真剣に討論がなされたという記録がある。[22]

こうした霊的効力の数字への還元は、中世後期の民間信仰のもっともポピュラーな側面に他ならない。Alexander Murrayは数量的思考能力の向上とともに、13世紀半ば以降、年代記などの記述において、それまでは漠然と沢山の量を示すに過ぎなかった何千、何万という概数が論拠のある具体的な数に変わってゆくことを指摘しているが、[23] 実際、中世後期には数字のもたらすリアリティが民間信仰の重要な一面を形成するにいたったと言える。免償期間に関しても、何千、何万という概数と並んで、たとえば2005年間といった何らかの計算に基づいていそうな数も登場する。15世紀のキリストの受難の黙想においては、キリストの受けた傷の総数が5460で、受難の際に流した血の滴の総数が28430であるといった具体的な記述が繰り返し登場する。[24] 中世後期のディヴォーショナルな心性において、数量的に計算できることは免償期間と同様に、その事象の霊的リアリティの強さの表現に他ならない。煉獄の誕生によりそうした数量的思考が具体的に個人の霊的利益と結びつき、Jacques Chiffoleauが指摘するように、現世と死後世界のバランスを会計学的な感覚でとるようになったのである。[25]

その一方で、慰霊のミサや免償をめぐる数量的思考は、カトリックの救霊思想とは本質的に相容れないものである。煉獄の有効性が広く信じられるようになった一方で、完全痛悔 (contritio) の効力は絶対的なものであり続けた。大罪を犯していようとも、いまわの際での悔悛であろうとも、痛悔の念が完全であればマグダラのマリアのように許されて救われるというメッセージは説教や exempla に繰り返し登場する。1281 年のランベス会議でも、ミサは心がこもっていれば、回数は一度でも数多くあげるのと同じ価値があるという指摘があらためてなされている。しかし、不完全な痛悔である attritio とことなり、contritio には神からの「恩寵の注入」が必要とされ、個人の自由意志のみで獲得できるものではないことも事実で、煉獄の有効性は揺らぐことはなかったのである。[26]

救済をめぐる数量的具体性と霊的な観念性は中世後期にあって制度的に共存しており、ローマの教会が提供していた免償と聖遺物は数に裏打ちされたディヴォーションを支えていた。ローマはその意味で、中世後期にあって最先端の死後の救済のためのマーケットであった。そこには古代ローマへの畏敬の念や無常観に裏打ちされたノスタルジアとは異なる、現実的なキリスト教信仰を支配するローマの姿があった。

3

宗教改革により免償証書や聖遺物を邪信として排除したイギリスにとって、カトリックのローマは急速に魅力を失ってゆく。その様子は 16 世紀末から 17 世紀前半にかけてイタリアを旅したイギリス人の旅行記に顕著に描かれている。1591 年にイングランドを出立して広くヨーロッパを旅した Fynes Moryson (1566-1630) は、ドイツ、ポーランド、ボヘミア、オーストリアなどを旅したあと身分を隠してイタリア入りし、1594 年にローマに到着している。トレント公会議後のローマは、プロテスタントのイギリス人にとって決して安全ではなかった。特に 1570 年にピオ 5 世がエリザベス 1 世を破門して以来、イギリス人がローマを合法的に訪れることはできなくなっていた。変装して旅することが強く求められたもっとも危険な

時期は 1590 年頃までには過ぎ去ったとはいえ、イギリス人であることが露見すると異端審問の対象となる危険は、17 世紀半ばまで続いたのである。モリソンは全旅程について詳しい旅行記を著しているが、*The Solace of Pilgrimes* に劣らず詳細に、ローマの史跡と教会に保存されている聖遺物についても描写している。サン・ジョヴァンニ・ラテラノ教会では、ピラトの家でキリストが上ったと言い伝えられている階段、スカラ・サンタを訪れているが、その信憑性については、ロレートの聖母の家程ではないにせよ、疑念を表明している。

> They say that these staires were the same which Christ ascended in Pilates house at Jerusalem, and that they were from thence brought to Rome: and indeed at Jerusalem the place of them lies void, so as I would in this much rather beleeve the Romans, then in the transportation of the Chamber at Loreto, which they would have done by the Angels, and that often and at unseasonable times, whereas in so many voyages into Palestine it was not difficult to bring these staires from thence. Yet they being of marble, and very rich, I would faine know how such a monument could be preserved, when Jerusalem was destroied. And if they say they belonged to that house of Pilate, which they shew at this day, I dare be bold to affirme that the magnificence of these staires is nothing answerable to the poore building of that house.[27]

モリソンの疑念は理性的なもので、カトリック批判に直接結びつくものではない。1578 年にグレゴリオ 12 世は、ローマにあるイギリス人の巡礼のための宿泊所を神学寮にしてイギリス人のイエズス会士を育成するという、より現実的な懐柔策へと対イングランド政策を転換した。モリソンはあえて身分を明かして神学寮長のアレン枢機卿の庇護を求め、ローマの教会をつぶさにまわるだけでなく、大胆にも自らをフランス人のカトリック教徒であると偽って、神学者の Roberto Bellarmino 枢機卿に面会することに成功している。[28] 紀行文を見る限り、古代と現代の両方のローマへの知的な好奇心が全てに優先しているのである。

1609 年にローマを訪問した William Lithgow (1582-1645) は身分を隠してローマを訪れ、異端審問の危険を察知して夜陰に紛れてローマの市壁を越えて脱出した。その旅行記はモリソンよりも徹底して反カトリック的

である。ローマの記述においては、中世以来の *Mirabilia Urbis Romanae* の伝統を受け継ぐようなかたちでローマの起源と7つの丘の描写から始めているが、都市の形状を伝統に則って獅子の姿 (forma leonis) になぞらえるのではなく、バビロンの姦婦と結びつけている。[29]

>And yet Rome was once the famous City of Europe, the mother and nurse of worthy Senators, the miracle of Nations, the Epitome of the world, the Kingdome of Mars, and the seven headed soveraigne of many Provinces. The seven hills where on she stood, and now partly somewhere stands: for they are all contained within the vast bounds of the old walls, which as yet environeth the towne, are these, Palatine, Capitolina, Viminale, Aventina, Esquiline, Caelio, and Quiraneno. Which certainely do demonstrate the whoore of Babylon, sitting on the beast with seaven heads, and cannot be understood but of Rome, being builded on these seven hils : having a correspondence to seaven Kings who reigned there; and also acknowledging seven severall Rulers, Kings, Consuls, Decemviri, Tribunes, Dictators, Emperours, and now Popes.[30]

リスガウはパンテオンやコロッセオをはじめとする古代の遺跡やそれらに由来する古典古代の作家には客観的な興味を示しているが、カトリック信仰には極めて冷淡である。聖ピエトロ寺院の Arnolfo di Camnbio 作の聖ペテロのブロンズ像に礼拝し手を触れる人々の姿を偶像崇拝として激しく糾弾し、また随所で免償証書の乱用を批判している。[31] 程度の差こそあれ、プロテスタントの旅行者にとってのローマの魅力は、宗教的現状への批判に反比例するようなかたちで古典の残存に集中するのである。1630年にチャールズ1世がスペインとフランスと和平を結び、その結果イギリス人にとっての政治的危険が取り除かれると、イタリアはグランド・ツアーの最終目的地となりイタリアへの本格的な Classical tour の時代が始まる。学問的興味と相俟って、G. B. Piranesi の「ローマ景観図」をはじめ、Salvator Rosa, Gaspar Dughet, Claude Lorrain 等の古典の廃墟をモチーフとした 'capriccio' によってイギリスにもたらされた廃墟趣味とピクチャレスクの視座は、その後のイタリアへの眼差しを長く規定したと言える。[32]

ターナーや Thomas Stothard の原画による銅版画を数多く含んだ詩集、*Italy* (1830) を出版し、19世紀前半にイタリアのイメージを定着させるの

に極めて影響力の大きかった詩人の Samuel Rogers は、1814 年に、その約 30 年前にゲーテが初めてローマを訪れたときと同じルートでローマ入りしている。ロジャースはフィレンツェとローマを 2 つのイタリア – Modern Italy と Classical Italy – として対極的にとらえ、[33] ローマでは、廃墟を通じて歴史と同一化する幸福感を端的に表明している。

>   In many a heap the ground
>   Heaves, as tho' Ruin in a frantic mood
>   Had done his utmost. Here and there appears,
>   As left to shew his handy-work not ours,
>   An idle column, a half-buried arch,
>   A wall of some great temple.
>   . . .
>   Let us descend
>   Slowly. At every step much may be lost.
>   The very dust we tread, stirs as with life;
>   And not a breath but from the ground sends up
>   Something of human grandeur.[34]

Rogers の詩も寂寥感と無縁ではないが、廃墟を前にしたノスタルジアは、若きバイロンが 1817 年のイタリア旅行を契機として創作した *Childe Harold's Pilgrimage*, Canto IV (1818) において顕著である。

>   But when the rising moon begins to climb
>   Its topmost arch, and gently pauses there;
>   When the stars twinkle through the loops of time,
>   And the low night-forest, which the grey walls wear,
>   Like laurels on the bald first Caesar's head;
>   When the light shines serene but doth not glare,
>   Then in this magic circle raise the dead:
>   Heroes have trod this spot - 'tis on their dust ye tread. (1288-96)[35]

バイロンのローマ描写には個人的なメランコリーが少なからず投影されているが、その一方で Classical tour の記録という一面も失われていない。Canto IV は友人の John Hobhouse に献じられているが、Hobhouse が同年に刊行した Canto IV への詳細な注釈は、ローマの廃墟を歴史的に検証

Roma fuit —15〜17世紀のイギリス人旅行者にみられるローマ像の変遷—　　13

することでこの詩の読みを補完するものに他ならない。[36] バイロンの廃墟への眼差しは個人的であると同時にペトラルカ以来の古典学者の視座を受け継ぐものである。廃虚を介しての歴史の追体験と現状批判を間接的にせよ内包したノルタルジアという二面性は、Hildebert of Lavardin のローマ哀歌の基底を成し、ペトラルカにおいて端的に表明されているが、グランド・ツアーがローマへの Classical tour として位置づけられるようになった 17 世紀以降に、再びイギリス人旅行者のローマ観の核を形成するようになる。14〜15 世紀を中心として宗教改革前後の一時期、ローマは現世的利益を提供する最先端の観光都市として機能するが、その前後の時代には常に廃墟の陰にあり、旅することが歴史を検証することであるというヒューマニスト的受容が、旅人にとってのローマを定義していると言えるのである。

注

[1] *Paradise Regained*, IV. 44-54; *John Milton, Complete Shorter Poems*, ed. by John Carey (London: Longman, 1971):「ご覧になっておいでの都は、ほかならぬ／栄光の大都ローマ、名声はるかに聞こえ、／諸国からの略奪品で富みさかえる、まさしく／地の女王。あれにはカピトリヌスの丘の神殿が／難攻不落の城砦タルペイアの岩の上に／堂々たる頭をあげて他を圧しおりまする。／また、あれなるハラティヌスの丘に／皇帝の宮殿。宏壮にして高き構造は／いとも気高き建築家の作にてこそ。／そこには金箔の胸壁が遠目にも著く、／小塔、高台、きらめく尖塔も見えまする。」ミルトン『楽園の回復／闘技士サムソン』新井明訳（大修館書店、1982）p. 70.

[2] John Stoye, *English Travellers Abroad 1604-1667: Their Influence in English Society and Politics,* rev. edn (New Haven, CT: Yale UP, 1989), p.156.

[3] Peter Llewellyn, *Rome in the Dark Ages* (London: Faber, 1970), pp.21-23.

[4] *The Oxford Book of Medieval Latin Verse*, sel. and ed. by F.J.E. Raby (Oxford: Clarendon, 1959), p.220 (lines 19-24):「その都市は衰退し、かつての面影を残すのみ、それについては「かつてローマ在り」と言うのがやっとである。だが年月も、火も、剣も、その栄華を完全に消し去ることはない。人間の労苦が造り上げたあのローマを、神々とて突き崩すことかなわない。」

[5] *The Oxford Book of Medieval Latin Verse*, pp.221-22.

[6] *The Marvels of Rome: Mirabilia Urbis Romae*, ed. and trans. by F.M. Nichols, 2nd edn, introd. by Eileen Gardiner (New York: Italica Press, 1986), p.46.

[7] *The Church Historians of England*, compl. by Joseph Stevenson (London: Seeleys, 1854), III.i, 301.

[8] G. McN. Rushforth, 'Magister Gregorius de Mirabilibus Urbis Romae: A New Description of Rome in the Twelfth Century,' *Journal of Roman Studies* 9(1919), 14-58 (p.18).

[9] 'Cuius ruina ut arbitror docet euidenter cuncta temporalia proxime ruitura, presertim cum capud omnium temporalium Roma tantum cotidie languescit et labitur.' (Rushforth, 46)

[10] Francesco Petrarca, *Prose*, ed. by G. Martellotti et al (Milano: Riccardo Ricciardi, 1955), p.830:「そして私もまた、願望に燃えてはいながらも、わざと出発をのばしていました。現実というものはつねに名声の敵であるゆえ、ひとたびローマの現実を目にするや、ひごろ心に思い描いていたものが萎えしぼんでしまいはせぬかと恐れたのです。ところが現実は、いうもふしぎなことに、何ものをも減じさせず、すべてを増大させました。まことに、私が考えていたよりも、ローマはさらに偉大であり、その遺跡もさらに巨大です。いま私がおどろくのは、世界がこの都に支配されたということではなく、支配がかくもおそかったということです。」ペトラルカ『ルネサンス書簡集』近藤恒一編訳（岩波文庫、1989）p.103.

[11] マンダヴィルは『旅行記』の信憑性の最終的保証を、その内容が教皇庁が所蔵していた他の書物と正確に一致するという事実に拠っている。'And oure holy fader of his special grace remytted my boke to ben examyned & preued by the Avys of his seyd conseill, Be the whiche my boke was preeued for trewe jn so moche þat þei schewed me a boke þat my boke was examynde by, þat comprehended full moche more be an hundred part, be the whiche the Mappa Mundi was made after.' *Mandeville's Travels*, ed. by P. Hamelius, EETS OS 153 (1916; rept. Millwood, NY: Kraus, 1987), I, 210:「法王の格別の恩恵により、専門の委員会が我が書を調べ、本書が真実を記していると証明してくれた。そればかりか、吟味のために用いた書物を見せてくれたが、その書は、本書より百倍も網羅的な内容で、のちに『世界地図』が作られる典拠となった書物である。」

[12] 'In Roma, la quale, come e oggi coda, gia fu capo del mondo...': Giovanni Boccaccio, *Decameron, Filocolo, Ameto, Fiammetta*, ed. by Enrico Bianchi, et al (Milano: Riccardo Ricciardi, 1952), p.371.

[13] Jonathan Haynes, *The Humanist as Traveler: George Sandys's Relation to a Journey begun An. Dom. 1610* (Cranbury NJ: Associated UP, 1986), pp.40-42.

[14] *Spenser: Poetical Works*, ed. by J.C. Smith and E. de Selincourt (London: Oxford UP, 1970), p.509:「見よ、何たる残骸、廃墟、荒廃、そして全世界をその力により服従させたローマがついに自らに屈し、全てを食らい尽くす「時」の餌食となった様を。今やローマはローマの葬礼に過ぎず、ローマに勝利するはローマのみ。終わりへと急ぎ流れるテベレ河のみ、変わらずに残る。何たるこの世の変動。堅牢なものは過ぎ去り崩れ落ち、過ぎ去るものが止まりあとに残る。」

[15] Joachim du Bellay, *Oeuvres poétiques*, ed. by Henri Chamard (Paris: Marcel Didier, 1961), II, 25:「見よ、ローマは日々、古代の住居を掘りおこしては、多くの聖なる建物へと建て替える。ローマの地霊は宿命の手で、このちりとなった廃墟を再生せんとする。」

[16] *Images de la destinée: gravures des XVI et XVII siècles* (Caen: Musée des Beaux-Arts de Caen, 1991), pp.67-70.

[17] *Political, Religious and Love Poems from the Archbishop of Canterbury's Lambeth MS. No. 306, and Other Sources*, ed. by F. J. Furnivall, EETS OS 15 (Oxford: Oxford UP, 1903; rept. 1965), p.155 (lines 366-71):「その慈悲深い教会には4つの扉がある。そのうちのひとつから中に入り、全部をくぐると、あなたが望む全ての罪にたいして全免償が与えられる。」

[18] cf. lines 348-55, 460-62, 474-77, 488-93.

[19] *Ye Solace of Pilgrimes*, ed. by C.A. Mills (London: Henry Frowde, 1911), p.73:「ペテロの顔は大きく、白と黒との中間のような灰色の豊かな顎髭を蓄えている。またハウロの顔は面長で、髪も顎髭も赤みがかっている。……この祭壇からもっとも離れた教会の深奥部には、多くの聖遺物が安置された礼拝堂がある。石板、花開いた杖、マナを入れた金製の器を収めた旧約の聖櫃がある。」

[20] *A XVth Century Guide-Book to the Principal Churches of Rome Compiled c. 1450 by William Brewyn*, trans. by C.E. Woodruff (London: The Marshall Press, 1933).

[21] R. N. Swanson, *Church and Society in Late Medieval England* (Oxford: Blackwell, 1989), p.293.

[22] Takami Matsuda, *Death and Purgatory in Middle English Didactic Poetry* (Cambridge: D.S. Brewer, 1997), pp.26-28.

[23] *Reason and Society in the Middle Ages* (Oxford: Clarendon, 1978), pp.175-84.

[24] John C. Hirsh, *The Boundaries of Fairth: the Development and Transformation of Medieval Spirituality* (Leiden: E. J.Brill, 1996), pp.91-110.

[25] Jacques Chiffoleau, *La Comptabilité de l'au-delà: les hommes, la mort et la religion dans la région d'Avignon à la fin du Moyen Age* (vers 1320 - vers 1480) (Rome: Ecole Française de Rome, 1980).

[26] Matsuda, *Death and Purgatory in Middle English Didactic Poetry*, p.16.

[27] Fynes Moryson, *An Itinerary* (Glasgow: James MacLehose, 1907), I, 224-25:「この階段はキリストがエルサレムのピラトの家で上ったまさにその階段で、そこからローマに運ばれてきたと言い伝えられている。実際、エルサレムのその場所は空いたままになっているというので、この点については、私はローマ人の言うことを信じてもよいと思う。少なくとも、ロレートの聖母の家を天使が何度も天候不順の季節に運んだという話よりは、ハレスティナへの航海が繰り返されるうちに、この階段が運ばれてきたという話のほうがまだ信じられる。そうはいっても、この階段は大理石の大変豪華なものなので、エルサレムが破壊されたときに、いかにして無傷で残ったのか是非知りたいところである。それに、彼らの主張通りに、この階段がピラトの家として今日言い伝えられている家にあったとするならば、階段の立派さはその家自体の質素さとどうにも釣り合いがとれないと主張せずにはいられない。」

[28] A. Lytton Sells, *The Paradise of Travellers: the Italian Influence on Englishmen in the Seventeenth Century* (London: George Allen & Unwin, 1964), pp.152-53.

[29] ローマの形状を全てに君臨する獅子に準える伝統については、Philip Jacks, *The Antiquarian and the Myth of Antiquity: The Origins of Rome in Renaissance Thought* (Cambridge: Cambridge UP, 1993), pp.54-61 参照。

[30] William Lithgow, *The Totall Discourse of the Rare Adventures & Painfull Peregrinations* ... (Glasgow: James MacLehose, 1906), p.11:「しかしローマはかつてヨーロッパの著名な都であり、優秀な政治家を生み育てた母親、諸国の奇跡、全世界の縮図、マルスの王国、7つの頭をもった数多の属州の君主であった。かつてローマがその上にあり、今でも部分的にそうであるローマの7つの丘は、いまだに都を取り囲んでいる昔の市壁の中にあるが、それぞれ、ハラティーノ、カピトリーノ、ヴィミナーレ、アヴェンティーノ、エスクィリーノ、チェリオ、クィリナーレと呼ばれている。これらは、まさに7つの頭を持つ獣の上に座るバビロンの妖婦の姿そのままで、7つの丘の上に位置するローマ以外の何ものでもない。この都を支配した7人の王と関係し、さらに王、執政官、十人官、護民官、独裁官、皇帝、そして今や法王の7

種類の支配者を受け入れたことを表す。」

[31] Lithgow, *The Totall Discourse of the Rare Adventures & Painfull Peregrinations* ..., pp.16-17.

[32] イタリア絵画の受容については、Elizabeth W. Manwaring, *Italian Landscape in Eighteenth Century England: A Study Chiefly of the Influence of Claude Lorrain and Salvator Rosa on English Taste 1700-1800* (London: Frank Cass, 1925) 参照。

[33] *The Italian Journal of Samuel Rogers*, ed. by J. R. Hale (London: Faber, 1956), p.206.

[34] Samuel Rogers, *Italy, a Poem* (London: T. Cadell, Jennings and Chaplin, E. Moxon, 1830), p.140.

[35] Lord Byron, *The Complete Poetical Works*, ed. by Jerome J. McGann (Oxford: Clarendon, 1980), II, 172-73.

[36] John Hobhouse, *Historical Illustrations of the Fourth Canto of Childe Harold: Containing Dissertations on the Ruins of Rome; and an Essay on Italian Literature* (London: John Murray, 1818).

シェイクスピアの *Venus and Adonis* と オルフェウス伝説

松田美作子

1

"To see his face the lion walked along
Behind some hedge, because he would not fear him;
To recreate himself when he hath sung,
The tiger would be tame, and gently hear him;
　If he had spoke, the wolf would leave his prey,
　And never fright the silly lamb that day.
　　　　　　　　　　　(*Venus and Adonis*, 1093-1104)[1]

　上記の引用は、シェイクスピアの『ヴィーナスとアドニス』において、アドニスの死を悼んでヴィーナスが語る commemoration の一部である。この後続いて魚や鳥もアドニスを慕う様が語られ、われわれに強くオルフェウス伝説を想起させる。勿論、自分の乗馬に逃げられ、猪に殺されてしまうアドニスは、オルフェウスと肩を並べる magician ではない。しかしこの箇所を不十分な装飾にすぎないとして、この作品とオルフェウス伝説を切り離してしまうのは、短絡的である。すでにオルフェウス伝説が、シェイクスピアの歴史劇やロマンス劇に与えた深い影響については指摘されているが、[2] 彼の 'first heir' であるこの作品においても、のちの劇作品に通底するオルフェウス伝説を通じて劇詩人が描いたヴィジョンが暗示されているのである。本論では、ルネサンス期におけるオルフェウス伝説の受容を考察し、その楽音と歌に託された力がこの作品に及ぼした影響を検証したい。それは詩人の想像力とレトリックの力に密接に関わるものである。
　ヴィーナスとアドニスの物語は、オウィディウスの『変身物語』第10巻のオルフェウスのエウリュディケの喪失を嘆く歌の一部に登場する。妻を失い男色に向かったオルフェウスを受けて、この巻では自然に背いたり超自然的な恋愛談が語られている。つまり、ガニュメデスら「神々に愛された少年たち」や、プロポイトスの娘たちのような「道ならぬ恋の思いにと

りつかれて、その情欲の報いを受けねばならなかった乙女たち」の話である。シェイクスピアは、『変身物語』の物語の筋の枠組みを守りながら、アドニスを冷淡な存在とするなど慣習を逆転し、原典の 585-651、826-63 行に挟まれているアトランタとヒポメネスの逸話の代わりに、アドニスの乗馬と雌馬のエピソードを挿入するといった大きな改変をほどこし、ユニークなヴィーナスとアドニスの関係を創造した。そこで、二人の関係は、新プラトン主義的な愛と美、ナンバー・シンボリズム、最近では錬金術の coniunctio のアレゴリーとしてなど、ルネサンス期の多彩な思想的背景から読みとられてきたが、[3] 原典の語り手であるオルフェウスの伝説との関連が注目されることはなかったと思われる。だが、シェイクスピアがオウィディウスの物語の枠組みを意識して詩を構築している以上、語り手であるオルフェウスに注目してみると、この作品の新たな側面が浮かび上がるのである。

　アポロンとムーサイの一人であるカリオペの子である半神オルフェウスは、どう猛な獣や無生物さえ従順にさせる竪琴の名手で、古代ギリシアよりその楽音 (lyre) とレトリック（歌）の力で世界を調和へと導く enchanter（ラテン語の sing に由来する）として認められてきた。弦楽器の演奏と歌の合体が彼の魔力の秘義と考えられ、音楽と詩は連関してとらえられていた。その万物の魂を動かし、従順に変容させる力はルネサンス期にも広く受け入れられていた。彼は、civilization の祖とみなされ、その雄弁な歌を通じて civilization は始まったと考えられてきた。[4] Thomas Palmer のエンブレムには、'The Power of Eloquence' の銘のもと、獣たちをおとなしくさせ、未開人たちを森から呼び出すオルフェウスが描かれ、秩序の創造者として受容されている。（図 1） しかし、妻エウリュディケの死後、ディオニュソス的な passion の領域へ足を踏み入れ、無惨な最後を迎える。オルフェウスは、あらゆるものの魂を魅了する詩的狂気の持ち主ながら、妻を黄泉の国から連れ戻すことに失敗してから、男色へ向かい、狂乱したトラキアの女たちに殺されるのである。彼の神話のこうした否定的な側面は、受容の歴史のなかでさほど重要視されておらず、ポリツイアーノの Orpheo でもオウィディウス同様、彼の失敗にほとんど注意は払われてい

ない。[5] また、アポロンがパンやマルシュアスとのコンテストに勝ったという伝説(『変身物語』6、11巻)は、神話筆記者たちにアポロンの系譜に属するオルフェウスの lute song とディオニュソスやパンの管楽器との象徴的差異を見出させてきた。[6] それは音楽の持つ二面性を最もよく示唆しており、アポロン的な lute song とパンやディオニュソス的な pipe という弦楽器と管楽器の対比として、また当然の帰結として、reason と passion の対立として伝統的にとらえられてきた。楽音と歌には、「魂を調和のとれた状態に変える」[7] 理性を覚醒する効力と、低次の感情に訴えかける魅力の両方が認められるのである。

　シェイクスピアは、このような楽音や歌のもつ二面性を熟知しており、作品の人物造形や主題に音楽や歌の表す象徴的な意味を利用している。[8] 例えば、『ヘンリー4世第1部』において、フォールスタッフは 'a Lincolnshire bagpipe' (I. ii. 76) に比較され、仲間に 'come sing me a bawdie song, make me merry' (III. iii. 12) と酒場で求める。その行状は、好色やどん欲といった悪徳を表し、中世劇で music, dance や lewd song と関連が深い vice characters に属する人物であることを示唆している。Bosch の 'The Last Judgement' において、地獄の不和はそれらで満たされている。[9] 一方、ハル王子は、自身を 'a louers lute' (I. ii. 75) にたとえていても、第2部で 'I have turn'd away my former self' (V. v. 48-9) と述べて、フォールスタッフの好んだみだらな酒場の音楽と決別する。そしてヘンリー5世となった彼の宮廷では、家臣のエクスターが、理想の国家の状態を音楽との比較で述べる。

> For government, though high and low and lower,
> Put into parts, doth keep in one consent,
> Congreeing in a full and natural close,
> Like music.　　　　　　　　　(I. ii. 180-83)

これは、音楽が理性の統率によって生じる秩序と考えられ、人間の魂が調和のとれた音楽のメタファーとして想定されていたことに拠っている。アポロンの竪琴の7本の弦は7つの惑星との照応でとらえられ、これらが正しく調律され奏でる音楽は、天の秩序正しい調和であり、かつ理性と感

情の調和のとれた人間の魂の象徴であった。政治的な秩序も、異なった階級や立場を調整し、バランスのとれた状態に導くことで達成されるので、社会の様々な雑音から作り上げられる調和のとれた音楽と関連づけられた。[10] ヘンリー5世と対照的に、リチャード2世のような欠陥王は、自らを 'a disordered string' (V. v. 46) にたとえる。

> And here have I the daintiness of ear
> To check time broke in a disordered string;
> But for the concord of my state and time
> Had not an ear to hear my true time broke.　　(V. v. 45-48)

ジョン・ホランダーが指摘したように、これは 'an emblem of the unruled, unruly state'[11] であり、彼の政治的失敗を象徴している。アルチャーティのエンブレムでは、政治的協調を象徴する為に、リュートとのアナロジーを用いている。台に置かれたリュートが描かれ、ミラン伯に一本の弦でも切れれば同盟が崩壊することを助言している。（図2）さらにジェフリー・ホイットニーのエンブレムでは、'Industria naturam corrigit' の銘のもと、壊れたリュートを修理するマーキュリーが描かれており、芸術が人間の欠点を修復できることを主張している。異なった弦を調律し、調和のとれた音楽を奏でるのと同様に、不調和な魂を調和させることによって、音楽は人間の堕落による欠点を修復できるという広くみられる考えである。[12] ここでも手が奏でる弦が重要視されているが、地上の秩序が天体の秩序と密接に結びつけられていた為に、アポロン的な音楽とデイオニソス的な音楽の両方を治めることが、人間の魂にとっても宇宙の調和にとっても必要であると考えられていた。ロバート・フラッドの 'Temple of Harmony' には、これら二つの音楽に対して同等の敬意が払われている。（図3）またホイットニーのエンブレム186番と187番にもオルフェウスとバッカスが続きページで対置されており、理性を用いる者とそうでない者との対比を示唆し、前者を称揚しているが、後者を否定しているのではない。[13] ここで重要な点は、人間の魂にとって二つの音楽のどちらも否定されておらず、この二つを統御する人間の主体性が重要視されていることである。アポロンの系譜に属するリュートであっても、楽器である以上、奏でる人間

によってその音楽が美徳にも悪徳にもなり得るということである。例えば、ローレンハーゲンの「ヘラクレスの選択」のエンブレムにおいて、リュートは virtus と voluptus を表す二人の中央に置かれている。(図4) これでバランスが保たれていることを表象しているが、奏でる選択権を持つ人間自身がバランスを取ることが大切なのである。ヒューマニスト的な考え方であるが、その際、旋律とともに歌の内容も大切な要素であったから、歌詞の eloquence にも旋律同様、人間を善へも悪へも導く力が認められる。これは、シドニーの考える真の詩人像に関わる。彼は『詩の弁護』において、真の詩人とは、単に韻文を作るのではなく、'the vigor of his own invention' で神の如く nature にないものを生み出したり、よりよいものへ変質させたりする creator であると述べた。[14] ミメティックな芸術と違って新プラトン主義的なヴィジョンによる創造は、どれほどフィクションがリアリティーを説得できるのか、art と nature の競合を生むが、それはオルフェウスが巧みな技で nature を変容させ、地上と天上の調和を作り出す芸術家として本来受容されてきたことに通じる。オルフェウスは第一義的に 'the self-conscious poet' であって、[15] その伝説は新プラトン主義的な創造神としての芸術家という考えを最もよく具現している。ポリツィアーノの Orfeo におけるように、詩人たちや音楽家たちに理想の芸術家として受容されてきたのであり、この思想は、エリザベス朝の詩人たちにもよく知られていた。[16] このように、オルフェウス伝説は、受容の過程で (1) 情熱的な恋人としての愛の変遷を通じて、アポロ的な lute song とパンやディオニュソス的な pipe という二つの相対する音楽が人間の魂や世界にあり、その共存と調和が重要であること、(2) どう猛な野獣さえおとなしくなったという伝説から、オルフェウスが奏でる音楽には nature を変容させる力があることが認められ、オルフェウスは秩序の創造者として、安定した国家や芸術家の規範となったことが看取できる。

2

シェイクスピアの『ヴィーナスとアドニス』には、この二つの音楽の共

存と調和に基づき、神話的世界を変容させた詩人自身の主張が認められる。この詩は、語り手の部分を除けばヴィーナスとアドニスの対話からなるが、互いに相手のいうことに耳を貸さず、二元的な展開になっている。ヴィーナスの説得にアドニスは最後まで応じず、二人の関係は 'melodious discord' (431) の状態で進行する。Physical love を体現するヴィーナスは、まず力でアドニスを服従させようとする。ナレーターの語るところでは、馬からアドニスを引きずりおろし (30)、'empty eagle' (55) のように欲望を満たそうとする。そしてつれないアドニスに、'For to a pretty ear she tunes her tale' (74) と、自分の調べを聞かせて、アドニスの魂もそれに同調させようとする。ここでヴィーナスの奏でる調べは、いうまでもなく感覚的で人を快楽へ誘うディオニュソス的な調べである。惑星神としてのヴィーナスは多血質と結びつけられ、このような音楽に最もふさわしい存在である。[17] ティツィアーノの数々のヴィーナスが、笛を持ったり、リュート奏者やオルガン奏者とともに描かれ、快楽的な愛を表象していることを思い出させるが、そこには理性の介入は認められず、ナレーターが描く涙で頬をぐっしょりぬらした (83) 女神の哀れさは、滑稽ですらある。マルスを屈服させたエピソードを語ったり (103-114)、'Bid me discourse, I will enchant thine ear' (145) と繰り返しアドニスの耳を従わせようとしても、その調べは彼の魂を魅了することはない。ここでヴィーナスは愛が 'a spirit all compact of fire' (149) と続けて、桜草が体を支え、鳩が馬車を引くといったこの世の女と思えない優美さを語り、アドニスに生殖の正当さを訴えるが、彼女の雄弁は空回りするだけで、'cold and senseless stone' (211) のようなアドニスの心を動かすことはできない。オルフェウスが口を開けば、無生物さえ感動させられることとは対照的である。

　再び女神は泣くより他なく、しかし、その腕はアドニスを 'band' (225) のように囲い込んでいる。彼女は、アドニスを自分の調べの届く範囲に留めておこうとする。それに対してアドニスは、'a bird lies tangled in a net' (67) と、無力な獲物として描かれ、ついにはヴィーナスは自らを 'park' に、アドニスをそこに棲む 'deer' にたとえ (231)、アドニスを雨や嵐から保護し、犬が吠えたてても困らないように囲いに入れようとする。

それでもアドニスはヴィーナスを振り切り、馬の方へ急ぐが、耳に飛び込んでくるのは、雌馬のいななきである。この声にアドニスの乗馬が呼応して、響をかみ砕き、二頭は狂ったように森のなかへかけ去る。このエピソードは、アドニスの乗馬がどれほどすばらしいか画家の芸術を持ち出して、art が nature を越えられるという当時の詩論を詩人が実践している箇所として重要であるが、その他に、アドニスに馬を服従させる力のないことを暗示している。ヴィーナスにすれば、このエピソードは情欲の力を具現しており、彼女のディオニュソス的な調子を後押しする。一方、'unruly beast' (326) とあるように、アドニスの声にオルフェウス的な魔力がないことも示唆しているのである。オウィディウスでは、ここはアタランタとヒッポメヌスの話が挟まれ、ヴィーナスが自分への不敬を罰する 'punishing Goddess' としての力を誇示し、アドニスに猪狩りを禁じる箇所である。ルネサンスの図像学において、馬が人間の理性と対峙する情欲を表していたことを考慮すると、ここでシェイクスピアは馬のエピソードをはさんで、情欲に対するアドニスの無力さ、未熟さを強調していると考えられる。乗馬を失ったのち、ようやくアドニスは語り始めるが、アドニスにとって追う対象は猪であり、ヴィーナスの求愛に対して心は堅く閉ざしている。ヴィーナスは、そのアドニスの声を 'mermaid's voice' (429) とよび、セイレンを連想させるが、アドニスの女性のようなうら若い声は彼の未熟さを暗示させる。アドニスの声はヴィーナスにとって 'Melodious Discord, heavenly tune harsh sounding, / Ears' deep sweet music, and heart's deep sore wound' (431-2) であり、矛盾語法が表すとおり、二人の関係の不整合を音楽のメタファーによって表現している。情欲に燃える彼女の耳にはアドニスの理性に訴える調べは耳障りで、オルフェウス的な音楽とディオニュソス的な音楽が混乱した状態にある。そしてヴィーナスは、もし目が見えなくても耳で魂の表現である彼の声 'That inward beauty and invisible' (434) を愛するという。視覚同様、聴覚も五感のうちでは直接精神に作用できるために、他の感覚より高貴であると見なされてきたので、ここも聴覚に精神性を認めており、彼の声に理性を呼び覚まし魂を高めるオルフェウス的な可能性を与えている。つれない態度にうち伏せるヴィーナスにアド

ニスは驚き、キスを与えると、ヴィーナスは別れの際までなおも誘惑を続ける。アドニスは、自分のつれなさは年の若さのせいだと言い訳し、また繰り返される生殖の正当化の議論に反論する。

> 'If love have lent you twenty thousand tongues,
> And every tongue more moving than your own,
> Bewitching like the wanton mermaids's songs,
> Yet from mine ear the tempting tune is blown;
>   For know, my heart stands armed in mine ear,
>   And will not let a false sound enter there, ...   (775-80)

アドニスにとって、ヴィーナスの調べは軽蔑すべき邪悪なディオニュソス的な調べにすぎない。それはどんなに美しくても 'deceiving harmony' (781) であり、理性の力で拒絶されるべきものである。アドニスはヴィーナスの愛の 'device' (789) を嫌っていることを告げるが、ヴィーナスの求愛は単にディオニュソス的であるばかりでなく、人の心を故意に欺くため、なお悪いのである。アドニスの答えは、愛と情欲を峻別し、理性を覚醒させようとするものだが、真にオルフェウス的ではないためヴィーナスの魂を変容させる力を持たない。

　猪狩りをさけるようにとの忠告にも耳を貸さないで、ひとりヴィーナスを森に残してアドニスは去っていく。オウィディウスのヴィーナスと異なり、彼女は一人で夜通し 'a woeful ditty' (836) を歌い嘆く。愛を支配する女神が嘆きの歌を歌う皮肉とともに、その歌が森では 'the choir of echoes' (840) と木霊が返ってくるだけで、女神一人が空回りしている虚しさを訴えている。しかもその木霊 'idle sound' は、'shrill-tongued tapsters answering every call, / Soothing the humour of fantastic wits?' (849-50) と、酒場の給仕女の声にたとえられ、彼女の調べが下品な意味のない騒音にすぎないことを連想させるのである。

　夜が明けて、ヴィーナスは猟犬のほえ声や角笛を頼りにアドニスを探しに森をゆくが、猟犬の吠え声を 'chaunt' (869) と呼び、'horn' (868) と共に音楽的な語彙を使っている。獲物にほえたてたり、おじけづいて甲高い声をあげ、ものすごい叫び声をあげる猟犬たちの声からヴィーナスは狩の

様子を連想し、夜の歌の相手の木霊のように、今度は犬の遠吠えする悲嘆の声が反響し合う（919-22）。そして、うちひしがれた犬や追い立てられた猪を見て、アドニスの死を予感し、死神に向かって、'Hadst thou but bid beware, then he had spoke, / And hearing him thy power had lost his power' (943-44) と、黄泉の国の王さえ感動させたオルフェウスのような彼の声の魅力を語る。しかし、妻を亡くしてから女を寄せ付けなかったオルフェウスの場合、歌声と竪琴が聞こえている間は、女が投げた石もじっとなって彼に当たらず落下したのに、すさまじい叫び声や笛、太鼓、手拍子が竪琴の音を消してしまうや否や、石はオルフェウスに当たり、オルフェウスは狂った女たちに殺されてしまうのである。野蛮な騒音のために声をかき消されれば、オルフェウスとて無力な存在になる。ヴィーナスの耳にはそのような野蛮な猟犬の声や狩人の叫び声より他に聞こえず、恐れていたとおりにアドニスが倒れているのを目にする。理性を持たないどう猛な獣や無生物まで従順にさせるオルフェウスの lute song は、獣の殺生を目的とする暴力的な狩りと相いれないものである。ヴィーナスの求愛を退けるアドニスは、ディオニュソス的なパッションを知らず、ヴィーナスの情欲をなだめ、オルフェウスのように理性を呼び覚まし、魂を調和のとれた状態に導くこともできない。情熱的な恋人であるオルフェウスはエウリュディケを愛していればこそ、黄泉の国へも行き、他の女との交際を絶ち、男色へ向かうのである。愛の狂気は詩的狂気とつながっているのであり、愛を知らない未熟なアドニスに、野蛮な猪を従順にさせる力があるはずはないのである。

　アドニスの死後、彼を悼んでオルフェウス的な調べを響かせるのは、ヴィーナスである。彼の声を 'Whose tongue is music now?' (1077) と惜しみ、冒頭に引用した章句で、アドニスにオルフェウス像を重ね、あたかも獣を従わせたかのように歌い、自らの心を慰めようとしている。情欲に支配され、理性とのバランスを失っていた魂が、アドニスにオルフェウス的な価値を付与して、自らも魂の欠陥を修復しようとしているのである。オルフェウス的な音楽の効用は、何といっても魂のセラピーにあり、オルフェウス像を強く喚起させることによって詩人はヴィーナスが、滑稽で卑

しい情欲のとりこであった状態から、魂を修復し、愛の法則を定められるように変身することを可能にしている。この物語詩の最後で、ヴィーナスは愛の女神としての本分を取り戻し、恋愛に法則を与える。それを受けて、アドニスの体が蒸気のように溶け去り (1166)、花に変身しヴィーナスの胸に飾られる。オルフェウスは、死後も頭部が歌い続け、神託を語ったという伝承から、特に中世キリスト教においてモーセやダビデと同一視される預言者と考えられてきた。[18] ルネサンスのヒューマニストたちは、オルフェウスがピタゴラスやプラトンに、愛によってカオスからこの宇宙が誕生した様子を教えたと信じていたが、ヴィーナスの etiological な予言は、そのオルフェウスの神学者としての側面と呼応して、自らの体験から恋愛の本性を再創造してみせる。

　狩猟という未開の野蛮な世界で、ディオニュソス的なヴィーナスの情欲を変容させる力のない未熟なアドニスは暴力的な死を迎え、ヴィーナスによって秩序の創造者としてのオルフェウス的な側面を添加される。一方、オルフェウス伝説に言及することで、ヴィーナスはおのれのディオニュソス的な調べを変容させて、オルフェウス的な調べ、言い換えれば理性を呼び覚ます調べを奏で始めるのである。ここではじめてヴィーナスの情欲は変質しはじめ、嘆きの歌のなかに二人の魂が調和をみる。その表れとして、アドニスは花に変身し、ヴィーナスの胸に抱かれるのである。森での嘆きの歌が、虚しい木霊しか生み出さなかったのと対照的である。そして '... but know it is as good / To wither in my breast as in his blood' (1181-82) と、ヴィーナスの胸に枯れるのもアドニスの血のなかで枯れるのも等しくよいことだと述べられ、オルフェウス的な理性を覚醒させるアドニスの調べとディオニュソス的なヴィーナスの欲望の調べが共存し、調和がとれるのである。

　このように、『ヴィーナスとアドニス』の詩は、さまざまなオルフェウス伝説や、それらと関わるルネサンスの音楽思想と関連づけて読みとることが可能である。未熟で情欲を従わせることができないアドニスは、シェイクスピアがこの詩を捧げたサウザンプトン伯が、当時後見人問題や結婚問題で悩み、Elizabeth Vere との婚約を拒絶したことと関連があるのであろ

う。[19] そのようなパトロンへの配慮を考慮に入れても、ディオニュソス的な情欲を体現して、グロテスクなまでに滑稽な誘惑者として描かれたヴィーナスが、アドニスの暴力的な死を経て、低次の情欲を変容させるオルフェウス的な理性によって魂の修復へと向かう過程は、パトロンである青年に二種類の音楽の共存と調和の重要性を説き、かつオルフェウスのごとき創造者たる詩人としての自分をアピールしているように思われるのである。

注

[1] John Roe, ed., *The Poems*, The New Cambridge Shakespeare (Cambridge: Cambridge U.P., 1992). 以下『ヴィーナスとアドニス』からの引用は、この版に拠る。その他のシェイクスピア作品からの引用は、*The Riverside Shakespeare* (Boston: Houghton Mifflin, 1974) に拠る。

[2] 重要な研究としてPeggy Muñoz Simonds, *Myth, Emblem, and Music in Shakespeare's "Cymbeline": An Iconographic Reconstruction* (Newark, DE: Univ. of Delaware Press,1992) 及び、Robin Headlam Wells, *Elizabethan Mythologies: Studies in Poetry, Drama and Music* (Cambridge: Cambridge U.P., 1994) があげられる。

[3] Philip C. Kolin, ed., *Venus and Adonis: Critical Essays* (New York: Garland Publishing, 1997) を参照。これまでの *Venus and Adonis* 批評の概説と主要論文集である。また、錬金術との関連は、Peggy Muñoz Simonds, "'Love is a spirit all compact of fire': Alchemical Coniunctio in *Venus and Adonis*", in Alison Adams and Stanton J. Linden, ed., *Emblem and Alchemy* (Glasgow: Glasgow Emblem Studies, 1998), pp.133-156.

[4] Horace, *Ars Poetica*, 391-409に基づく。オルフェウス伝説の受容については、John Warden, ed., *Orpheus: The Metamorphoses of a Myth* (Toronto: Univ. of Toronto Press, 1982) に詳しい。

[5] Charles Segal, *Orpheus: The Myth of the Poet* (Baltimore, MD.: Johns Hopkins UP, 1970), p.39.

[6] Wells, *Elizabethan Mythologies: Studies in Poetry, Drama and Music*, p.50.

[7] D. P. ウォーカー『ルネサンスの魔術思想－フィチーノからカンパネッラへ』田口清一訳（平凡社、1993）p.144.

⁸ J. S. Manifold, *The Music in English Drama: From Shakespeare to Purcell* (London: Rockliff, 1956) 参照。フォールスタッフとハル王子に関しては、Wells の前掲書の第1部第2章に負うところが大きい。

⁹ Wells, *Elizabethan Mythologies: Studies in Poetry, Drama and Music*, p.55 を参照。

¹⁰ James Daly, "Cosmic Harmony and Political Thinking in Early Stuart England", *Transactions of the American Philosophical Society* 69 (1979), 13.

¹¹ John Hollander, *The Untuning of the Sky: Ideas of Music in English Poetry, 1500-1700* (Princeton: Princeton U.P., 1961), p.148.

¹² Wells, *Elizabethan Mythologies: Studies in Poetry, Drama and Music*, p.11. こうした魂のセラピーとしてのオルフェウス的音楽は、『ヴェニスの商人』(V. 1. 79-81) 及び『ヘンリー8世』(III. i) 冒頭の歌において、最もよく表現されている。

¹³ Geffrey Whitney, *A Choice of Emblemes*, intro. by John Manning (Aldershot: Scolar Press, 1989), pp.186-87.

¹⁴ *The Defence of Poesy*, 富原芳彰訳注 (研究社, 1968) p.16.

¹⁵ John Warden, "Orpheus and Ficino," in Warden, *Orpheus: The Metamorphoses of a Myth*, p.99.

¹⁶ S. K. Heninger, Jr, *Touches of Sweet Harmony: Pythagorean Cosmology and Renaissance Poetics* (San Marino, CA: The Huntington Library, 1974), pp.287-324 を参照のこと。シェイクスピアも『ヴェローナの2紳士』(III.22.77) で、'For Orpheus' lute was strung with poet's sinews' と述べて、彼の歌にある詩的創造力を認めている。

¹⁷ 多血質は、リーパの『イコノロギア』においてもリュートを奏でる若者の姿で表され、傍らの山羊は、ヴィーナスの愛の力の象徴である。Cesare Ripa, *Iconologia*, preface by Mario Praz (Milano: TEA, 1982), pp.61-2.

¹⁸ John B. Friedman, *Orpheus in the Middle Ages* (Cambridge, MA: Harvard UP, 1970), p.39.

¹⁹ サウザンプトン伯を取り巻く社会的状況とこの作品との関連は、Patrick M. Murphy, "Wriothesley's Resistance: Wardship Practices, and Ovidian Narratives in Shakespeare's *Venus and Adonis*" in Kolin,*Venus and Adonis: Critical Essays*, pp.323-40を参照。

81. The Force of eloquence.

図1 *The Emblem of Thomas Palmer: Two Hundred Poosees*, *Sloane MS 3794*. ed. with introduction and notes by John Manning (New York: AMS Press,1988), p.86. なお彼の版画は Pierre Coustau, *Le Pegme* (1560), p. 389 からの借用である。

Fœdera.
Ad Maximilianum Mediolani Duce m.
EMBLEMA X.

図2　Andrea Alciati, *Emblemata* (Padua, 1621), emblem 10, in *Andreas Alciatus, 1: The Latin Emblems, Index and Lists*, ed. by Peter M.Daly et al (Toronto: Univ. of Toronto Press, 1985).

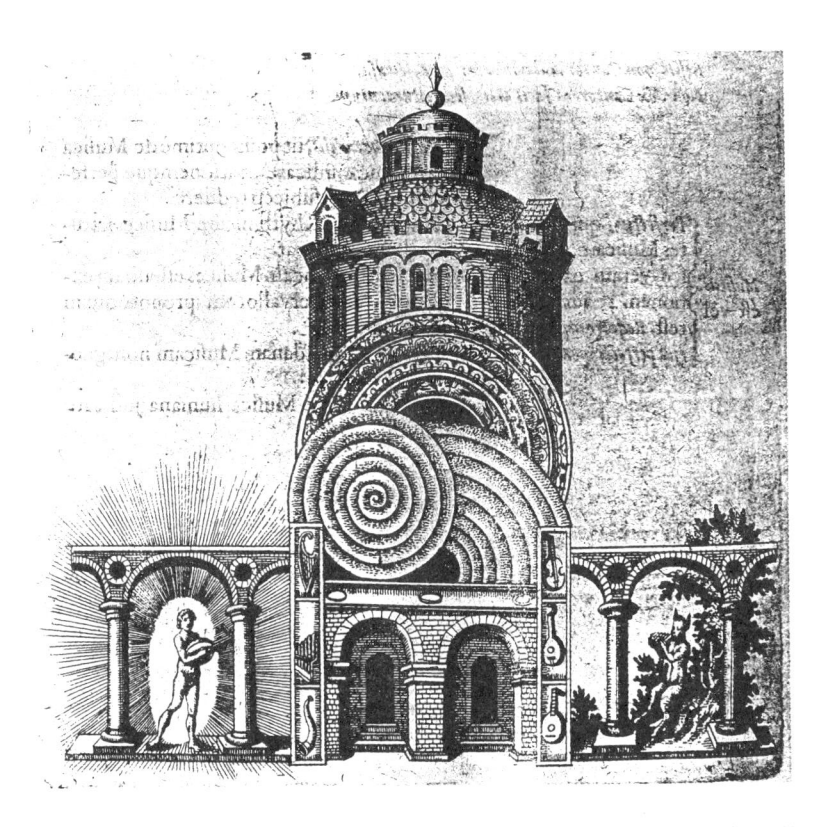

シェイクスピアの *Venus and Adonis* とオルフェウス伝説

図 3 'The Temple of Harmony': Robert Fludd, *Utrisque Cosmi Historia* (1617-19), p.168, quoted from Peggy Muñoz Simonds, '"Sweet Power of Music": The Political Magic of : "The Miraculous Harp" in Shakespeare's *The Tempest*', in Clifford Davidson et al ed. *Emblem, Iconography, And Drama* (Kalamazoo, Michigan: Medieval Institute Publications, 1995), p. 65.

図 4 Gabrieal Rollenhagen, *Nucleus emblematum selectictissimorum* (Köln, 1611), emblem 14: *Nucleus emblematum selectictissimorum*, ed. by Dmititrij Tschizewskij and Ernst Benz, *Emblematisches Cabinet* (Hildesheim: Georg Olms, 1985).

笑うリアとコーディリア

服部隆一

THE MOST DESTRUCTIVE ANIMAL IN THE WORLD
「世界で最も破壊的な動物」
－ロンドン動物園、猿の檻の傍ら、人間の休憩所の上方に掲げられた横看板

　リアは、コーディリアに近づきたかった。負け戦のために、そして周囲のまったくの不注意によってそこで死ぬために、コーディリアは、リアをドーヴァーの淵まで引き寄せて、出会われる。この二人の道楽のうちに、この劇のすべてがあるともいえる。「すべて」と言うやいなや、もちろん、この劇は逃げる。「馬は頭、犬や熊は首、猿は腰、人間は脚」(2.4.7-9)[1]といった繋ぎ所があるとしても、この劇は、尻尾どころか、つかまえる急所を捜すのは不可能と思える。ものすごい真実と見える不条理の全体を囲う枠として、一幕から五幕にかけての二人の勝手な遊びがあったのではないかと、群盲の一人として、象を撫でるばかりである。その撫で所を一つ定めるとすれば、この劇に、身をのけぞらせて笑える箇所がいくつかある。「おじちゃん、阿呆の忘れ物だよ」(1.4.293)とか、「曝し台で習ったんじゃないぜ」(2.4.81)といった、道化のいくつかの命中弾のことではない。悲劇『リア王』独特の笑い－不謹慎の謗りと抱き合わせに弾けさせられる痛烈な笑い－は、すべて主人公から提供される。その笑いの質の変化と、リアの言語の変化との関係を跡づけてみたいのである。

　「竜とその怒りの間に入るな」(122)とか、「弓は引き絞られた、矢面に立つな」(143)といった大時代的といえども、勇猛な王、絶対の家父長の癇の凝縮したセリフに特徴づけられる一幕一場に、リアによる笑いはない。次に見るリアの姿（一幕四場）は、いくぶん、荒んでいる。荒々しい散文で、「めしだ！めしだ！」と怒鳴る姿は、年齢を考えると十分に怪物ではあるが、コーディリアを失った屈託と居候の身への不満が表れて、少しぐれているというか、無法者たちの頭のような存在と化している。変装をしたケントが「真正

直者にして、王と同じく貧乏」(1.4.7) と自己紹介するのに対して、「王も貧乏、その臣下にしてまた貧乏か、相当なものだな」(18-19) ここに笑いが生じる。しかしそれは、取巻きからの追従の笑いである。ケントと共に、オズワルドを打擲する、体育会系の笑いもある。しかし、リアの孤独は観客を笑わすものにはなり得ず、「わしの阿呆はどこだ？」(61) と、しきりに道化を呼ばわるのである。リアが一人で観客を笑わせる最初の笑いは、コメディアンのつっこみに対するボケのかもしだすそれである。道化の矢継ぎ早の質問を受け流す合間に、「あいつには悪いことをした…」(1.5.20) なぞと呟いている。「七つ星が何故七つしかないかは、すっきりした理由があるね」(29-30)「八つじゃないからか」(31) このうわの空の答えは、稚拙でほほえましい。笑わせることの苦手なリアが、道化の真似をして劇場を一瞬なごませる。無骨なリアには、本来、笑いが少なかったのである。

　お伽話のようでありながら、爆裂的に自己完結した一幕一場が、家庭劇としての「前場」であったとすれば、二幕四場は劇中もっともリアルな「後場」になっている。二人の娘たちによる長いリンチの中で、リアは言葉を失いはじめる。

REGAN　　　　　　　　Good sir, to the purpose.
LEAR　　Who put my man i' the stocks?

リーガン　要するに何をおっしゃりたいのですか？
リア　　　誰がわしの家来に足枷をはめた？　　　　　(2.4.175-6)

情愛というものなのか、あるいは敬意を払われることか、自分にとって必要であるものを、彼は、口に出してうまく言うことができない。ゴネリルに、「お前の所へ行く。お前の言う五十人は二十五の倍だ。したがって愛情も倍だろう」(253-5)。リアは議論に負けている。負けていて、相手を困らせるには屁理屈を用いるしかない。「お父様、ちょっと待って。二十五とか、十とか、たとえ五でも、そんなお付きは必要なのかしら。私の家では、その倍もの召使いがいて、何なりと御用をいたしますのに」「そうですよ。一人だって必要かしら」(258)。この必要論の間違いを指摘する言葉をリアは見出せな

い。リアに分かっていることは、ケントに足枷をはめさせない事が大切なのである。追いつめられたリアが、新しい境地に突入する転回点の言葉は、'O, reason not the need!'「必要を言うな！」(259) であった。最も貧しい乞食でも何かしら余分な物を持っている。身を暖かく包むだけのためなら、きらびやかな服も、人間本性には「必要」でない。真の「必要」というものは…ここで彼は言葉を見失う。物的なものでなく、人間をけだものと区別する何か霊的なものを指差そうとしても、口から洩れそうなものは、自分の威厳と存在を表してくれる外的なもの、百人の騎士、肩書、敬意をもって扱われること、そういったものでしかない。それならば、今、皮肉った、ゴネリルの衣服と同じ物になってしまう。はずみで言った「真の必要」を彼は言うことができず、言い逃れのように、「忍耐」という言葉に飛び移る。彼自身は意味づけをしないそれは、不条理を押さえこみ、自らをも揉み消していく、ストイシズムの忍耐ではない。ねじ伏せる力ではなく、まだ壊れていない自分という、器の強さといったものである。結果的に、愚行も大きければ怒りも大きいのに加えて、狂気も見え隠れする、この巨大な被害者の、並はずれた受難の収容力をわれわれは見ることになる。彼がとっさに乗り移った「忍耐」が、彼の言う「真の必要」の答であったかどうかは分からない。

> I will have such revenges on you both,
> That all the world shall - I will do such things -
> What they are, yet I know not; but they shall be
> The terrors of the earth!
>
> 貴様ら二人への復讐としては、
> 全世界がだな、－要するにそういった事を－
> 何をやるかはまだ分からんが－要するに
> 地球が恐怖に包まれるようなことをしてやるわ。　　　(2.4.274-7)

原子爆弾でも落とすと言うのではない。リアはすでに、何か言葉で言えない人間界の不条理を発見し、しかも器を壊されないでいると言っているのである。遠雷が、狂気の到来を表していることは、言うまでもない。

　この劇の、生身の「感覚」の強調については、あまりに明らかなことであ

るが、リアにとっての「嵐」も、愚行、忘恩、不条理なぞの混沌とした蹂躙 (outrage) を象徴し、何よりも、「感ずる」べきものとして与えられる。雷と短絡を起こす怒りの言語が、第二のノアの洪水を呼び寄せるに足る迫力を持っている。そして、劇の船底とも呼べるシェルター（掘立小屋）の中で、リアの言語は変わる。「寒いか？わしも寒い。その藁とやらはどこにあるのだ？必要の術とは不思議なものだ。いやしい物を貴重な物に変えるのだからな」(3.2.66-69)「余分」な物を「貴重」な物と見るようになっている。一方で、忘恩に対する怒りは、まだ、煮え切っているわけではない。「この口が、食べ物を運んでくるおのれの手を食いちぎるようなものではないか！…そこだ、その方向に目をやると頭が狂ってくる！」(3.4.16-22) しかしここで、リアは、ベドラム癲狂院のトムに身をやつしたエドガーに出会うのである。しきりに、内なる幻覚を言うトムが触媒となったかのように、リアは、外的現実の把握に破綻をきたし、完全な狂気におちいっていく。

Hast thou given all to thy two daughters? And art thou come to this?

お前さんも、全部、娘にやったんだね？それでこうなったんだ？ (3.4.49-50)

ここからが、リアの後半の言語である。この意表を突く、ゲリラ的な、簡潔な物言いは、われわれを笑いのけぞらせはしないだろうか。当人に最も近しい者であれば、笑うだろう。また、じっと瞑目して、その笑いを許す人達もいるはずである。「そうか、娘たちが、こんなあわれな有様に追いやったのか。何もとっておかなかったのか？」(61-62) 道化の「毛布一枚だけは取っておいたんだね。それがないとあたしらは目のやり場に困ったところだ」(63)と、ケントの「この男に娘はおりません」(66) に対する「何を言うか、逆賊！親不孝な娘以外に、人間をここまで下落させられるものはあるわけがないではないか！」(67-68) とでは、どちらが、おかしいだろうか。呆け老人ならずとも、人間がこのような無茶を言う、理不尽の笑いというものがある。続く、「今の流行で、放り出された父親は、みなこういう風に肌に物を刺すのか？（と言って、エドガーの腕から抜いたトゲを自分の腕に刺す）正当な罰

だな！」(69-71) という下りは、笑いが胸に不意打ちをかける、よくある例である。このあと、リアがトムを褒める口調には、しばし、われわれは、懐かしい真実を想い出すように、微笑みつづけてよいのではなかろうか？「そんな裸で寒空に立ち向かうよりは、墓の中に入った方が楽ではないか？人間というのはこれだけのことかね？よく観察するのだぞ。お前は蚕に絹の借りはない。猫に麝香の借りもない。何と！わしら三人には、混ぜ物があるぞ。お前は一個の物そのものだ！必需品だの何もない人というのは、まさにおまえのようなこういった、哀れな、裸の、二股の動物なのか！脱げ！こんな借り物の衣類なぞ！おい、ボタンをはずせ！」(94-101) ただ、ボタンをはずす、しきりに靴を脱ごうとする、そんなリア王の言葉と仕種に、サミュエル・ベケットの『ゴドーを待ちながら』のおかしさは、どんなに負うていたことだろう。

　さかのぼって、リアの絶句が、しゃっくりのようなものであったとすれば、時を同じくして、彼は、原因不明の（リアは内側から描かれていない人物であって、われわれは一貫して、彼を外から窺うしかない）、腹から胸へ、胸から口へと上って来る、'Mother' (hysterica passio) なるものに見舞われた。言語に肉体現象が介入し始めたのである。彼は耐え切れず、嵐の中に身を投じた。四大と呼応する形でしかリアはもう、言語をほとばしり出すことはできなかったのである。滝に打たれる無言の行ではない。使い切ることで、彼は、王や家父長としての借り物にすぎない言語を体から一掃 (purge) したのである。ハムレットにおける「海による変化」(sea-change) のように、リアが嵐の療法を終えた時、言語が変わり、それに、笑いが伴ってきたのである。「みんな娘にやったんだね」に顕著なように、第一の種類の笑いは、被害者が、本当に懲りたことを、とかく他人の不幸の原因に結びつけ、あれにちがいないとつぶやく時のおかしさである。「雷の原因は何ですか？」(3.4.143) と言う時にも、彼はひそかに、「天罰」ということが気になっている。乞食に落ちぶれた狂人というものは何か、という謎掛けに対して、「王だ、王だ」(3.6.10)、何も持たぬ「物 (a thing)」そのものこそ「王 (a king)」なのだという即答には、道化も絶句する。「リーガンを解剖してもらおう。あの心臓には何が生えているのだろう？ああいう固い心臓ができるには何

か、物理的な原因でもあるのかね？…あなたには、私の百人の騎士団に加わってもらおう。ただ、そのなりは、ちょっと。ペルシャ風とでも、おっしゃるのだろうが、ま、それは替えさせればいい (70-74)」観客のあちこちに、笑いころげている人達がいるはず。四幕六場の、「は！白い髭を生やしたゴネリルか？」(95) にも、その種の笑いがある。

　この言葉から、リアとグロスターの痛ましい再会の場面が始まる。グロスターは、想像上のドーヴァーの崖でエドガーによる、渾身の療法を受けたばかりである。その癒しが成功したかに見える矢先に、リアに打ちのめされることになる。目のない老人が、ゴロリと芋虫のように、転げるのに、客席からの、少なからずの失笑を買ったはずである。彼にはその笑いを生かす道もあったのである。この時点での、リアの言語には、身に沁みた経験によって、へり下りを苦にしなくなった人物の、質朴な明察が顔を出し始める。

　　When the rain came to wet me once, and the wind to make me chatter; when the thunder would not peace at my bidding; there I found 'em, there I smelt 'em out. Go to, they are not men o' their words!

　　雨が、わしをずぶ濡れにしたことがあった。風が、わしの歯をがちがち打ち合わせた。雷が、いくら鎮まれといっても止まんのだ。その時にわしは分かった。鼻で嗅いで、やつらの正体を見抜いたぞ。あほらしい！信頼のおける連中ではないわ。　　　　　　　　　　　　　　　　　　　　　(4.6.98-102)

「なあに (Go to,) あいつらは、信用できたもんじゃない」これこそ、ゆっくりと考え、混じりけのない結論に達する、古代の叡知である。「姦通で死刑なぞと？馬鹿な！…グロスターの脇腹の方が本腹のわしの娘たちより父親思いであったのだから」(109-14) このように、グロスターのおできを針で刺すような笑いから入るかと思えば、「かかれ！肉欲よ！てんでに襲いかかるのだ！わしは兵に不足しておるからな」(114-5) と、産めよ増やせよで、なんとか減らされた供回りを増強したいという、第一の種類の笑いが依然として混じってくる。「うえい！たまらん！ぺっ！ぺっ！」(126) という肉体現象にも、もはや、包み隠しはない。「おまえの目はよく覚えているぞ、おい、ちょいと！変な色目をつかうな！」(134-5) 挑戦状を読めと言われて、「その文字

のひとつひとつが太陽であっても、私には見えませぬ」(137) というグロスターの答に、笑いは乏しい。「読め」(140) と繰り返すあたりから、実は、リアの明察は、鬼気迫る境地に達していることを窺わせ始める。「何と、目玉のない、側(がわ)だけで読めと？」(141)「ほほう、そういう返答か！顔に目がありません。財布に金がありません。目は重傷で財布は軽い。それでも世間の成り行きぐらいは分かるだと？…耳で見ろ！…眼鏡をかけたまえ…見えるふりをすればよい。さあ、さあ、早くせい！長靴を脱がせてくれ。もっと強く引っ張って！そうだ！」(142-67) こうやって、あらがうすべもなく、グロスターは、リアの履いていない靴を、あたかも履いていたかのように、脱がされてしまう。天地には、君の哲学で囲える以上のものがある、と言ったハムレットの明察を、はるかに超えた、「あたかも見えるように眼鏡をかけるか、あるいは、耳で見よ」というリアの忠告は、グロスターにも、笑えと言っているかのように聞こえる。彼も、顔にある、血の滲んだ、赤い二つの丸のお蔭で、何でも見えますと笑わせるべきだったのである。ここでリアは、老人性痴呆に見られるような、時間の流れから解放された、一瞬の明晰さを見せ、笑わせる。「わしの不幸のために泣くのなら、わしの目をとれ！お前のことはよく知っているぞ。お前の名はグロスターだ。」(170-1)

　このあと、リアが、コーディリアの兵たちに捕りおさえられ、わずかの隙をついて、逃げる下りは、まるで、アルレッキーノ、あるいはトラーニオの茶目っ気を見るように、ドタバタ的とすら言える笑いがある。すべてのアクションは、笑いをからめて、胸をうたせるように、仕組まれているとしか思えない。「一巻の終わりか？生捕りか？ああ、生まれながらにしてわしは運命のなぶり者だ。手荒にするな。身の代金は出す。医者を呼んでくれ、脳に傷を受けている。…付き添いの者は？わし一人か？これじゃ男も泣くれて、塩男になってしまう…花婿のように派手に『死』んでやるぞ。そうとも、陽気にやるさ (I will be jovial.)」(184-93) あなたは王であり、われらは従いまする、と、相手が、手を放し、膝まづく隙に、彼は逃げる。「すると、まだ捨てたものではないな！ (Then there's life in 't) さあこい！つかまえたくば、かけっこだ！そら行け！そら行け！」(196-7) まさに、ジュピターのように (jovial)、リアが輝いている下りである。

四幕三場で、ケントが、紳士からきくところによると、コーディリアは、「いや、一度か二度、胸から、喘ぐように、息に乗せて (heaved)『お父様』と仰せられた」(24-25) という。「心にもないことをなめらかに言う技 (that glib and oily art, To speak and purpose not)」(1.1.225-6) を身につけない、肉体からの息で真実を言う、懐かしい彼女の癖である。

> Unhappy that I am, I cannnot heave
> My heart into my mouth.

> めぐり合わせが悪くて、私は、胸の所にあるものを
> たぐり上げて口にのぼらせることができないのです。　　　(1.1.90-91)

それに加えて、父親と同じ気象を持ち、姉たちが耐え得た、見え透いた芝居 (charade) に加わることを、父に強要されることに、彼女の意地が許さなかった。その若さ (So young, my lord, and true) (107) からも破局は起こったのである。リアの旅は、あの時、愚かしくも、「本心からそう言っているのか (But goes thy heart with this?)」(104) と言った過去から、あの時と変わらぬはずのコーディリアに対して、いつまでも続く会話のできる言葉を捜す旅であったともいえるだろう。老人であることが避けられなければ、二人の再会の時には、「子供によって変えられた」、あるいは、「子供に帰った父 (child-changed father)」(4.7.17) に変わるしかなかったのである。

妙なる音楽とともに、蛹が羽化するように、リアが、もう一度、幼い老人として生まれ変わるさまを見てみよう。

> LEAR　You do me wrong to take me out o' the grave.
> 　　　　Thou art a soul in bliss; but I am bound
> 　　　　Upon a wheel of fire, that mine own tears
> 　　　　Do scald like molten lead.
> CORDELIA　　　　　　　　　Sir, do you know me?
> LEAR　You are a spirit, I know. When did you die?

> リア　わしを墓から連れ出すとは、ひどいではないか。
> 　　　あんたは、天国に登った魂だな。しかし、わしは、地獄に堕ちて、

　　　　　火の車に縛りつけられている。それで、わしの涙は
　　　　　溶けた鉛のように、肌をこがす。
　　コーディリア　　　　　　　　私を御存知ですか？
　　リア　あんたは、死んだ聖霊だね。どこで死んだ？　　　(4.7.45-49)

リアの感じている「溶けた鉛」は、かつてのレトリックではない。これに比べれば、珍しくも、一度吐露した、あの痛み、「ほんの小さな落ち度が、コーディリアの中では何と醜く見えたことか！それが、金挺子のような力をもって、自分の内蔵をねじはずし…」(1.4.243-6) ですら、虚ろに響く。オセロがデズデモーナを失う原因となった邪心のふくらむ力に似て、愛する、はるかに若い者の中のほんの小さな傷が、悪魔的な力で老人の人間性を改造してしまったことの、痛恨の告白とはいえども、空々しい。リアの怒りに、途中から、社会的要素も消えたように、今、リアをひりつかせているのは、ひとえにコーディリアに対する後悔の痛みであるなぞと、彼は弁別しているわけではない。むしろそれは、何か、絶対不明確（彼が絶句したもの）に対する存在を賭けた論難で返り討ちに会った傷の痛みというべきものである。『リア王』のメッセージは何であれ、ここに言われる老骨の痛みを伝えることだけは、含まれていよう。そして、かくも、必要最低限の言葉で、それが言われるようになったのである。「どこで、死んだかね？」には、「このあいだの夜、ぼくは『永遠』を見た (I saw Eternity the other night)」[2] に通ずる内発性と、同時に、横隔膜を直撃する笑いがある。

　「あんたを祝福なぞと、お戯れを。わしは大変愚かな、呆けた老人だ。八十をとうに過ぎた。一時間たりとて、前後に狂いはないぞ」(4.7.60-61) コーディリアが膝まづくのに対して、リアは、座布団を押し返すように、膝まづく。リーガンに対して、あてこすりで膝まづいた時、あのおどけ芝居 (charade) の言葉には、おかしみも何もなかった（「みっともないおふざけ！」2.4.150)。「八十をとうに過ぎた…」には、昔の口調が一瞬よみがえるとともに、その辻褄の混乱に、ドグベリーのおかしさが加わっている。「そして、ありていに言えば、どうもわしは、頭も完全ではないらしい。あなたを知っているような気もするが…どう知恵をしぼっても、この着物のことが想い出

せない。昨晩どこに泊まったかも知らんのだ。わしを笑わんでくれ。何故ならば、まぎれもなく、この御婦人は、わしの子の、コーディリアではないかな？」(4.7.63-71)「私を御存知ですか」の答が、めぐりめぐって、今となった。体内時計の狂った老人の、この名調子こそ、誕生日に集まった、子や孫たちから、笑顔と拍手を受ける類のものではなかろうか。

　フランス軍が、戦争に敗れ、リアとコーディリアが、牢に引き立てられて行く。約束がちがうのか？われわれは、二行前に、エドガーの 'Ripeness is all'、「何事も機が熟することが肝心です」(5.2.11) という言葉を耳にしたばかりなのである。コーディリアが九仞の功を一簣に欠くことになれば、数少ない最善の意図をもつ他の人たちも、同じことを身に沁みて味わうだけになる。しかし実は、エドマンド、ゴネリル、リーガンの側も、同じ羽目になるように仕組まれている。結果 (the event) (1.4.327) というものを、人間は決して、正しくもたらすことができないものと、この劇は、見定めているかのようなのである。「最善の意図を持って、最悪を招いたのは、私たちが最初ではありません。しいたげられた王よ、あなたのために、私は運命に蹴落とされました。私一人ならば、気まぐれの運命の顰めっ面を、睨み返してやれますのに」(5.3.3-6)

> CORDELIA Shall we not see these daughters and these sisters?
> LEAR No, no, no, no! Come, let's away to prison.
>
> コーディリア　どうです？あの娘たち、あの、わたしの姉たちに、面会いたしましょうか？
> リア　いや、いや、いや！もういい！一緒に牢屋へ行こう。　　　(5.3.7-8)

七夕の牽牛と織女のように、一方は、負け戦をしに、ドーヴァーまで迎えに出、一方は劇全体を曳きずって、この此岸と彼岸の境にまで、やってきたのである。父上、あなたは「見るべきほどの事は見つ」とおっしゃいましょうが、いっそあの二人に顔を合わせておきませんか、というコーディリアの言葉に、強い、高らかな笑いへのうながしを感じることはできないだろうか。

さすがに、リアも、いささか見 (see) あきている。いやいや、悪い冗談はよ
せ、牢へ行こう、という返答に、やっと娘と肩を組むことができた男の笑み
が感じられないだろうか。「これで、わしは、やっとお前をつかまえたかな
(Have I caught thee?)」(21) のセリフには、世界を台無しにした道楽ではあっ
ても、その解体の荒技が現しめた太古から現在までの人間の光景ゆえに、許
してもよいと思わせるものがある。シェイクスピアが創り出した、もう一人
の巨大な老人、フォルスタッフも、浮気の相手に、Have I caught thee, my
heavenly jewel?³ と言ったことがある。この道楽者は、老人問題の観点か
らすれば、一人でも遊ぶことができる意味においても、完全に「自立」して
いる。リアは、王をやめる事もなければ、片時も一人で過ごせない。しか
し、彼ほど、マキアベリ的権謀術数と無縁な王もいない。王国に闖入し、父
と娘のこの精神的勝利の直後にも、二人を殺そうとしているエドマンドと
は、全編、セリフのやりとりも、からみもなく、そんな策謀家の存在すら、
リアは知らないふしがあるのである。コーディリアはリア王の資質を知って
いる。「夜も寝ずに、可哀相な決死の歩哨兵、こんなに薄いお髪が兜だった
のですか？」(4.7.35-36) フォルスタッフは、嵐の中で、そんなことはしない。
コーディリアにとっては、この父との再会で、劇は終わっている。傍らで、
「涙をぬぐいなさい。やつらは、わしらを泣かせられるものか、やつらが先
に、こわいお化けに肉も皮も、食べられてしまうから」(5.3.24-25) と、こわ
がる子供を安心させる父親を演じているのを、おそらく、涙と笑みで、黙っ
て見ている。

　その、父親を演じる幸せの延長線上に、劇自体が、最後に、舞台上に生き
残る誰にとっても理解し難いもう一つの、激震を予定している。大きな活断
層がずれたまま、甲斐のない (Very bootless. 5.3.293) 隆起に乗り上げて、劇
は終わることを、コーディリアだけが分かっていたのではなかろうか。
「コーディリア！コーディリア！おい、ちょっと待て！」(270) 一幕一場
で、彼女を勘当したその時から、何と長く、リアの胸の奥深くにわだかまっ
ていた言葉であろう。

　　　LEAR   I killed the slave that was a-hanging thee.

>   CAPTAIN 'Tis true, my lords, he did.
>   LEAR   Did I not, fellow?
>
>   リア　お前の首をしめていたあの下郎をわしは殺してやった。
>   隊長　申し遅れました、その通りでございます。御みずから、殺されました。
>   リア　貴様は見ていたからな。　　　　　　　　　(5.3.273-4)

おそらく、素手で、リア王という全迫力で、絞め殺したのであろう。簡潔に、一瞬にして、伝説の王の破格の大きさを、走り書く下りである。こんな場面にも、「貴様は見ていたからな」と、リアの稚気あふるる笑顔がある。しばし、若い頃の武勇振りを想いだし、「だがわしも年をとった。うち重なる苦労というやつで (these same crosses)、腕が鈍った」(276-7) にも、英国中の人が、笑いを感じているはずである。満を持して、変装を解き、自己紹介をするケントに答えて、「あいつも、死んで腐ってしまった」(284) が、リアの与える最後の笑いである。いや、ケントの言う、「ここまで、もちこたえられたことが、むしろ信じられない。御寿命を越えて生きられた (He but usurped his life)」(315-6) に対しても、死というものに明け渡す命を大分横領して、生きてやったわいと、腕白そうに、この恐るべき老人は、笑っているかもしれないのである。

　年老いた主人公というものは、その人生の結末の部分を演じて、人物を完結する。作者が、劇に、人間の世界を切り取ったような真実味を与えようとする限り、終結の場に、主人公のあとを生きる人物たちを、立ち会わせるだろう。その、関係した人物から、尻取りのように、次の主人公を生む、つまり、どの人物からでも次の芝居は書けるというのが、シェイクスピアの流儀ではなかったろうか。フォーティンブラスからオセロへ向かうことも、オールバニー夫妻からマクベス夫妻を生むことも可能である。エドガーとケントが、ロマンス劇の中で、ポスチュマスとベラリアスとして面影をとどめているように。ドーヴァーの渚は、いかに終末的であろうと、この劇においても、作者は、これにて人間世界を描くことに店仕舞いをするつもりなぞ、毛頭ないものと見える。つまり、エドガーほど、あからさまに、後継者としての性格を与えられた人物は、シェイクスピアに類を見ないのである。一つの

劇を最もよく「体験」する、観客の代表者であると同時に、彼の役は、一貫してブリテンの王の見習い (understudy) そのものなのである。

この劇の風景は、「このあたり、何マイルにも渡って、木一本ありません」(2.4.296-7) といった荒涼たるものを思わせがちだが、そうともいえない。ドーヴァー街道の荒地は、緑一色であろうし、ブリテンに樹木もないわけではない。追放されたエドガーは、まず、木の洞(ほこら) (the happy hollow of a tree, 2.3.2) に身を隠す。顔に泥を塗り、木の葉を身にまとい、牧場の踏み越し段を越え、木立の下の馬道を駆け抜け、炭焼き小屋とも言えるような中にうずくまり、生き延びる姿は、まさに、緑の男 (green man、あるいは Green George) そのものである。シェイクスピアの誕生日である 4 月 23 日の聖ジョージの日には、もっとも「腕っぷしが強く、足の速い者 (both strong of hand and fleet of foot)」[1] が「森の王」の後継者に選ばれる。そんな「再生」の儀式の一部始終を、エドガーは、済ましてきたのである。若い芽は、エドマンドという異株に宿る害虫に、少なくとも葉（名前）は喰われて (canker-bit, 5.3.121) しまう。しかし、このよい種 (a thing) は、王 (a king) になるはずの、リアの「名付け子」(2.1.92) でもあった。彼の口から出る「癒す (cure)」、「育てる (nurse)」、「保存する (preserve)」といった言葉は、彼が、希望の種であることを示している。「森の王」は、交替の時期が来ていた。

     'tis our fast intent
To shake all cares and business from our age,
Conferring them on younger strengths, while we
Unburthened crawl toward death.

余の固い決意を言おう。
わずらわしい国務の葉をこの老木からふるい落とし、
若い力にそれらを委ねる。そして、身軽になって、
地に這い、死を迎えることにする。 (1.1.36-39)

劇の冒頭で、「寿命」が来ていたのを、たとえば、ゴネリルが、「ひとりでに

裂け、幹から与えられる樹液を拒んで折れていく枝のような女」(4.2.35-36) として立ち現れたため、リアは、劇の間中、次の「緑の男」が育つまで、樹齢を「くすね」なければならなかったのである。聖ジョージ祭や五月祭にあるコンテストで、後継者が未熟であれば、王のタイトルは一年延期されるように。四幕六場 (91-93) で、リアは、頭から、体中、野の花、雑草でおおわれて、エドガーに最後のテストをする。「合い言葉を言え」「マヨラナの花 (脳を癒す薬草)」「通れ (Pass.)」——森の王のヤドリギ[5]であった彼は合格 (pass) したのである。

　エドガーほど、疲れはてた、気の進まない王位継承者はいない、と見えるかもしれない。リアとコーディリアは、あたかも、笑うロミオとジュリエットのように、神殿の柱を倒して、逝ってしまった。しかし、その笑いの中にある、「まだ捨てたものではない (Then there's life in't)」という遊び心が、どこかでエドガーを、かろうじて支えている。

> The weight of this sad time we must obey;
> Speak what we feel, not what we ought to say.
> The oldest hath borne most; we that are young
> Shall never see so much, nor live so long.

> この悲しい時の重荷をわれわれが担わなければならない。こう言うべきことを言うのではなく、身に沁みて感じることを言うのでなければならない。
> 最も高齢な人が、最も耐えました。若い「余」としては、
> かくも多くを見、かくも長く生きることもあるまい。　　(5.3.322-5)

オールバニーに、スピーチを譲られて、若者の遠慮と、意味のよく分からない、青年の主張が入り混じる、型破りの挨拶となってしまった。ういういしさと、腰折れのおかしさに、笑って拍手をすることもできるのではなかろうか。

注

[1] *King Lear* からの引用の幕、場、行数は、全て、Stephen Greenblatt, et al eds., *The*

Norton Shakespeare, (1997) の 'A Conflated Text' による。

[2] Henry Vaughan , 'The World' の第一行。

[3] *The Merry Wives of Windsor*, 3.3.35. *(The Norton Shakespeare)*

[4] J. G. Frazer, *The Golden Bough* (Abridged Edition), Macmillan, 1922, repr.1957, p.298 他参照。

[5] 同書、pp.693-4 参照。

シェイクスピアの劇場と役者
－新グローブ座の可能性を巡って－

下舘 和巳

>   ...when he speaks,
> The air, a charter'd libertine, is still,
> And the mute wonder lurketh in men's ears,
> To steal his sweet and honey'd sentences.
>
> *Henry V*, Act I Sc.i

> ……王が口を開かれると、
> 例の放埓特許の空気さへも（みだりがましい風さへも）鎮まり返り、
> たれの耳にも沈深した驚異が潜み、王の蜜のやうに、甘い一言々々を
> 盗み聴かうとします。
>
> 『ヘンリー五世』1幕1場[1]

序

　ロンドンのテムズ南岸サザックに建設された新グローブ座 (the New Globe) は、1996年の開場以前から、学者のみならず演出家、役者、舞台装置家などシェイクスピアの上演に関わる様々な分野の専門家達の注目を浴びてきた。その理由は、この新グローブ座が、シェイクスピアの傑作の大半が上演されたグローブ座（1599～1613）にできうる限り近い状態に復元されたものだからであり、そのいわば伝説的な劇場空間の再現によって、シェイクスピア演劇に宿る磁力の秘密を嗅ぎとれるかもしれない、という期待があるからである。その秘密を探るためにサム・ワナメーカーが考えていた方法の一つは「一年に一作品をシェイクスピア時代の上演にできる限り忠実に舞台化する」[2]ことであった。私たちは、このオーセンティシィティを重視した舞台化によって、現代の舞台環境からは感知できない様々な問題への鍵を見出す可能性をもっている。様々な問題として考えられるのは、プラットォーム、スタディ、バルコニーといった多層構造と舞

台演出或いは役者の演技との相関関係、劇場の音響と役者の声とせりふ術、観客と役者のインターアクションなどである。この拙論の目的は、新グローブ座における上演とワークショップ、またはロイアル・シェイクスピア・カンパニー (RSC) のヴォイス・ダイレクター、シシリー・ベリーとのワークショップをてがかりとして、劇場空間における役者の声と、役者と観客のインターアクションを考察することで、新グローブ座の特質と可能性を探ることにある。

スワン劇場と役者

建築家や演劇制作に関わるスペシャリスト達によって構成される「英国建築・劇場運営委員会」は、第二次世界大戦以降に建築、改築された劇場の中から、30の理想的劇場を選んだ。[3] その選択の規準となったのは、観客から舞台への視界、音響効果、そして照明設備を始めとしたバックステージの環境である。演出家マイケル・アッテンボローが言うように「劇場空間には、それぞれ違った個性がある」。[4] しかし、選ばれた劇場は、そのスケールと構造において、現存する数多くの英国の演劇空間のある典型を示している。

劇場のスケールを測る目安としての観客収容人数で最大の劇場は、エジンバラ・フェスティバル・シアター（約1,900人）であり、中規模の劇場の代表は、円筒状の空間を特徴とするノッティンガム・プレイハウス（756人）、最小規模の劇場は、サリー州のオレンジ・ツリー・シアター（163人）である。構造は概ね四つに分類される。まず、プロセニアム・アーチ（額縁舞台）だが、豪華絢爛な内装で名高いロンドンのプリンス・エドワード・シアターを始めとした殆どのヴィクトリア時代の劇場がこの構造を持つ。イン・ザ・ラウンド（四方を観客に囲まれた円形舞台）で注目されるのは、宇宙船のような外観に包まれたマンチェスターのロイアル・エクスチェインジ・シアターである。スラスト（張出し舞台）と呼ばれる形態の典型としては、音響の秀逸さで名高いギリシャのエピダウルス円形劇場に屋根をかけたようなシェフィールドのクルーシブル・シアターがある。そして、最

後にサセックス州のクライスツ・ホスピタル・シアターに代表されるコートヤード（中庭風舞台）がある。

ロイアル・シェイクスピア・カンパニー（RSC）の本拠地ストラトフォードには、プロセニアム・アーチのシェイクスピア・シアター（1,200人）、コートヤードのスワン劇場（460人）、ブラックボックス風な空間のジ・アザー・プレイス（300人）がある。その中でも最も新しい（1986年開幕）スワン劇場は、トレヴァ・ナン等が既存の大小二つの劇場の持つ問題点を解決すべく模索した末、「デ・ウィットのスワン座のスケッチから触発され」「エリザベス時代の劇場の精神を再現しようとして」[5]建設された理想的な空間である。

シェイクスピア・シアター（メインハウス）と背中合わせに建てられたこの馬蹄型の劇場の舞台は、劇場の中間まで突き出したスラスト形で、舞台の高さは50センチ程と低く、舞台前面の二つの角に向かって八の字型に二つの階段状の通路がある。そして、観客席は舞台の両袖、舞台前面、三階建てギャラリーを占めている。勿論、スワン劇場はエリザベス時代の劇場の復元ではない。しかし、その精神と木造の劇場が醸し出す雰囲気、かつ幾つかの劇場構造の類似点から考えれば、英国の劇場で最も新グローブ座に近いと思われる。ここでは、新グローブ座における役者の問題を考えるに先立って、スワン劇場における役者の問題に注目してみたい。

スワン劇場について語る時に、多くの役者がその対極の例として挙げるのがメインハウスである。その主因は、役者に「まるでドゥヴァの絶壁からカレーの海岸に向かって演じているようだ」[6]（バリオル・ホロウェイ）と感じさせる劇場の大きさにある。メインハウスの難点を指摘するイモジェン・スタッブズの次の言葉は逆にスワン劇場の長所を浮き彫りにして興味深い。

> メインハウスでは、どんな演技をしても自分が大きな映画のスクリーンの中の一部に過ぎないという感じを持ってしまう。髪の毛をいじるといった小さな仕種にも観客の視線を感じにくい。観客も舞台から身を引いてスクリーンを漫然と見ているという風で、役者と観客がその夜の舞台を一緒に創っているという感動がない。[7]

一方、スワン劇場を絶賛する多くの役者達は、観客との近さが生み出す「親密感」と「暖かさ」と「即興感」を強調する。音響についてトニー・チャーチは、「コッツロウ（ロイアル・ナショナル・シアター）では、まるで古い毛布にくるまれながら喋っているようだが、スワン劇場での音響は鮮やかだ。」と評価しながらも、「叫んでしまうと音がぼやけてしまうので、声は明確に出さなければだめだ」[8]と叫び声に対する空間の弱さも指摘する。"my great love"とスワン劇場への熱い思いを示すサイモン・ラッセル・ビールも、声に関しては「音量を正確にしないと裏切られる」[9]と語る。

　ギャラリーの高さは、誰もが問題点の一つとして指摘する。スタッブズは、観客を芝居に引き入れていく方法としての視線による接触の重要性を語りながら、「アイ・コンタクトをとろうとすると、まるで車に乗せた犬のように首を動かしてキョロキョロせざるをえなくなる」[10]と観客とのアイ・コンタクトの難しさに不満を持つ。アンソニー・シャーもやはり、「最上階のギャラリーに向かって演ずるのは難しい。というのは、そこに届くように演じようとすると、一階席に座っている観客には不自然な姿勢になってしまうからだ」[11]と懸念する。張出し舞台が与える身体感覚について、フィオナ・ショーは、「観客の視線に晒されているという怖さと同時に、視線が自分に集中している感じがある。そのことによって身体にエネルギーが溢れ、溢れるからそれを出し切ろうとする」[12]と、スワン劇場の集中力とテンションの高さを評価する。フィオナ・ショーは、今や英国を代表する女優の一人だが、彼女の次の言葉は、スワン劇場の特質を巧みに表現している。

　　スワン劇場についてまず言えることは、美しいということを除いて、「見かけによらない」(deceptive) ところがある、というところだ。最初に舞台に立ってみると、観客と役者の親密さを感じて、これは素晴らしい劇場だ、これこそ理想だと、思う。でも、段層の観客席は脅威だ。一見自分の声を簡単にコントロールできると思ってしまうが、結局はなかなか曲者だということがわかる。[13]

役者の声

「エリザベス時代の劇場は、盲人も失うところが少なかった」[14]と書いたのは、グランヴィル・バーカーである。この言葉は、役者の演技も含めた舞台上の様々な視覚的要素の乏しさを示唆しかねない、いささか危険な誇張表現ではあるが、当時の舞台における演劇的想像力の源が、まず第一に役者によって語られる言葉にあったことを鮮烈に物語っている、という意味では興味深い。しかし、ジョン・ベイリーの「現代の役者によって語られるシェイクスピアは、クラシックカーのエンジンの音のようだ。エリザベス時代の役者はただせりふを暗唱していただけではなくて、せりふを生きていたのだ」[15]という言葉を聞く時に、「シェイクスピアを現代の声としてどう再生するか？」言い換えれば「現代の役者がシェイクスピアのせりふをどう喋るか？」という、役者にとって極めて重要な課題に目を向けさせられる。

　スワン劇場の印象を語ったフィオナ・ショー、アンソニー・シャーといったRSCの役者達には声とデクラメーションの師匠(メンター)シシリー・ベリーがいる。彼女は長年RSCのヴォイス・ディレクターとして、この「役者にとって極めて重要な課題」に取り組んできた人物である。勿論、新グローブ座のヴォイス・トレーナーも役者達もベリーの二つの著書『声と役者』、『役者とテクスト』に凝縮されている思想と方法論から直接、間接的に多大な影響を受けている。そこで、ここでは、ベリーのシェイクスピアの声とせりふに対する考え方の一部を紹介しよう。

　ベリーにとって声とは、「私たちが聞く言葉と、私たちがその言葉をどのように聞くかということと、私たちが聞いた言葉をその性格と身体的特徴と経験から照らしてどう意識的に用いるかということの複雑な混合物である」。[17]つまり、声を形成しているのは、私たちを取り巻く環境と、聴覚力と発話力と性格の四つの要素である、とベリーは考える。その声を役者の声として育てるために、身体と精神のリラクセイション、呼吸、唇と舌の筋肉を鍛えるという三つの段階の必要性を説く。

　言葉は唇と舌と歯によって声になる。そして、その声に命を与えているのが呼吸であり、その呼吸を生み出しているのが身体である。更に、ベリーは役者が登場人物を演ずることの意味をこう表現する。「私たちがどう呼吸

するかということは、私たちがどう考えているかということであるように、登場人物がどう呼吸するかということは、登場人物がどう考えているかということに深く関わっている。」[18] 登場人物の思考は呼吸に根差している。そして、呼吸はせりふに宿っている。とすれば、役者が登場人物になりきって、その思考を自分の思考にするためには、せりふに宿っている生命の在処を発見して、それを自分の呼吸にしなければならないということである。

ベリーが役者と初めてテクストに向かう時に強調するのは、言葉の"muscularity"である。それは、言葉の意味を頭で考える前に、唇と舌の筋肉を充分に使って、その言葉の音から匂いや肌触りを探ることである。ベリーはその言葉との取り組み方をこう語る。

> せりふを自分のものにするためにはどうすればいいか。それは、せりふが舌に乗って喋れるようになるまで繰り返すこと。ともかく、せりふの回りをぐるぐるまわってみることだ。[19]

『ロミオとジュリエット』のプロローグへの最初の接し方を例にとれば、まずソネットの冒頭の一行 "Two households, both alike in dignity" をばらばらにして、一つ一つの単語を身体的に感じさせようとする。ある者はゆっくりと歩きながら "households" を声にし、ある者は飛び上がりながら "both" を声にし、ある者うずくまりながら "dignity" を声にし――と、それぞれ独自の方法で言葉に接していく。そのことで、ベリーは言葉を意味で捕らえようとする習慣から私たちを解放して、ひたすら音の力に身を委ねさせようとする。そしてその後に必ず、ベリーは言葉と一緒に動くことで何を発見したかを役者達と議論することで、他の役者とその発見を共有させようとする。更にワークショップは、一単語から一句に、一句から一節にと語数を増やしながら、運動と発見と共有の三つのプロセスを繰り返しつつ、延々と積み重ねられていく。[20]

ベリーの方法論の根底には「シェイクスピアの言葉のリズムに対する信頼」がある。そして、ベリーはエリザベス時代の人間が現代人より遥かに言葉に集中できる耳と声を持っていたに違いないという確信を抱きつつ、エリザベス時代人に他ならないシェイクスピアを現代の声としてどう再生

させるかということを探り続けている。しかし、ベリーにとって、シェイクスピアの言葉を現代にいかに再生させるかという問いへの鍵は、シェイクスピアをエリザベス時代の音(おん)で発声するということでは決してない。

　ベリーは私たちにこう語りかける。「シェイクスピアのビートはすごく強い。ということは、エリザベス時代の人間がそのビートに本能的に反応できたということ。私たちが今そのビートを感じさせられるのは何？——ロックやレゲーやジャズかもしれない。」

　ベリーのシェイクスピアのせりふに向かう姿勢が最もよく現れているのは、次の言葉である。

> 　シェイクスピアの戯曲にはエネルギーが流れているが、そのエネルギーはナチュラリスティクなものではない。エネルギーは、一つの単語を次の単語へ、一つのせりふを次のせりふへ、一つの思想を次の思想へ、一つのシーンを次のシーンへと駆り立てていく。そして、そのエネルギーが止まるのは戯曲の最後のせりふが終わった時。だから、役者にとって大切なことはこの「連続性」(continuum) を意識できること。[21]

新グローブ座と役者

　ピーター・ホールは、発掘されたローズ座とグーロブ座に立ってこう語っている。

> 　エリザベス朝の劇場が、叫ぶことも囁くこともできた空間であることがわかった。ここで演ずることで役者に新しい次元が開かれる可能性があるだろう。[22]

　エリザベス時代の劇場は多様であった。そして、当時の役者の真骨丁はグローブ座で演じられた芝居が、度々屋内のブラックフライアズ座に、または旅先のただの空間に移されたように、「あらゆる条件下で演じることができた」ということにある。しかし、ホールの中にある確信めいたものは「エリザベス時代の役者の声は、それでもやはり、この半屋外の劇場で育てられたのだ。」ということである。「新しい次元が開かれる」とは、エリザベス時代の役者が身につけていた感覚、そして現代の役者が失ってしまっ

た感覚を回復することを意味している。最初の章で触れたように、現代の英国には多種多様な形態の劇場があり、役者には様々な舞台環境で演じることができる適応性が求められる。しかし、現代のどんな役者も、グローブ座のように「叫ぶことも囁くこともできる」言い換えれば、「舞台のそばと舞台から最も遠く離れた観客の両方を掴むことのできる幅のある声を求める」ある意味では、役者にとって要求の厳しい (demanding) 劇場で育ってはいない。

こうした状況を考えた時に、現代の役者にとって新グローブ座が極めて"demanding"（マルチェロ・マニ）な空間であることは察するに難くない。新グローブ座が『ヘンリー五世』でオープニング・シーズンを迎えてからまだ四年で、新グローブ座の上演を検証していくに充分な資料があるとは言えないが、ここでは役者の視点から新グローブ座の特質を探ってみたい。

新グローブ座（収容人数約 1,400）は 20 のベイからなった劇場で、演技空間としては上方にバルコニーを有した横長の張出し舞台と、その正面奥に掛け布で隠されたスタディがある。その舞台は約 1 メートル 50 と意外に高く、その舞台の前方には二本の太い柱が立ち、舞台を覆う巨大な天蓋を支えている。二つの出入りの扉は舞台の両袖にそれぞれスタディから少し離れた位置に、柱から半分隠れるようにある。観客は舞台の前面、両袖のヤードと三階建てのギャラリーから舞台を丸く囲んでいる。

スワン劇場と比較した時の顕著な類似点は、三階建てのギャラリーと張り出し舞台であるが、最も大きな相違は、この新グローブ座が半屋外であるということである。そして、その事によって役者にもたらされる最もユニークな経験は、グラウドリングつまりヤードに立つ観客達との直接的な接触である。

スワン劇場を始めとした多くの劇場において、舞台の目前にいる観客は、ストールのチケットを手にした者ばかりであって、立ちあがることはスタンディング・オベィションの時以外には許されていない。新グローブ座のグラウンドリングは、エリザベス時代の観客ほどは多彩で野卑ではないにしろ、5 ポンド支払えば入場できた比較的若い気軽な人達が多い。決して気軽な観客ではなかったはずのスティーブン・オーゲルはギャラリーの座

席に座りながらも、「この劇場の最大の問題は(おそらくズータイの大きい)私だ。なんといっても、私が慣れているのはここちよく座れてここちよく聞いていれる劇場だから」[23]と、エリザベス時代の人間の体格に合わせて作られた劇場(当時の人は現代人よりも10％ほど小さかったという数値がある)[24]を皮肉っている。この知的な芝居通の発言への適格な答えはアンドリュー・ガーの次の言葉であろう。「人はここちよい安心感を求めて劇場におもむくが、それは違う。というのは、劇場には危険と不安の要素がなければならないからだ。さもなければ、眠ってしまう。」[25]

グラウンドリングは、確かに眠れない。そして、立ちながら喋っている役者の言葉を同じように立ちながら聞いている観客の中に生まれるのはアンガージュマン、つまり芝居に自ら参加しているという感覚である。加えて彼等はヤードを歩き回ることができる。今はまだ役者の動きに従って観客が群れをなして動き出すというような現象は見られないが、立ってそれも青天井の下で聞くという姿勢は観客の心を開いて、感情の喚起を自由かつ容易にする作用を持っている。この活発で柔らかいグラウンドリングに向かってせりふを語りかける印象を、グラシアーノを演じたアンドリュー・フレンチは「言葉がまるでボールのように弾む」と表現し、ラーンスロット・ゴボーを演じた喜劇役者マルチェロ・マニは「コミュニカティヴで観客をつかみやすい」と語る。

役者が観客について語る時に共通している事は、ギャラリーに座っている観客とのラポーの少なさである。一階から三階までの様々な座席は程度の差こそあれ舞台との間に距離があって、確かに、マニが言うような役者とのコミュニケーションは起こりにくい。そういう意味では、スワン劇場の役者のギャラリーへの意識の方が高い。その理由として考えられるのは、スワン劇場の舞台が観客席に向かってより長く突き出しているために、役者の演技空間がより広く、新グローブ座の役者よりも、舞台の両脇に位置するギャラリーと接触しようとする誘惑が大きいということである。もう一つの理由は、新グローブ座ではグラウドリングの誘惑の大きさと彼等との接触の容易さのせいで、役者の意識がギャラリーまで拡がることを消極的にしていることである。

そのために、ギャラリーに身を置いている観客は、役者との直接的な接触によってよりもむしろ、役者とグラウンドリングの間に起きるフィーリングを通して何かを感じているという印象が強い。一方、舞台の役者に密着しているグラウンドリングにとって稀薄になる感覚もある。それは、劇場の全体感のようなものである。ギャラリーの観客は、芝居に引き込まれながらも、その物理的距離感と明るさのせいで、しばしば、舞台の上の役者と彼等に群がるヤードの観客と、かつグラウドリングと役者を見つめて劇場を丸く高く埋めている他のギャラリーの観客との間から醸される一種独特な雰囲気、つまり、"wooden O"の形が持つ磁力と役者と観客が生み出す魔力の全体を感じることができる。

　新グローブ座におけるグラウンドリングの存在は極めて重要である。彼等は、役者達にとってコロス的な機能を果たす役者の一部であるとも、ギャラリーの観客を刺激する第一観客ともいえるからである。ポウリン・カーナンの次の観察は興味深い。

　　『ヴェローナの二紳士』の初日のことである。プローテュースが舞台の柱の前に立っていた。それは、二幕二場でミラノに発とうとするプローテュースに、ジュリアが別れを告げる場面である。プローテュースとジュリアは指輪を交換し合った後に、ジュリアが「この契約を口づけで封印を」と言うと、プローテュースはジュリアに口づけすることにためらいを見せる。突然、グラウンドリングの観客の一人が「行け、行け、彼女にキッスだ！」と叫んだ。すると、他の観客も同じように叫びだした。[26]

　『お気に召すまま』の上演でも同じような事があった。一幕三場で、フレデリック公爵が、姪のロザリンドに向かって「追放だ」と言うと、グラウンドリングから一斉に「ブゥー」というやじの声が上がって、その声がみるみる劇場全体に広まった。カーナンは『ヴェローナの二紳士』を見ていたある観客の"exhilarating"（浮き浮きする）という表現と、ある観客の「『ロッキー・ホラー・ショー』みたいにならなきゃいいがね」という批判に、新グローブ座における観客と役者の相関関係の裏と表を見る。[27]『ロッキー・ホラー・ショー』にはクリスマスの子供向けパントマイム劇のように、観客が決まったシーンで決まった反応をするという慣習ができている。

その反応が生むポジティヴな効果も勿論ある。それは、ここで観客から必ず反応がくると役者が確信を持つことで役者に与えられる「乗り」である。しかし、私たちは、むしろパターン化された反応によって何かが壊れてしまうことを危惧する。何かとは、役者が他の役者と、或いは観客との間でその舞台ごとに初めてのように生み出していく新鮮な呼吸と間合いである。

　新グローブ座とスワン劇場に対して役者と観客が共通して感じているのは"intimacy"である。しかし、その"intimacy"には微妙な差異がある。スワン劇場には、新グローブ座にはない濃い緊張感のようなものが漂っているし、スワン劇場の観客からは新グローブ座の観客におけるような解放感のある、一種野卑なエネルギーが沸き上がることは少ない。この反応の質の違いを生んでいるのは、観客と役者が外気に晒されているか否かということでもあるが、それに付随する要素—人工照明の有無である。

　新グローブ座は、夜の公演における必要最低限の明り以外は、人工照明を使用していない。照明の強く鋭い明りが役者に及ぼす影響を観客は経験しえないが、とりわけ天井からの照明の明りの眩しさのせいで、普通の劇場の舞台に立つ役者の目に入る観客は、せいぜいストールの最前列からの数列で、それを越えると観客の顔はただ薄ら闇の中にボンヤリと浮かんでいる風である（勿論、照明があっても役者はアイ・コンタクトをとるふりをする訓練はできている）。『ヘンリー五世』の役者クレイグ・ピンダーは初日の舞台の印象を「観客一人一人の顔が見え、観客が僕たちを見ているのが見える」[28]と興奮を隠さずに語っているが、この事実は、役者がその視線によって観客と接触できる可能性があることを示している。

　役者と観客の直接的なアイ・コンタクトの効果は"intimacy"であり、「役者が観客と意識を共有できる」ことにある。しかし、アイ・コンタクトの難しさも『ヘンリー五世』に出演した役者の多くから指摘されている。パトリック・コッドフレイの「観客が目の前にいるために、いつも観客に向かって演じようとする誘惑にかられてしまう」[29]という言葉には、観客との過度の接触によって劇世界を演じる集中力が崩されかねないという不安がある。アイ・コンタクトの対象は必ずしも一人ではく、数人又は十人近い場合もある。一つのせりふを喋りながら、或いはせりふを喋る前後の間

で観客の目をとらえるわけだが、その瞬間の観客の反応は一様ではない。ある者は微笑み、ある者は笑い、ある者は戸惑いの表情を見せ、時には欠伸をしている者もある。女装のキャサリンを演じたジョイ・リチャードスンは、アイ・コンタクトは「登場人物を演ずる役者が観客と何かを共有したい時、観客の支えを必要とした」時にうまくいきると、その機能を評価する一方で、「一人の観客を見つめる時は、パーソナルな瞬間になるので、劇の登場人物ではなくて役者としての自分が露呈してしまう」[30] 危うさがあることも指摘する。

新グローブ座の問題点と可能性

　これまで、役者の視点から新グローブ座の特質を考察してきたが、ここでは現在、新グローブ座が抱える問題とこれからの可能性を考えていきたい。新グローブ座の掲げる「オーセンティシティへのこだわり」は、これまでの英国のどの劇場も考え得なかった独創的、冒険的コンセプトであることに間違いはない。そして、そのこだわりによって既に発見されつつある未知の身体感覚は極めて貴重なものである。しかし、これからはむしろ、どんなオーセンティシィをどのように追及していくのかが注目される。

　オーセンティシティへのこだわりは、劇場の構造は言うまでもなく、劇場全体の骨組みとなっている選りすぐりのオーク材、屋根に葺いたノーフォーク産のアシ草、音響効果を高めるために漆喰に混ぜ合わされている砂や消石灰や動物の毛、天蓋に描かれた黄道十二宮図、その天蓋の前部にあるトランペットを吹く名声の女神の絵、バルコニーの上にグリザイユ画法で描かれた 7 人の星の神々、バルコニーの両端に描かれたマーキュリーとアポロの立ち姿、その中間に並んで舞台を見下ろす悲劇と喜劇の女神達、舞台正面壁の四枚の掛け布に刺繍を施されたアトラスやヘラクレスの姿、[31] 舞台の上のイグサ（これが実際に撒かれた上演はわずかだが）、下着や靴も含めたコスチューム（というよりはむしろ復元された衣装）のデザインとその微妙な汚れに至るまでと、見事なほど細部にまで亘っている。[32]

　これらの工夫は「役者の気持ちを変え」（ジェニー・ティラマーニ）、「場

の感覚を創造し」(カーナン)或いは「役者にこれまでと違った発声法を要求し」(アンドリュー・フレンチ)、「感情的なエネルギーを生み出す」(マーク・ライランス)といった役者の心理的、感情的、感覚的な側面に効果として現れているように、「あるフィーリングのオーセンティシティ」を獲得するために大きな役割を果たしていることは確かである。しかし、オーセンティシィティにおけるこだわりがどこまで拡がろうと、その範囲に限界があることは自明である。そのことを、テレンス・ホークスの「新グローブ座がかつてのグローブ座のような役割を担うことは決してない。なぜならば、エリザベス時代の文化は抗し難く去ってしまったからである」[33] という言葉が明快に示している。

新グローブ座の芸術監督、演出そして役者でもあるマーク・ライランスは、かつてニューヨークで『ハムレット』を演じた時に次のような経験をした。「"To be or not to be . . ." と言った後に少し間を置いた。すると、観客席から ". . . that is the question" という囁きがはっきりと聞こえた。その時私にはこの観客が創りだした間を無視することはできないと思われたので、どの観客が喋ったのかを確認し、その囁きが消えるのを待ってから、その観客に答えるような調子で "that is the question" と繰り返した。」[34] ライランスは、この時、彼が観客と共有したせりふの間合いに、新グローブ座の役者が経験する何かと近いものを予見している。

新グローブ座はライランスにとって、役者が観客とその場で芝居という御馳走を「"cooking"できる理想的な大鍋」[35] である。しかし、芝居のリハーサルがこの空間ではなくて、この空間に似せた別の屋内の部屋で行わざるをえないという、経済的現実(それは、上演以外の殆どの時間が新グローブ座を見学する観光客のツアーのために使われるからだ)が、ライランスの理想の十全な実現を阻んでいる。リハーサル室と実際の演技空間に隔たりがあることは、英国演劇界においては、むしろ常識的なことである。スワン劇場の役者達も例外ではなく、この隔たりの問題に悩まされている。[36] しかし、新グローブ座の本質が、劇場構造のオーセンティシティとそこから生み出される「場のスピリット」にある限り、その常識は破られなければならない。

六週間に亘る『ヴェローナの二紳士』の最初のリハーサルの所要時間は1時間40分であった。それが、実際の上演ではその倍に近い3時間に延びている。この数字は、役者達の演技とせりふの間合いがいかに観客とのインターアクションによって膨らんでいるかを如実に示していて興味深い。と同時に、リハーサル室では計算されえない過分な間によって、シェイクスピア劇のスピードとリズムが損なわれてしまっている危険性があることも示唆している。実際の舞台での限られた時間は、殆ど"re-blocking"つまり、リハーサル室で形造られた役者の動きや立ち位置を、新グローブ座の空間に合わせて調整するという機械的な仕事に費やされてしまう。そのために役者は、その身体が「場のスピリット」を感じることからインスピレーションを得て、そこからどうせりふを喋り、身体を動かしていくということを模索していくに充分な時間を与えられないまま、本番にのぞまなければならない。新グローブ座の特質を真に生かすためには、リハーサル室では「テクストに基づく言葉と人物像の把握」に集中し、舞台は演出にとっての「構想を考える」場に、役者にとっては「せりふをどう喋るかを模索し、かつその空間から触発される演技を発見する場」[37]とならなければならない。しかし、この弊害の根が、新グローブ座の経済事情だけではなく、英国演劇界に伝統的にある演出家主導の舞台制作システムにあることが、問題を複雑にしているという事実も指摘しておかなければならない。

　この拙論では、新グローブ座の舞台構造と演出の相関関係を論じるスペースはなかったが、舞台制作の過程で発見された二つの興味深い点を挙げておきたい。一つは、オープニング・シーズンの段階で「邪魔だ」と批判を浴びた二つの柱である。この柱と柱の空間は、新グローブ座の役者の間では"valley of death"と呼ばれている。それは、舞台両袖のギャラリーから死角になってしまうからでも、舞台前方での演技空間を狭め観客との接触の範囲を限定してしまうからでもある。しかし、必ずしもディメリットばかりではない。最近、舞台の二つの柱の下部にあった大きな台座は、舞台前方の演技空間を狭めるという理由から取り払われてしまったが、喜劇役者のマルセロ・マニは、しばしば、台座の上に上がりグラウンドリング

もギャラリーも取り込む演技で意外な効果を示したし、舞台袖の扉から柱が作りだす細長い空間は、二つの扉からの入場・退場時の "corridor" として象徴的な役割を果たしているからである。演出について言えば、概して、ヤードとグラウンドリングに依存し過ぎている嫌いがある。『お気に召すまま』や『間違いつづき』においての演出は、確かに、観客の中にあるエネルギーを生んで、臨場感を生んではいるが、エリザベス時代にヤードが演技空間として使われた記録はない限り、この演出はオーセンティシティから外れている。新グローブ座の可能性は、やはり、オーセンティシティの追及の中にあると言わなければならない。そして、彼等が追及すべきオーセンティシティは、アンドリュー・ガーが指摘するように、「シェイクスピア劇が期待していた上演法」や役者のデクラメーション法であろう。そして、必ずしも演出家の支配下に置かれない、むしろ「演出家と役者のコラボレーションが活かされる」新しいプロデュース・システムを切り拓いて、エリザベス時代のバベッジやアレンといった役者がグローブ座を率いていた時のように、「役者によって役者のために作られた」劇場を目指すべきであろう。

> * 本稿は、第37回日本シェイクスピア学会（1998年10月 於東京大学）でのセミナー「グローブ座再建」において発表したものを骨子として書かれたものである。更に、これは、平成11年度科学研究補助金（基盤研究C）の下で行われている研究成果の一部である。

注

[1] 坪内逍遙、『ヘンリー五世』新修シェークスピア全集第九巻（中央公論社、1934年）、p. 9.

[2] Graham Christopher & Chantal Miller-Schutz, "Pursuing the story," *Around the Globe*, The International Globe Centre (London, 1997), p.6.

[3] Ronnie Mulryne & Margaret Shewring, eds., *Making Space For Theatre* (Stratford-upon-Avon, 1995) は、その委員会の報告書である。

[4] Michael Attenborough, "Directing for the RSC," R. Mulryne & M. Shewring, eds., *Making Space For Theatre*, p.89.

[5] Michael Reardon, "Designing the Swan Theatre," R. Mulryne & M. Shewring, eds., (Stratford-upon-Avon, 1989), p.10.

[6] Ian Mackintosh, "Who directs the sort of theatres we get?" *This Golden Round,* p. 21.

[7] Imogen Stubbs, "Acting in the Swan," *This Golden Round*, p. 107.

[8] Tony Church, "Acting in the Swan," *This Golden Round*, p. 101.

[9] Simon Russel Beale, "Acting in the Swan," *This Golden Round*, p. 135.

[10] Imogen Stubbs, *This Golden Round*, p. 109.

[11] Anthony Sher, *This Golden Round*, p. 121.

[12] Fiona Shaw, *This Golden Round*, p. 132.

[13] Fiona Shaw, *This Golden Round*, p. 131.

[14] Granville-Barker, *Prefaces To Shakespeare* (London, 1927), p. 134.

[15] John Bayley, "A Nature Sabdued," *Around the Globe* (London, 1998).

[16] プロダクションの度にオーディションで役者が選ばれるため、RSC 専属の役者というのはいない。

[17] Cicely Berry, *Voice and Actor* (London, 1973), p. 7.

[18] Cicely Berry, *The Actor and the Text* (London, 1992), p. 18.

[19] Cicely Berry, *The Actor and the Text*, p.22.

[20] The British Council 主催の International Theatre Seminar で行われた 1994~98 年までの3回にわたるワークショップに基づいている。

[21] Cicely Berry, *The Actor and the Text*, p. 82.

[22] Barry Day, *This Wooden 'O': Shakespeares Globe Reborn* (London, 1997), p.274.

[23] Stephen Orgel, "Shakespeare Performed," *Shakespeare Quarterly*, vol.49 (The Folger Shakespeare Library, 1998), p. 191.

[24] Andrew Gurr, "Shakespeare's Globe," J. R. Mulryne & M. Shewring, eds., *Shakespeare's Globe Rebuilt* (Cambridge, 1997), p. 34.

[25] Andrew Gurr, "Shakespeare's Globe," *Shakespeare's Globe Rebuilt*, p. 32.

[26] Pauline Kiernan, "The Star of the Show," *Around the Globe*, p. 5.

[27] Pauline Kiernan, "The Star of the Show," *Around the Globe*, p. 5.

[28] G. Christopher, "Eye Contact," *Around the Globe*, p. 22.

[29] G. Christopher, "Eye Contact," *Around the Globe*, p. 23.

[30] G. Christopher, "Eye Contact," *Around the Globe*, p. 23.

[31] Elizabeth Gurr, *Shakespeare's Globe Exhibition* (London, 1997) . 市川真理子氏の翻訳を参考にさせていただいた。『シェイクスピアのグローブ座ガイドブック』(スピニー出版、1997年)、p. 42.

[32] Jenny Tiramani, "Changing dispositions," *Around the Globe*, pp. 4-6.

[33] R. Mulryne & M. Shewring, "The Once and Future Globe," *Shakespeare's Globe Rebuilt*, p. 21.

[34] Barry Day, *This Wooden 'O': Shakespeares Globe Reborn* (London, 1997), p.270.

[35] Mark Rylance, "Playing the Globe," *Shakespeare's Globe Rebuilt*, p. 171.

[36] Juliet Stevenson, "Space and the Actor," *Making Space For Theatre*, p. 109.

[37] Graham Christopher & Chantal Miller-Schutz, "Pursuing the story," *Around the Globe*, p. 7.

[38] Andrew Gurr, "Shakespeare's Globe," *Shakespeare's Globe Rebuilt*, p. 27.

[39] Graham Christopher & Chantal Miller-Schutz, "Pursuing the story," *Around the Globe*, The International Globe Centre (London, 1997), p. 6.

[40] Bernard Beckerman, *Shakespeare at the Globe, 1599-1609* (New York, 1962), p. 9.

The Old Wife's Tale の構造とことば
―創造力の限界と解放される想像力―

本 山 哲 人

"Thus by enchanting spells I do deceive
Those that behold and look upon my face ...."
(338-9)

これはジョージ・ピール(George Peele 1556-96) 作 *The Old Wife's Tale*[1] に登場する魔術師サクラパント (Sacrapant) の独白の一部分であるが、poesy に対するひとつの所見であるとも解釈できるのではないだろうか。エリザベス朝時代には poesy の機能について 2 つの異なった主張があった。詩人シドニー (Philip Sidney) は、現実を鑑みながらも人間の理想的な姿を掲げるべきであると考え、*The Defence of Poesy* (1595) のなかで「創造主である神は人間を御身の姿に準えて創り、哲学的な営みでは到達することのできない、超越した次元に配された。人間がこのような側面を最も明白に覗かせるのは詩においてである。人間は神からのお告げを受けたような勢いに駆られて、自然界や歴史の出来事をも超越する事柄を詩で表現する」と論じている。[2] これとは対照的に、ベーコン (Francis Bacon) は自然界に形而上的な背景があることを否定し、劇作品に表現される理想的な世界は虚構であると信じた。そして、*De Augmentis Scientiarum* (1623) では「徳を受容するよう、人間の心を養う」使命を認めつつも、芝居は「歴史を体現すべき」ものであると述べている。[3]

Poesy に対するピールの立場を検討する場合、これまでのピール批評を一つの手がかりとすることができるであろう。一般的に、ピールは、シェイクスピアの先駆者、もしくは詩文が逸品でありながら戯曲を作り上げる才能には乏しい作家として片付けられてしまう場合が多い。文学史の視点から彼の作品の批評を試みる人は、似非歴史的な題材や道徳劇の要素がシェイクスピアの歴史劇へと発展を遂げるための橋渡し役であった[4]と位置付け

たり、劇的な原動力に欠けるがシェイクスピアのロマンス風悲劇の原形である[5]と理解したりする。クレメン(Wolfgang Clemen)は「非常に豊富で艶やかな語彙」に感銘しながらも、ピールは戯曲創作上での革新的な貢献はしていないと述べている。[6] ブラウンミュラー(A. R. Braunmuller)によると彼は「叙情的な詩文を書くことに長けていながら、それを劇と一体化することに失敗し」ており、[7]作品構造を詳細に解明しているセン(Werner Senn)でさえ「機械的かつ活気のない」作風であるという結論に達している。イュウバンク(Inga-Stina Ewbank)はこの流れを総括的に捉え、ピールが「ことば」を活かして「奇蹟が誕生する」ときのような効果を感じさせることに成功しつつも、劇作家としてこの効果を駆使するだけの才腕を欠いていたために神秘劇(Mysteries)とシェイクスピア後期の作品とに挟まれた過渡的存在から脱せなかったと理解している。[8]

このように評されている作品の構造と「ことば」の関係を再考察することによって、創作活動に取り組むピールの姿勢が明らかとなるのではないだろうか。作品の構造上の問題は、ピールが「けちな後援者よりも[中略]すぐ小銭を使ってしまう平土間の観客」の好みに応えるつもりで、雑多の要素を劇に組み入れた結果、発生したと考えられている。[9] ピールは確かに観客を意識している。しかし、それは金銭的な理由のみからではない。笹山隆は『ドラマと観客』のなかで「特定の文化的コンテクスト内でたえず一定の形で作動する心理反応の下に、ドラマという芸術形式に固有な受容心理[中略]によって支配されるより普遍的な反応が、その下部構造として存在する」[10]と述べている。この二重構造を使ってピールの作品を検討すると、「ことば」は二層間に摩擦が生じるよう、文化的に条件付けられた反応(上部構造)を巧みに刺激し、意図的に観客を混乱状態に陥れている。[11] つまり、観客に馴染み深い要素を扱うことで、「ことば」は上部構造を操って下部構造を不安定なものにすることができ、観客の反応もしくは「想像力」の限界に挑んでいるのである。そして、観客は、作品の世界が人為的に創造されて、現実世界からはかけ離れたものであると意識せざるを得なくなる。

　The Old Wife's Tale は、あたかも創作活動そのものが題材となって探

究されているような作品であり、この立場を直接的に打ち出している。この劇は長い間「当時のロマンス形式の風刺であり、その様式の揶揄である」[12]とされていたが、近年は、確固とした構造を持つものであると考えられるようになった。このような立場を取る批評家は、観客に親しまれている題材を扱うことで「詩的な明瞭さ」が成立する、[13]大衆劇や宮廷喜劇や仮面劇が民話の構造によって一体化されている、[14]反復する構造は儀式的な性格を帯びている、[15]劇の構造は現実社会を反映するものである、[16]さまざまな要素を「メルヘン的に」融合している[17]などと論じている。さらに、諸般の要素を組み合わせることによって「新しい展望が広がる新しい世界」を臨む作品である[18]とも述べられている。どれも、画然とした構造の成立が観客の想像力を賛するものであるとして評価している。しかし、反対に、構造と「想像力」との限界が示されていると考えることはできないだろうか。この作品では、「ことば」は「魔力」を発揮してシドニーの求めた超自然的世界を築きつつも劇の構造と衝突しており、この「魔力」とともに劇中世界も虚構のものとして映ってしまう。サクラパントの独白の通り、「ことば」の「魔力」は観客を欺いているのである。

具体的には、第一に、「ことば」は「魔力」として描かれることで、傾聴者の想像力を誘導しながら翻弄する幻影的なものとして捉えられており、第二に、この「ことば」は観客に民話、ロマンス、現実的な喜劇などの世界を喚起させて各場面に情調 (tone) を与えているが、これは場面の流れに沿うのではなく妨げるものである。第三に、「ことば」はさらに祝祭的な時間の流れを示唆して超日常的な劇の世界を確立するが、これは実際の場面展開にそぐわないことが多く、そして、特に食事や饗宴の場面において情調的、時間的な矛盾は顕著となっているのである。このように、作品の構造が「ことば」と一体化せず、観客の想像力が無意識のうちにさまざまな形式に束縛されていることが浮き彫りになる。

作品における「ことば」と「魔力」の関係を検討する前にエリザベス朝時代の全般的な風潮を考察すると、「ことば」の擁する「魔力」はさまざまな形で顕在し、また論議の的となっていた。例えば日常生活においては、医療が十分に発達していなかったため、傷病の処置は民衆に代々伝承されて

いた治療法に頼ることが多く、これには常識や先祖の知恵に基づいた治療のみならず、まじないや呪文を唱えながら行う儀式的なものも含まれた。[19] また、中世から残存する不可解な文章が予言として受け継がれるのは決して稀なことではなく、テューダー朝時代に反乱や民衆の暴動が勃発したときには必ずと言って差し支えないほど、このような予言が引き合いに出されていた。[20] 文学的な側面においても、新プラトン主義者は、言葉を媒介にして普遍的な存在である神と接することができると考えた。特にブルーノ (Giodarno Bruno) は、詩は文学的な法則に倣って創造されるものではなく、現世を制している法則を知りうる手段であると主張した。[21]

しかし、すべての人が、「ことば」が「魔力」を帯びたものであると盲目的に信じていた訳ではなく、真っ向から反対する声もあった。ハイデルベルグ大学に所属していた学者エラストゥス (Thomas Erastus) の記した *Dispvtationvm de medicina nova Philippi Paracelsi* (1572-3) は16世紀後半、英国で知られるようになった。これには、「ことば」は神聖な力をはらむものではなく、人間の産物であり、まじないや呪文や予言は何の効力も持たないと記されている。[22] 「ことば」の「魔力」に対して相反した考えがこのように入り乱れていた16世紀における文学と魔術との関わりについて、メベイン (John S. Mebane) は *Renaissance Magic and the Return of the Golden Age* のなかで次のように述べている。「詩人と魔術師は両者ともことばを媒体にして、芸術家として思い描く世界を、それが真実を踏まえたものであれ、虚構であれ、構築していく。[中略] 詩と魔術はともに幻想を礎にしており、このために麻薬的な錯覚を創造する力を有するものであり、類似していることがすぐに明らかとなる。」[23] メベインの論ずるように、当時の状況を冷静に正視した者は、「ことば」と「魔力」がどちらも形而上的な作用や実際的な効力は持たないが、人々に幻を信じさせる手段となりうると理解したのではないだろうか。

The Old Wife's Tale でも「ことば」はさまざまな形で重要な役割を果たし、この社会背景を組み込むかのごとく、聴く者の想像力を制御もしくは翻弄する術として捉えられている。劇の冒頭から、主人に捨て置かれて森の中で迷っているアンティック (Antic)、フロリック (Frolic)、ファンタス

ティック (Fantastic) 3人の小姓が、自分の不運を嘆く気持ちや闇い森の中で膨張していく不安を抑えるために諺を暗唱する。その後、3人は鍛治屋のクラッチ (Clutch) と年老いた妻のマッジ (Madge) の家に暖かく迎え入れられ、"A merry winter's tale would drive away the time trimly" (76-7) と物語をせがむ。これは、時間を潰すための話であるとともに、ファンタスティックが "a tale an hour long were as good as an hour's sleep" (79-80) と言うように、諺と同様、現状を忘れ新鮮な気持ちにさせてくれるものである。

マッジの物語が始まると、エレストゥス (Erestus) は、魔術師サクラパントに拉致された姫ディーリア (Delia) を救い出そうと現われる者にそれぞれ謎めいた予言を伝え、不可解な「ことば」に対する反応はまちまちである。ディーリアの兄キャリファ (Calypha) とテーリア (Thelea) は直接的に理解し、道化ブービイ (Ｂｏｏｂｙ) 同伴のほら吹き騎士ファネバンゴウ (Huanebango) は耳を貸さず、遍歴の騎士ユーメニディーズ (Eumenides) は "This man hath left me in a labyrinth" (434) と戸惑ってしまう。結局、予言者の「ことば」は「状況に働きかけることは何ひとつできず」、聞き手の反応に依存するものとなっている。

ランプリスクス (Lampriscus) の2人の娘が婿と巡り会う脇筋においても、「ことば」は枢要な役割りを果たしている。耳の聞こえなくなったファネバンゴウは、毒舌を吐く娘ザンチッパ (Zantippa) と対面し、自ら発する「ことば」によって恋をしている気分になってしまう。盲目にされたブービイは醜悪な娘セイランタ (Celanta) の「ことば」を通して、美しい伴侶と結ばれたように思い込んでしまう。2人とも「ことば」に魅せられて幻に心酔しているのである。

サクラパントの魔術も「ことば」によって相手を惑わす力に頼っている。これは、耳を塞いでいるユーメニディーズに声が届かず、危害を加えることができない場面で最も歴然と示されるが、エレストゥスとディーリアの名前を奪うことにより、前者を老人の姿に変身させ、後者の記憶を拭去ってしまうことからも明確である。サクラパントは、まるで「ことば」の綾で形作られているようなこの魔術を、本稿冒頭に提示した独白のなかで、

人を騙し、はぐらかす力であり、本質的な変化をもたらすものではないと言っている。物語の終盤、エレストゥスとディーリアは本名を取り戻すと本来の姿に返り、すべての魔法は解かれてしまう。このように、The Old Wife's Tale では、「ことば」は享受者を実態のない幻想や錯覚へと導く「魔力」を具有するものとして扱われている。

*

　次に、「ことば」が如何に、作品の構造と相容れないものとなるよう活用されているか検討したい。構造が不安定に思える一因として、幅広いジャンルの要素が入り乱れ、このために全体的な情調から一貫性や妥当性が失われることが挙げられる。人々に身近な要素が、民話やロマンス作品から現実的な喜劇に至るまで混在することで、観客が期待する筋の展開は幾度となく翻されてしまう。例えば、民話では「自」と「他」が遭遇して、互いに一体を成すものであるという自覚へ繋がる[25]のに対して、ロマンスは中世の宗教劇を土台にしており、英雄が堕落して悪行のはびこる世を彷徨い、神聖なるものへ帰依する冒険、つまり、別離、探検、回帰を描く物語[26]となっている。勿論、それぞれ類似点を欠くということではなく、確かに共有するモチーフやすべてが包容され秩序付けられた結末を目指す大きな流れを認めることができる。しかし、情調や表そうとするものは明らかに異なり、民話やロマンスなどの馴染みある要素を伝にこの劇を理解しようと思う観客にとって、それぞれが交錯することは各場面のみならず大きな展開において混乱をもたらしている。

　ゴールドストーン (Herbert Goldstone) やジョーン・マルクス (Joan Marx) はこのような混乱が見受けられる場面をいくつも指摘しており、どれをとっても登場人物の台詞とその場面が喚起させるジャンルとが融合されていない。物語のはじまりに焦点を当ててみると、民話の要素を備えたエレストゥスは、宮廷の堅苦しい「ことば」で妹の災難を語る２人の兄弟に助言した後、悪妻の現実的な話をして笑いを誘うランプリスクスの訪問を受ける。[27] 場面の展開によって粛然たる雰囲気が豹変するのもさること

ながら、荘重とした様子の予言者と日常的なランプリスクスとは釣合わない。2人の会話は、井戸から頭が現われる場面へ繋がっていく。この話も民話のモチーフとなっており、奇蹟的な出会いの光景となる筈である。しかし、ザンチッパが耳の聞こえないファネバンゴウに対して既に恐妻のような言葉を向けていることで、驚きや神妙さが笑いにかき消されてしまう。さらに、村人が死体の埋葬をめぐって口論する場面も、現実社会で起こりうる言い争いが絡むことによって、恩恵を受ける死人 (the grateful dead) を描く民話的な要素と喜劇的な要素とが衝突する。[28]

亡霊ジャック (Jack) は民話の「自」のような存在として遍歴の騎士を助けるのに対し、宿敵サクラパントは「他」であり、観客が感情移入するには難しい人物となっている筈である。しかし、ディーリアが現われた刹那、"fairer art thou than the running water, yet harder far than steel or adamant" (345-6) と報われることのない恋を嘆いては、"sit and ask me what thou wilt. Thou shalt have it brought into thy lap" (348-9) と彼女の望みを何でも叶えて恋を成就させようと努め、ペトラルカの詩に登場する恋に悩む青年のようである。ディーリアも、悪党にさらわれて怯える乙女であるにも拘わらず、いくつもの注文を申し付けて、差し出されるものが最上級であるか尋ね、慕う青年をあしらう婦人を彷彿とさせる。[29] 観客は邪悪な魔術師を憎みながらも、恋の駆け引きを傍聴しているかのようでもあり、報われない青年に同情さえ感じるのである。

すべての問題が解決され、物語の全体像を形作るのに肝心な締めくくりも、登場人物の台詞によって複雑になっている。ユーメニディーズが恩義と恋、どちらか一方の選択を迫られる終わり方は民話とロマンスに共通する要素であるが、ジョーン・マルクスは2つを区別する特徴を次のように説明している。民話的であれば英雄が明確な決断を下し、ロマンスが基になるときは主人公が優柔不断であるために乙女が自ら犠牲になろうと進み出る。この作品の場合、途中までロマンス調で描かれるが、ジャックの要求と対応があまりにも「直接的でありかつ心理的信憑性に欠くものであり」、またユーメニディーズも "Before I will falsify my faith unto my friend, I will divide her" (858-9) と確固とした決心をするため、民話の世界が前

面に浮き立つ。[30] ロスキー (William Rossky) はこの曖昧な結末を、恋愛や友情を描く際に伝統的に用いられてきた形式を茶化すものとして説明している。[31] しかし、実際には、観客の不意を突き、それまでの展開を崩してしまうような結末ではないだろうか。不吉とさえ言えるジャックの一言 "now you think you have done" (855) は、失われたものの復活を祝い、歓喜に溢れていたそれまでの雰囲気を突如として砕くものである。物語のなかで、暴力の危機が唯一肉体的に切迫し、現実化されようとする場面であるため、ジャックの言葉から生じる威圧感は殊更に大きいのではないだろうか。それまで、ディーリアの兄がサクラパントと実際に一戦を交えることはなく、ファネバンゴウとブービイが被る怪我も肉体的な争いで負ったものではなく魔術師の唱えた呪文によるもので、ユーメニディーズでさえ緊迫した戦いの末に勝利を収めるのではなく、耳を塞ぐという拍子抜けしてしまう手段で敵を倒している。おとぎ話しのような展開をみせてきた物語は、民話的な要素を通して挿入されるジャックの一言やディーリアを二分すべく振りかざされる剣によって一気に妄想であったように思えてしまう。[32] つまり、各場面は民話やロマンスなど雑多な要素を用いて形成されているが、登場人物に与えられている台詞がそれぞれのジャンル特有の情調と矛盾することによって、観客が期待する一貫性や予期する型通りの展開は排されている。

*

　情調と同様に作品の構成を左右するのは時間の流れである。この作品の時間的な構造を理解するのに、ラローク (François Laroque) が解明している土俗の祝祭暦は手掛かりとなる。この暦は2分されており、前半は Plough Monday の労働に始まり Corpus Christi の祝い事で区切られ、後半は Michaelmas を起点に十二夜の祭に向けて突き進む。「祝祭の暦は日常的な時間を脱し、独立したものであるともに、周期的に巡ってくる季節に倣って循環する性質を持った」ものである。[33] 重労働を報いて癒すような祝い事がこの暦の区切りかつ頂点であると同様、ロマンスや喜劇は因果応

報の結末 (poetic justice) を目指して展開する。さらに、暦が周期的な性格を帯びているように、祝祭的な形式に則した物語も毎回約束された展開の末に終幕を迎えるという安心感を生み、幾度となく同じ展開が繰り返されるのでどちらも無常観に徴されることはない。[34] *The Old Wife's Tale* では、語り手マッジ、予言者エレストゥス、それに魔術師サクラパントがそれぞれ「ことば」を通して、時間的な構造を祝祭歴に立脚した、縮ねられたものにして予期された結末へと物語を導こうとする。しかし、実際の場面展開によって「ことば」の「魔力」の限界が露呈されるために、このような構造と結末が人為的であることが顕になる。

　この3人の登場人物に関連して、観客の時間的な感覚を統制してしまうような台詞が叙されている。小姓アンティックは "a merry winter's tale [to] drive away the time" (77) を聞かせてほしいとマッジにせがみ、彼女もこの直後に同じ表現を使っている。前述のようにこの言葉には、暇な時間を過ごすための話と、日常的な時間や不安を一時だけでも忘れるための話、2つの意味合いが含まれている。さらに、"Once upon a time" で話を始めるマッジは、現実から隔離された馴染みあるおとぎ話の形式に従って物語が進行することを示唆している。小姓とともに、観客も因果応報の結末を期待してこの冬物語を見守るのではないだろうか。

　エレストゥスは予言者であるために物語の全体像に触れることのできる人物となっており、その構造が祝祭的時間の流れに倣っていることを具体的に示している。騎士ユーメニディーズは将来の予測をしてもらう直前、"Tell me, Time, tell me *just* Time" (417, イタリクスは筆者による) と呼びかけており、行く末には報い (poetic justice) が待ち受けていると自分自身のみならず観客にも吹き込んでいるかのようである。エレストゥスは、サクラパントから受けた呪いを嘆く独白のなかで、自分自身が回帰する時間を体現化していることを黙示している。昼間は人間であり、夜間は熊に変身する周期に囚われていると同時に、実際は青年であるのに老人の姿に身を包まざるをえず、若さと老いとが一体となっている。言い換えれば、時間は経過せずに滞っているのであり、昼と夜、春と冬が反復するのみで前進することがない。さらに、コロスのような存在である刈り入れ人 (Harvesters) が話の合間に登場して種蒔きと刈り入れの歌を披露することによって、エレストゥスを取り巻くこの時間が物語全体をも形作っている印象を、観客は受けるのではないだろうか。繰り返し訪れる農期同様、試練に耐えれば思いが成就するという内容で恋する者を祝福する彼らの歌は、この物語も祝祭的な構造に根差していることを観客に告げ、騎士と姫が否応無しに結ばれることを約束している。

　サクラパントも、エレストゥスほど直接的に時間を体現する人物ではないにしても、魔術によって時間の流れを統御していることを独白のなかで主張している。魔法は彼の老体を若者の姿で覆い隠し、年月の経過を歪めて老いと若さとを糾合している。その上、埋められた炎が燃え続ける限り、魔法の効力は跡絶えることなく、彼の命が果てる心配もない。この魔術が掌っているおとぎ話の世界は、直線的な時間の流れを退けているために浸食されることはない。このように、3人は語り手、予言者、魔術師として「ことば」を通して物語の世界を創造しているのである。

　しかし、観客は「ことば」を媒体に発揮される創造力に限界があることも劇中で突付けられ、この限界によって物語の世界の虚構性が浮き彫りになる。マッジは物語を聞かせる条件として、2人の小姓に時々反応してほしいと言う。勿論、2人が居眠りしていないことを確認するためであるが、それだけでなく、彼女が語り手として機能するために聴衆が必要であることを示唆しているとも言えないだろうか。彼女の「ことば」に触発されて観客が因果応報の結末を期待することでのみ、物語は祝祭的な構造を得て形作られるとともに真実味を帯びてくるのである。さらに、実際に話を始めると、彼女は出来事の順序を取り違え、時間の流れは方向性を失ってしまい、物語は「幻影であることを声高に主張するかのよう」である。[35] そこへ登場人物が舞台に現われ、順を追って話を演じていくが、場面の展開があまりに唐突であり、混乱極めたマッジの語り口を引き継いだのではないかと思える。終幕ではマッジが眠りから目を覚まし、観客は彼女の夢を覗き見ていたようにさえ感じてしまう。最後の台詞 "When this was done I took a piece of bread..." (896) の文法的時制が奇しくも突然過去形となっている。これは、この物語が普遍的なもので「幾度も語られて聴かれ、

演じられて観られてきた」から[36]と説明することもできるが、それまでの出来事がすべてマッジの夢であったことを表わしているからと考えても自然であろう。夢は、祝祭暦を基盤にして書き上げられた『真夏の夜の夢』や『嵐』においてその基盤を変貌してしまうものであるが、[37]同様に、錯乱した夢のようなマッジの語り口はこの作品の時間的な構造を歪めている。

　祝祭的な時間を体現しているエラストゥスの予言も絶対的なものではない。この老人は傾聴者と彼らからもらう善捨に頼っている上に、他者に働きかける力があっても自分自身の運命を知らない。この盲点は、不安や不透明さを生む要素として筋の明快な展開に反し、そのような展開の人為的な側面を浮き立たせている。二度披露される刈り入れ人の歌も、挿入されている場面を考慮すると、実際は定式的な構造を揶揄していると解釈できる。二度ともファネバンゴウの登場する直前に歌われており、騎士と姫は必ず結ばれるという形式は、求愛の対象ディーリアではなく毒舌のザンチッパを娶ってしまうファネバンゴウによって端無くも滑稽なものとなっている。

　サクラパントが操る魔術の限界、またこの魔術師が迎える最期も、物語の構造を明確に揺るがすものである。一時的に耳の聞こえない騎士にまじないを掛けることができずにサクラパントは "my *timeless* date is come to end" (789, イタリクスは筆者による)と言い残して呆気無く命果てる。「ことば」の「魔力」の築き上げた世界には祝祭的な時間の流れや最初から決められた結末が約束されているが、サクラパントの支配からの「解放」はこの構造を崩して物語を厳しい現実に曝すこととなる。観客は魔術師の死によってすべてが浄化されて「還元」されることを期待してるにも拘わらず、まさにこの最後の場面においてユーメニディーズは信義を曲げるか乙女を殺すかの選択に迫られ、期待は裏切られる。この危機はジャックによって解決されるが、一瞬であれ、観客は祝祭的構造から引き離されたために因果応報の結末を簡単に受容することができなくなる。この劇の展開が不自然に思えるのは、「魔力」を持つ3人が「ことば」を用いて祝祭的な構造を確立させる一方で、彼らの「ことば」が観客の反応を得て初めて効力を持ち、しかも容易に歪められることが示されて、この構造が人為的なものである

と意識させられるためである。

*

　台詞と舞台上に幾度も登場する「食べ物」を検討することで、混沌とした劇の構造と「ことば」との関連はさらに明確になる。当時の饗宴について記している *A Description of England* (1577) でハリソン (William Harrison)は上流階級と民衆との違いに焦点を当てながらも、万人共通して「食事時には十分に気前よく、とても仲睦まじい。そして集うときには悪意を抱くことなく陽気で、内心（イタリア人やフランス人のように）打算的もしくは陰険であったりすることなく素朴で、誰でも仲間に入れてもらうことで癒される」と述べている。つまり、饗宴は人々の心を和ませ、好まれたのである。[38]劇中に饗宴の場面が導入されるときも、このような雰囲気を醸し出す目的があったと言えよう。ヘンスロー (Philip Henslowe)の1598年の舞台道具目録には食べ物の模型や食器が含まれており、[39]饗宴の様子を実際に舞台上で演出しえたことを考慮すると、その華やかさや楽しさが強調されていたと理解できるのではないだろうか。しかし、この作品では台詞に示唆される定式的な構造が饗宴の持つそのような歓楽的性格と矛盾し、情調の不明瞭さが生じている。

　サクラパントはディーリアのために極上の肉と酒、それに話の種になる修道士を揃えて、ディーリアの気持ちをひこうとする。2人は軽妙な会話で戯れるが、彼女の兄が登場すると一変してサクラパントは邪悪な魔術師として振る舞い、肉と酒は口にされることがない。『嵐』のなかでプロスペロの演出した仮面劇が、カリバンが暴動を起こしたという情報のために打ち切られるのと同様に、宴は幻と化してしまう。悦楽は "Delia, away, be gone" (378) の一言で霧消されて、物語は乙女の救助と魔術師の破滅へ向かって進んでいく。

　エレストゥスは宴会に出席することはないが、予言をする都度、主として食べ物を恵んでもらっている。野原や山査子の実を摘んでいると2人の兄弟から食費を渡され、ランプリスクスからは蜂蜜、ブービイからはケー

キを受け取る。盛宴の陽気さはあらずとも人の情けを感じる筈の場面であるのる。しかし、"here is an alms-penny for thee, and if I speed in that I go for, I will give thee..." (141-2) と予言の代償であることが述べられて、種蒔きと刈り入れもしくは労と功の構造、それに予言の「ことば」そのものが要となり、感応は失せてしまう。

　宿屋ではユーメニディーズ が贅沢な食事を注文しつつ、ジャックと金銭に関する会話を交す。騎士は、無一文であるために飲食の支払ができないと嘆いていると、突然重くなった財布に気付く。この奇蹟と豪奢なもてなしで宿屋の場面は楽しいものとなるべきだが、金銭的な話題の裏には種蒔きと刈り入れの構造、労なくして獲得されるものはないことが示唆され、観客の間に不安が生じる。2人がすべてを二分する契りを結ぶことでこの構造は一層判然として、ユーメニディーズ が溢れ出るばかりの財布の中味を確認したときに落胆の声を上げてジャックに "Alas, master? Does that word belong to this accident?" (726) と咎められるのは、何気ない間違いではないように思えてしまう。サクラパントとディーリアの饗宴が阻止される直前、修道士が高利貸しについて言及していることが想起される。さらに、サクラパントの宴や『フォースタス博士』のなかでフォースタス を魅了して契約に署名させようとメフィストフィリスが奇観を見せるのと同様、この食事は実体のない幻となっている。女将は言葉で食材を説明し、食欲をそそり、"Thanks, my fine, eloquent hostess" (734) と誉められるが、ジャックとユーメニディーズ は契りを結んだ途端に宿屋を立ち去り、観客が実際に御馳走を目にすることはない。金銭的な話題と2人の契りによって宿屋の場面は物語の構造上で枢要な意味を持つこととなるが、その会話のためにユーメニディーズはもてなしの歓びを味わうことがない。

　祝祭的な構造は、マッジが小姓に食べ物を振る舞うことさえ阻んでいる。彼女は手作りのチーズや菓子を差し出すが、小姓は "We come to chat and not to eat"(58-9) と言い張る。確かに、和やかな団居の一時であるには違いないが、3人の客は実質的な労働から作り出された滋養分を採るのではなく、物語から得る架空の安心感や欣幸を求めている。小姓が睡眠に代えてもおとぎ話を聞きたいと頼むのに対してマッジは "They that ply their work must keep good hours" (86-7) と言って夫 クラッチを寝かせる。彼女の言葉が、祝祭的な時間は規則正しい実生活と対照的なものであるとほのめかしているようにも理解できる。日常生活とおとぎ話が対比されることによって、物語中に見られる祝祭的な労働や試練は虚構のものとして観客に意識され、その労働によって得られる因果応報の結末の瑞気も物語に登場する宴と同様に、虚しいものであると思えてしまう。繰り返し登場する「食べ物」はサクラパント、エレストゥス、ジャック、マッジそれぞれの能力を祝福して観客に歓びを与えるものであるが、「ことば」を通して劇と観客に全体的な構造が強要されるため、歓びの代わりに因果応報の法則が表面化している。

*

このように、ピールは劇の構造と「ことば」を用いることにより伝統的な形式に囚われている観客の想像力を解き放そうとしている。「ことば」は観客にロマンスや民話、それに祝祭的な暦などを喚起させることで情調や超自然的な時間の流れの確立を謀る。しかし、物語形式や暦を直観的に捉える観客の反応は劇の構造と矛盾し、このような形式を完全に受容している想像力の限界が自覚される。笹山隆は喜劇やロマンスを鑑賞する観客について、「ハピー・エンディングを阻害すべく現われるさまざまな状況が、人為的手段によってひとつずつ排除される過程を [中略] 自然の生命の流れに沿ったものとして受け止め、直観的に先を見通しつつ、自らもそれと共に流されようとする」[40]と記している。ピールは、この過程が自然に則ったものではなく人為的であることを知らしめ、このような心的姿勢からの解放を促しているようである。

エヴァンズ (T. M. Evans) は *The Old Wife's Tale* を「奇観と自己発見 (wonder and self-discovery)」の儀式であると述べている。[41] 観客が当惑させられることで詐偽を認識してしまう作品であることを考えると、これは実に妥当な表現である。劇は終幕で観客と直接的に関わり、自己発見へと駆り立てている。マッジは小姓を朝食 breakfast に誘うが、これは夜間

の断食を解くこと breaking their fast のみならず、物語という幻影から放たれて現実の世界に戻ることをも意味している。しかし、舞台上で登場人物が食事にたどり着くことはない。幻影的な形式を打ち破り break、現実の世界に戻って、そこで想像力を培っていくのは観客自身となるのである。

注

[1] この作品の題名を表記する場合、3通りの形がある。出版業者の登記簿(Stationer's Registry)に記されている Wifes を用いるか、エリザベス朝時代の英語の単数所有格 Wives に直すか、現代の英語に従って Wife's とするかである。本稿では Chalres Whitworth ed., *The Old Wife's Tale* (London: A & C Black, 1996) に倣い、現代語化した。抜粋もすべてこの版を用いた。

この劇が最初に出版されたのは 1595 年であった。Queen's Men の上演作品とされつつも、少年劇団の作品の特徴が窺えると Whitworth は述べている (p.xx) が、もしそうであるならば、この版が Peele の書いた原文であるか、後に誰かの手が加えられたものであるか、問題となる。しかし、Frank S. Hook は生原稿に基づいた版であると論じ [George Peele, *The Old Wives Tale*, in *The Life and Works of George Peele*, ed. Charles T. Prouty (New Haven and London: Yale University Press, 1970), p.356]、Whitworth も原文に極めて近い版ではないかと推測している (p.xxiii)。

[2] Philip Sidney, "The Defence of Poesy," *The Oxford Authors: Sir Philip Sidney*, ed. Katherine Duncan-Jones (Oxford and New York: Oxford University Press, 1989), pp.217: 204-7.

[3] Jonathan Dollimore, *Radical Tragedy: Religion, Ideology and Power in the Drama of Shakespeare and His Contemporaries*, second ed. (New York, London, Toronto, Sydney, Tokyo: Harvester Wheatsheaf, 1989), p.77.

[4] Irving Ribner, *The English History Play in the Age of Shakespeare*, revised ed. (London: Methuen, 1965), p.91.

[5] Ruth H. Blackburn, *Biblical Drama under the Tudors* (The Hague: Mouton, 1971), p.182.

[6] Wolfgang Clemen, *English Tragedy before Shakespeare: The Development of Dramatic Speech*, reprinted ed., trans. T. S. Dorsch (London and New York: Methuen, 1980), pp.175-6.

[7] A. R. Braunmuller, "Characterization through Language in the Early Plays of Shakespeare and His Contemporaries," *Shakespeare, Man of the Theater: Proceedings of the Second Congress of the International Shakespeare Association, 1981*, eds. Kenneth Muir, Jay L. Halio, and D. J. Palmer (Newark: University of Delaware Press, 1983), p.133.

[8] Inga-Stina Ewbank, "'What Words, What Looks, What Wonders?': Language and Spectacle in the Theatre of George Peele," *The Elizabethan Theatre* V, ed. G. R. Hibbard (London and Basingstoke: Macmillan, 1975), p.154.

[9] L. R. N. Ashley, *George Peele* (New York: Twayne Publishers, 1970), p.37. Braunmuller, *George Peele: Twayne English Author Series* (Boston: Twayne Publishers, 1983), p.6にも同様の説明が記されている。

[10] 笹山隆、『ドラマと観客、観客反応の構造と戯曲の意味』(研究社、1978年)、p.8.

[11] Peeleの他の作品を考えると、*The Araygnment of Paris*は神話を、*Edward I*や*The Battle of Alcazar*は英国史や政治問題を、*David and Bethsabe*は旧約聖書を題材とすることで、各文化固有の反応を扱う上部構造を形成しているが、*The Old Wife's Tale*は下部構造の基礎となる民話、ロマンス、喜劇などの伝統を上部構造で捉えている。

[12] John Doebler, "The Tone of George Peele's *The Old Wives' Tale*," *English Studies* 53 (1972), p.420.

[13] M. C. Bradbrook, "*Peele's Old Wives' Tale*: A Play of Enchantment," *Shakespeare's Contemporaries: Modern Studies in English Renaissance Drama*, second ed., eds. Max Bluestone, and Norman Rabkin (New Jersey: Prentice Hall, 1970), p.30.

[14] John D. Cox, "Homely Matter and Multiple Plots in Peele's *Old Wives Tale*," *Texas Studies in Literature and Language* 20 (1978), p.344.

[15] Jackson I. Cope, "Peele's *Old Wives Tale*: Folk Stuff into Ritual Form," *ELH* 49 (1982), p.335.

[16] Susan T. Viguers, "The Hearth and the Cell: Art in *The Old Wives Tale*," *Studies in English Literature* 21 (1981), p.218.

[17] 大井邦夫、「お婆ちゃんの冬物語のこと」、『お婆ちゃんの冬物語』ジョージ・ピール作、大井邦夫編訳 (早稲田大学出版部、1994年)、pp.124-5.

[18] Joan C. Marx, "'Soft Who Have We Here?': The Dramatic Technique of The Old Wives

Tale," *Renaissance Drama* 12 (1981), p.137.

[19] Keith Thomas, *Religion and the Decline of Magic* (New York: Charles Scribner's Sons, 1971), p.178.

[20] Thomas, p.398.

[21] John Charles Nelson, *Renaissance Theory of Love* (New York: Columbia University Press, 1958), p.233.

[22] John S. Mebane, *Renaissance Magic and the Return of the Golden Age* (Lincoln and London: University of Nebraska Press, 1989), p.102.

[23] Mebane, pp. 132-3.

[24] Roger de V. Renwick, "The Murmmers' Play and *The Old Wives Tale*," *Journal of American Folklore*, 94 (1981), p.449.

[25] Renwick, p.439.

[26] Cox, p.331.

[27] Herbert Goldstone, "Interplay in Peele's *The Old Wives' Tale*," *Shakespeare's Contemporaries: Modern Studies in English Renaissance Drama*, second ed., eds. Max Bluestone and Norman Rabkin (New Jersey: Prentice Hall, 1970), p.34.

[28] Goldstone, p.35.

[29] Goldstone, p.35.

[30] Marx, pp.135-6.

[31] William Rossky, "*The Two Gentlemen of Verona* as Burlesque," *English Literary Renaissance* 12 (1982), p.216.

[32] その後、ディーリアは死を免れて「復活」し、ロマンス調の結末となるが、「自」であるジャックが死の世界に戻り、「他」であるサクラハントと一体になる民話的な要素が加わることにより、再び複雑化する。

[33] François Laroque, *Shakespeare's Festive World: Elizabethan Seasonal Entertainment*

and the Professional Stage, trans. Janet Lloyd (Cambridge: Cambridge University Press, 1991), p.74.

[34] Laroque, *Festive World*, p.75.

[35] Viguers, p.216.

[36] Whitworth, p.54.

[37] Laroque, *Festive World*, p.230.

[38] Laroque, *Festive World*, p.35 and p.7. François Laroque, *Shakespeare: Court, Crowd and Playhouse*, trans. Alexandra Campbell (London: Thames and Hudson, 1997), pp.28-9 には当時の饗宴の様子を描いた水彩画が紹介され、「冬は宴会や室内娯楽の季節であった」と記されている。

[39] R. A. Foakes, and R. T. Ricket, eds., *Henslowe's Diary* (Cambridge: Cambridge University Press, 1961), p.321.

[40] 笹山、pp.104-5.

[41] T. M. Evans, "The Vernacular Labyrinth: Mazes and Amazement in Shakespeare and Peele," *Shakespeare Jahrbuch* (1980), p.173.

ウェストミンスター宗教会議における「長老派」に関する一考察

佐 野 正 子

"God is decreeing to begin some new and great period in His Church, even to the reforming of Reformation itself."
(John Milton, *Areopagitica*, *Works*, IV, 340)
「神は彼の教会の中に、ある新しいまた偉大なる時代を開始しようと定めておられる、それは宗教改革それ自体を改革するに至るほどのものである。」

はじめに

　冒頭のジョン・ミルトンの『アレオパギティカ』(1644)からの引用は、17世紀イングランドの当時のピューリタンらによる宗教改革運動の雰囲気をよく伝えている。この宗教改革運動は、アングリカニズムの宗教改革を不徹底なものとみなして、さらに徹底した宗教改革を推進しようとしたものである。16・17世紀イングランドにおいて展開されたこの運動はピューリタニズムと呼ばれている。エリザベス一世、ジェイムズ一世、チャールズ一世によるあいつぐ弾圧を経て、1640年代当時はこの宗教改革運動のクライマックスに達する時期であった。ミルトンをはじめ当時のピューリタンたちは、ここに「新しい偉大なる時代」の開始を感受し、この新しい時代を「宗教改革それ自体を改革するに至るほどのもの」として捉えている。

　このようなイングランドのピューリタンらによる宗教改革の高まりの中で開かれたのがウェストミンスター宗教会議 (Westminster Assembly of Divines)[1]である。この宗教会議によって生み出されたものの一つに1646年に完成した『ウェストミンスター信仰告白』(*Westminster Confession of Faith*) がある。『ウェストミンスター信仰告白』は今日に至るまで、スコットランドを初め英語圏の長老派教会の信仰基準として重んじられてきた信仰告白である。さらに『ウェストミンスター信仰告白』を一部修正して、独立派によって 1658 年に『サヴォイ宣言』(*The Savoy Declaration of the*

Congregational Churches) が会衆派教会の信仰宣言として公表され、『サヴォイ宣言』を若干修正して 1677 年にバプテスト派は『第二ロンドン信仰告白』(*Second London Confession*) を発表している。このように『ウェストミンスター信仰告白』は、後の長老派、会衆派、バプテスト派などの教派を超えて、これらの教派の共通の神学的基盤となっていると言えるであろう。この『ウェストミンスター信仰告白』を生み出したウェストミンスター宗教会議についてはあまり歴史的な考察がなされてこなかった。この会議についての歴史的的研究は、ピューリタン研究の今後の課題のひとつであろう。

　本稿では、ウェストミンスター宗教会議における「長老派」の問題にしぼって考察を試みたい。『ウェストミンスター信仰告白』が、スコットランドをはじめ英語圏の長老派教会の信仰基準として重んじられてきたと記したが、この宗教会議において長老主義教会体制が決定されたことは、よく知られていることである。そのため会議に出席した者の大多数が長老派であったというのが通説となっている。たとえばW．ウォーカーは「会議の大多数は神定説を唱える長老派である」と記している。[2] また日本では『キリスト教大辞典』の「ウェストミンスター会議」の項では、会議を「長老派神学者の会議」と説明している。[3] しかし会議の議事録によって会議の討議内容を見てみると、その通説は再考を要することが明らかとなるのである。

　そこで本稿では、ウェストミンスター宗教会議の目的と特徴を見た後に、宗教会議において多数派と考えられていた「長老派」について考察を試みたい。ウェストミンスター宗教会議における「長老派」の特徴を捉えることは、１７世紀イングランドにおける「長老派」の特色を理解することの助けともなるであろう。

(1) ウェストミンスター宗教会議開催の目的

　ウェストミンスター宗教会議とは、1643 年 7 月から 1649 年 2 月まで、ロンドンのウェストミンスター・アベイにおいて五年半に及ぶ歳月を要して、主教制廃止後の国教会体制を検討するために開かれた会議のことである。当時イングランドでは国民の間に、国王チャールズ一世、カンタ

ベリ大主教ウィリアム・ロード体制の下での絶対王権に対する不満や反発が強まっていた。1642年9月には長期議会の下院において「根こそぎ法案」(The Root and Branch bill) が可決され、1643年1月には上院の同意を得て、主教制の廃止が正式に決定された。[4] そのために主教制に代わるべき教会制度を早急に決める必要が生じた。そこで1643年6月には宗教会議を設置する条例が成立した。[5] 新たな国教会体制を樹立するために、宗教会議が開かれることになったのである。

会議の目的は会議召集条例に以下のように述べられている。「イングランド国教会の統治と礼拝を整え、誤った中傷や解釈を退けて、国教会の教義を擁護し明らかにすることである」。[6] この条例に示されているように、国教会の改革がウェストミンスター宗教会議開催の目的であった。

また条例には、宗教会議は議会から「付託された事柄に関して協議し助言すること」と書かれてあるように、会議は議会の顧問機関として位置づけられている。[7] そのため宗教会議は、議会からの通達によって与えられた課題のみを討議し、その成果を「助言」として議会に答申するという特徴を持っていた。

宗教会議は、議会によって121名の牧師と、議会の代表として上院議員10名、下院議員20名の信徒が召集された。[8] それに加えて数名のスコットランド特命委員が会議のオブザーバーとして討議に加わった。決議されるべき事柄はまず「大委員会」(the Grand Committee) によって討議され、その討議の結果に基づいて全体会議で話し合われた。

会議の当初の目的はイングランド国教会の改革であったが、1643年9月にイングランド議会派とスコットランド議会との間に、『厳粛な同盟と契約』(*Solemn League and Covenant*) が締結されたことにより、イングランド、スコットランド、アイルランドの三国の教会を統一するための会議へと変更された。[9] イングランドにおける会議で作られた『ウェストミンスター信仰告白』がスコットランド教会の信仰基準となったことの理由がここにある。

(2) ウェストミンスター宗教会議の構成メンバー

　会議に出席した委員たちは教義的には大筋での一致が見られたが、[10] 教会統治をめぐる見解の違いから、大多数の長老派 (Presbyterians)、少数派の独立派 (Independents) とエラストス派 (Erastians) のグループに分けられると一般的に考えられている。[11] 主教制の存続を望む主教派の者たちも会議に召集されたが、彼らは会議の当初から出席を拒否して参加しなかった。

　会議における独立派は、長老教会体制の設立に激しく反対して自らの教会論を主張したため、彼らと他の委員たちの間に二年間に及ぶ教会論論争が起こった。[12] 彼らはそのため会議の中で「ディセンティング・ブレザレン」(異議を唱える兄弟たち) と呼ばれている。1644年1月に『弁明の陳述』(*Apologetical Narration*) を公表した五人が、会議における独立派の代表的な人物である。[13] またエラストス派とは、教会統治は聖書には無規定な事柄である故に最終的な教会の権限は為政者にあると考えている者たちを指し、会議の中ではわずかしかいなかった。[14] では、多数派を占めると考えられている長老派とは、どのような者たちであったのであろうか。

(3) ウェストミンスター宗教会議の「長老派」

　先に記したように、会議に出席した者の大多数が長老派であったというのが通説となっている。しかし「治会長老」(ruling elder) についての議を見てみると、多くの委員は当初からスコットランドにおいて施行されているような長老主義を厳密に考えていたのではなく、むしろ討議の過程の中で長老主義教会体制に賛成するようになっていったと考えられるのである。

　「治会長老」とは「説教長老」である牧師と並んで教会を統治する一般信徒のことである。ジュネーブやスコットランドの改革派教会で存在していた「治会長老」は、イングランド教会では新しい役職であった。従来のイングランド教会には存在していなかった「治会長老」の役職を導入することに対して抵抗を示す委員が多かったのである。会議ではこの「治会長老」をめぐって賛否両論が出されている。[15] スコットランド委員らは「治会長老」は聖書に明記された役職であると考え「治会長老」の「神定説」を信

奉していた。それに対してイングランド委員の中には「治会長老」は聖書に明記されていないと考えている者が多く存在していたのである。H. ホール、T. テンプル、L. シィーマンは、「治会長老」は聖書には明記されていないと考えている。T. ガテイカーも聖書はその点に関してあいまいであると考えている。S. マーシャル、R. ヴァインズ、C. バージェスは「治会長老」は聖書に明記されてはいないが教会統治のために必要であると考えていた。[16]

「教会を治め、み言葉と教理においても労にあたるこれらの長老の他に、み言葉と教理の面の労にはあたらないが、特に治めることにあたる他の長老が存在する」[17]という「治会長老」についての命題に対して、証拠聖句を検討しながら激しい議論がなされた。まず討議はこの命題の証拠聖句として挙げられた「テモテへの第一の手紙」第 5 章 17 節の検討から始まった。それは「よい指導をしている長老、特に宣教と教えとのために労している長老は、二倍の尊敬を受けるにふさわしい者である。」という箇所である。C. ハール、R. ヴァインズ、その他多くの者はこの箇所は「治会長老」については言及されておらず説教長老についてだけ語られていると考えている。それに反対して、L. シィーマン、J. ホイル、S. マーシャル、W. ブリッジらは、この箇所は「治会長老」と「説教長老」の両者を指していると主張し、意見が二つに分かれた。[18] 次の証拠聖句として挙げられていた「ローマ人への手紙」第 12 章 8 節の中の「指導する者は熱心に指導し」という箇所で言われている「指導する者」(プロイスタメノス) が「治会長老」を指すかどうか話し合われた。T. テンプルのようにこの箇所は賜物について述べているのであって教会の役職について言及されているのではないとする意見や、それに対して R. ベイリーや G. ギレスピーのように「治会長老」を指すとする意見、また J. ライトフットのように牧師と執事のことが言われているとする意見など、様々な意見が出された。[19] 最後に三つ目の証拠聖句である「コリント人への第一の手紙」第 12 章 28 節に出てくる「管理者」(キュベルネーシス) が「治会長老」を指すかどうかが討議された。この箇所においても長老を指すと考える者と、それに反対する者とに大きく意見が二分された。[20]

以上のように、「治会長老」という役職について委員たちの意見は賛否両

論であったことが分かる。彼らの意見をまとめると、「長老」とは牧師のことを意味すると考える者、「治会長老」を含んでいると考える者、「治会長老」は聖書において規定されていると考える者、それは無規定な事柄として教会にゆだねられていると考える者など様々な意見を持つ者が存在していたのである。「治会長老」に関してこのようにいろいろな意見が出されたということは、イングランド委員らの間で「治会長老」についての統一した見解がなかったことを表わしている。少なくともスコットランド教会が施行しているような長老制を会議の当初に考えていた者が、会議の主流であったとは言えないと考えることができる。会議の中において「治会長老」の役職を導入することに抵抗を感じる者が少なからずいたということは、聖職権主義(clericalism)がピューリタンの間で根強く残っていたことを示していると言えるであろう。

会議には参加していなかったが当時の代表的なピューリタンの一人であるリチャード・バクスターも「治会長老」の存在を認めることができなかった。[21] バクスターは、主教が長老職のかしらとなって協議する体制をアンティオキア主教イグナティウスの説いた「古来の主教制」として支持し、アルマ大主教ジェームズ・アッシャーの提示した修正主教制に賛成している。アッシャーは、長期議会の求めに応じて1641年に記したパンフレットの中で、主教が管区の統治者として権威的に臨んでいる後世の主教制を批判し、新約聖書に記されている初代教会の主教制に戻るべきであると主張している。[22] ウェストミンスター会議に出席していた者のうち後に長老主義に賛成するようになった者の中でも、会議の当初はアッシャーの説く初代教会の主教制を理想と考えていた者が少なからず存在していたことは注目すべきことである。[23]

『サヴォイ宣言』や『弁明の陳述』に記されているように、独立派は教会の役職の中に「治会長老」を含めていた。個々の教会に教会統治の自治があるとする独立派の教会論にとって「治会長老」は重要な役割を持っていたと思われる。後に長老主義に賛成するようになる者たちの中で当初は「治会長老」の役職の導入に抵抗を示す者がかなり存在し、かえって独立派が「治会長老」の地位を認めていたというのは興味深い。

では「治会長老」について様々な見解を持っていたイングランド委員らは、なぜ「治会長老」という役職を認めるようになったのであろうか。討議の後の決議では、テンプルとライトフットの二人が反対した以外はみな賛成の票を投じている。[24] R. S. ポールは、委員の中には「治会長老」の「神定」説 (jus divinum) は否認しつつ、教会統治の細部については教会が「賢明に」(prudential) 決定することができるという考えから「治会長老」を認めるようになった者が出てきたことを指摘している。[25] スコットランド委員や一部のイングランド委員らのように「治会長老」の「神定」説を唱えていた者に加えて、「人定」説 (jus humanum) に立って「治会長老」を認めるようになった者が出てきたことが、理由として考えられるのである。

　この「治会長老」の問題がシノッドに関する討議においても表れている。「治会長老」がシノッドの構成メンバーであるべきか否かという問題に関しての討議においても、会議では意見が二つに分かれた。牧師や教師と共に「他のふさわしい者たちもそのメンバーを構成する」という命題について、パーマーやシィーマンらは反対している。マーシャル、ヴァインズ、ハールらは独立派と共にこの命題に賛成している。[26] 「治会長老」がシノッドの構成メンバーに含まれるかという長老主義教会体制の根幹ともいうべき命題に対しても、意見は様々であったのである。

まとめ

　以上のように見てくると、会議には長老主義教会体制を強く主張していたとは言えない多くのピューリタンたちが存在していたと考えるのが妥当であると思われる。[27] R. S. ポールも、初めから長老派が主流を占めていたと想定しているJ. R. デ・ウィットの見解を批判して、会議の当初から厳格な長老主義を唱えていた者はむしろ少数であり、大多数の者の教会論は明瞭ではなかったと考えている。[28] 会議の当初から教会統治に関して長老主義教会体制という統一された見解が確立されていたのではなく、むしろ討議の過程で主教制に代わるべきものとして賛成されるようになっていったと考えられるのである。1660年に王政復古となり主教制が復活した時に、多くの長老派ピューリタンと呼ばれていた者たちが体制内に残ったということも、彼

らの教会観が厳格な「神定」説に基づいた長老主義ではなかったことと関係しているのではないであろうか。

注

¹ 日本では「ウェストミンスター宗教会議」あるいは「ウェストミンスター神学者会議」と呼ばれている。本論文では日本のイギリス史研究家たちの慣例に従い「ウェストミンスター宗教会議」と呼ぶことにする。

² W. Walker, ed., *The Creeds and Platformas of Congrerationalism*(New York, 1883 [rep. Boston, 1960]), p. 342.

³ 『キリスト教大辞典』教文館、1963年、「ウェストミンスター会議」の項参照。

⁴ 一般に誤解されやすいことであるが、議会は国教会体制の廃止を決定したのではなく、あくまでも国教会体制を維持しつつ、主教制の廃止を決定したという点は注意すべき点である。

⁵ 宗教会議開催の議会の動きに対して、国王チャールズ一世は6月22日オックスフォードから『会議禁止命令』を布告した。A. F. Mitchell, *The Westminster Assembly: Its History and Standards* (London, 1883 [rep. Edmonton, 1992]), p.129.

⁶ G. Gillespie, "Notes of Debates and Proceedings of the Assembly of Divines and Other Commissioners at Westminster", in *The Works of George Gillespie*, vol. 2 (Edinburgh, 1846), p.vii.

⁷ Gillespie, "Notes", p.vii.

⁸ 会議の討議に参加したのは、召集された者すべてではなく、スコットランドの委員のロバート・ベイリーによると、出席者は常時60名前後であった。R. Baillie, *The Letters and Journals of Robert Baillie*, ed. D. Laing, vol. 2 (Edinburgh, 1841-42), p.108. B. B. Warfield, *The Westminster Assembly and Its Work* (New York, 1931), p.17.

⁹ 『厳粛な同盟と契約』のフルタイトルを見ると、イングランド、スコットランド、アイルランドの三国の平和と安寧がタイトルにうたわれている。'A Solemn League and Covenant for Reformation and Defence of Religion, the honour and happiness of the King, and the peace and safety of three kingdoms of England, Scotland and Ireland.' S. R. Gardiner, ed., *The Constitutional Documents of the Puritan Revolution 1595-1660*

(Oxford, 1899), pp.267-71.

[10] 会議ではほぼ教義上の見解の一致が見られる中で、選びの教説と贖罪論に関しては委員たちの間で意見の相違が見られる。Warfield, *The Westminster Assembly and Its Work*, pp.55-56. R. T. Kendall, *Calvin and English Calvinism to 1649* (Oxford, 1979), p.184.

[11] P. Shaff, "The History of the Creeds," in *The Creed of Christendom*, vol. 1 (New York, 1881), pp.733ff. J. H. Leith, *Assembly at Westminster: Reformed Theology In the Making* (Richmond, 1973), pp.45ff. 松谷好明、『ウェストミンスター神学者会議の成立』一麦出版社、1992年、159頁以下。

[12] 拙稿「ウェストミンスター神学者会議の成立」(『聖学院大学総合研究所紀要』13号、1998年) 345-365頁を参照のこと。

[13] その五人とは、トマス・グッドウィン、フィリップ・ナイ、ウィリアム・ブリッジ、サイドラック・シンプソン、ジェレマイア・バローズである。

[14] 会議の中でこのような考えを強く主張していた者にジョン・ライトフットとトマス・コールマンがいる。会議の中では少数派であったが、議会の多くの者がこのような考えをしていた。

[15]「治会長老」についての討議は1643年11月22日から12月21日まで続いた。R. S. Paul, *The Assembly of the Lord: Politics and Religion in the Westminster Assembly and the 'Grand Debate'* (Edinburgh, 1985), pp.163ff.

[16] J. Lightfoot, "The Journal of the Proceedings of the Assembly of Divines", in *The Whole Works of the Rev. John Lightfoor, D. D.* ed. J. R. Pitman, vol. 13 (London, 1825), pp.66-76. E. W. Kirby, "The English Presbyterians in the Westminster Assembly," *Church History* vol. 33(1964), pp.424-425.

[17] Lightfoot, "The Journal", p.60.

[18] Lightfoot, "The Journal", pp.60ff.

[19] Lightfoot, "The Journal", p.67.

[20] Lightfoot, "The Journal", p.69.

[21] R. Baxter, *Reliquiae Baxterianae*, part 2 (London, 1696), pp.206, 387, 400. Paul, *The*

Assembly of the Lord, p.106. 今中比呂志『イギリス革命政治思想史』御茶の水書房、1977年、60頁。青木道彦「R. バクスターは長老派か？―イギリス革命期の長老派の定義の問題―」(『川村学園女子大学研究紀要』4巻、1993年) 19頁。

[22] J. Ussher, *The Judgment of Doctor Rainoldes touching the Originall of Episcopacy More largely confirmed out of Antiquity* (London, 1641). Paul, *The Assembly of the Lord*, p.106.

[23] W. トゥイス、T. ガテイカー、T. テンプル、A. バージィス、J. ホイルらは元来アッシャー大主教の主張する修正主教制の支持者であった。松谷、『ウェストミンスター神学者会議の成立』162頁。

[24] Kirby, "The English Presbyterians", p.425.

[25] C. バージェス、T. ガテイカー、T. バサースト、S. ガウアー、T. コールマンらが教会統治の「賢明なやり方」を根拠に「治会長老」を認めるようになった。Paul, *The Assembly of the Lord*, p.171.

[26] Gillespie, "Notes", p.38. Lightfoot, "The Journal", p.81. Kirby, "The English Presbyterians", p.425.

[27] Kirby, "The English Presbyterians", p. 418. Paul, *The Assembly of the Lord*, pp. 111-112.

[28] ポールの批判している箇所は、J. R. De Witt, *Jus Divinum* (Kampen, 1969), p.171 である。Paul, *The Assembly of the Lord*, pp.112, 322.

Paradise Lost における主体の誕生

小野功生

> That day I oft remember, when from sleep
> I first awaked, and found myself reposed
> Under a shade on flowers, much wondering where
> And what I was, whence thither brought, and how.
> (*Paradise Lost* 4. 449-52)[1]

あの日のことをわたしはしばしば思い出します。眠りから
初めて目覚めて、木陰の花の上にいるのを
知ったときのこと。わたしはどこにいるのか、自分が何者で、
どこから、いかにしてここに連れられてきたのかと訝しく思ったものです。

> Myself I then perused, and limb by limb
> Surveyed, and sometimes went, and sometimes ran
> With supple joints, as lively vigour led:
> But who I was, or where, or from what cause,
> Knew not.   (*Paradise Lost* 8. 267-71)

わたしはそこで自分の身体を調べ、手足を
眺め、時に歩き、時に駆けてみました。
しなやかな関節で、強烈な生気の導くままに。
しかし自分が何者なのか、どこにいるのか、いかなる理由で
そこにいるのかは、わかりませんでした。

1

　ミルトン (John Milton) の *Paradise Lost* (以下 *PL* と略記) という叙事詩は、「起源」についての詩である。旧約聖書「創世記」をその典拠としながら、天地創造、人類の創造、「人類の最初の不服従」と叙事詩の冒頭で語られていた堕罪、その結果としての楽園からの追放というキリスト教世界におけるあらゆるものの「起源」を、詩人の想像力を介して語り直すのがこの叙事詩の構想であった。そのような企図において作者である詩人は、超越的な視点をそなえ、あたかも神のごとく時間的にも空間的にもすべて

を見はるかす地点から作品全体を能動的に統一しているものと読者は考えるかもしれない。そして明確な目的と単一の志向 ("assert the eternal providence / And justify the ways of God to men" 1. 25-26) を標榜するこの叙事詩に、直線的で権威的な語りを期待するかもしれない。しかし実際に PL というテクストを読む者は、一方で「作者」ミルトンの絶えざる現存を感じることがあるにしても、ただ荘重に権威を押しつけるだけではない「言葉の意味の重層性」に気づくであろう。あるいは「言葉の意味の広がり」を感じ取り、「おのおのゆずることのできない個々の意味が、複雑多岐にからみあい」[2]形成する言語世界に触れる思いをいだくであろう。そのような言語世界を読み解くことこそが*PL*を読むことなのだと、少なくともわたしは教室で最初にミルトンを読んだときから教えられてきたのだった。

　言説が単一化されているという予想とその予想を裏切る重層的な言語世界という対比は、ミルトンの叙事詩の言語世界をバフチン (Mikhail Bakhtin) の言説論の文脈のなかに置くことを可能にする。バフチンは「叙事詩と長篇小説——小説研究の方法論について」(1941年)[3]のなかで、ジャンルとしての叙事詩の特徴と対比する形でジャンルとしての小説の特徴を明らかにしたのだが、一方の叙事詩というジャンルを構成する本質的な特徴を三つあげている。第一に、「国家の叙事詩的過去」、ことばを換えれば「絶対的過去」を主題とすること、第二に、叙事詩の源泉は個人の経験ではなく「民族の伝承」であること、第三に、叙事詩の世界は「絶対的な叙事詩的距離によって」現代性から分離されていることである(225)。叙事詩というジャンルは、現代とは絶対的な境界によって隔絶された、閉じられた、しかも至高の価値をもつ過去を主題とするのであり、読者にはその過去を敬虔に受け入れることだけが要請され、介入改変の余地は残されていないことになる。

　ところがこのような叙事詩的統一性は「生成しつつある同時代性（未完成の現在）との生き生きとした接触」(215)を呼び込む小説という新たなジャンルの誕生によって崩壊することになる。そのときには「未完成の現在」が芸術の対象とされるだけでなく、「自分自身にとっての人間と他人の眼からみた人間という見地(アスペクト)の間の不一致」(266)が現われることになるのだ

が、そのような小説的ジャンルの基礎が置かれるのがヨーロッパにおいては「中世後期とルネッサンス時代」(267)であったとバフチンは述べている。つまり小説という可塑的なジャンルの誕生が、小説のなかでの「人間像の根本的再構成」(262)が、ヨーロッパの人間観の転換、「自分自身と一致することをやめた」(262)人間の誕生という歴史的視野のなかでとらえられているのである。

1935年には完成していたとされる『小説の言葉』[4]ですでにバフチンは、詩の言説の単一の閉じられた言語体系と、小説の言説の対話性、他者の言語による他者の発話という小説の言語的多様性とを対比的に位置づけていた。そのなかに印象深い一節がある。詩人のモノローグ的言表への志向に対してあらゆる言葉のもつ他者の言葉との「生き生きとした緊張した対話的相互作用」とを対比したあとで、バフチンは「最初の言葉と共に、まだ語られていない無垢な世界に近づいた神話のアダム、孤独なアダムだけが、対象におけるこの他者の言葉との対話的な相互定位を実際に最後まで免れることのできた唯一の人間であった」(44)とつけ加えている。純粋な名づけが可能であったアダムの神聖言語は堕落によって失われた。他者との関係のなかに生きる堕落した人間世界の言語は常に他者の言語による他者の発話に浸されている、あるいは逆に言語的交流によってのみ人間は社会的存在となる。しかしその現象が小説というジャンルの基礎が誕生することによって歴史的に定位されるヨーロッパの「中世後期とルネッサンス時代」には、自己と他者の関係に何か決定的な変化が生じていたとバフチンは考えていたことになる。

PL は、繰り返すが、「起源」についての詩であり、まさに「絶対的過去」について、個人の経験ではない人類共通の「伝承」を語る叙事詩であった。しかしはたしてそれは現在とは絶対的な隔たりをもつ遠い過去を語るだけなのか、モノローグ的に閉じられた言説の典型なのかといえば、決してそうではない。叙事詩として書かれた *PL* にはたらいている力は、「言語・イデオロギー的世界を統一し中心化する力」(『小説の言葉』27)ではない。この叙事詩はさまざまなジャンルの混淆であるというだけではなく、作者ミルトンのものだけではないさまざまな声を反響させたテクストでもある。[5]ミ

ルトンはみずからの想像力を注ぎ込むことで、完結した「創世記」の記述に細部をつけ加え、そうすることによって *PL* の絶対的な完結性は突き崩されて同時代性を獲得することになった。そのなかでもここでとりわけ問題として取り上げたいのは、起源の叙事詩のなかで語られる、人間存在の起源についての記憶である。人間は体験を直接に感じとることはできない以上、人類の誕生という経験は記憶をとおして言語化することによって了解されざるをえない。しかし始源にあるアダムとイヴの誕生といういわば純粋な経験を描く *PL* のことばは、主体が他者との関係において定位されていることを、バフチンによれば主体の「他者の言葉との対話的な相互定位」を、かいま見させてくれる。*PL* にとってバフチンの主体論がもつ重要性がここにある。

ナイクィスト (Mary Nyquist) は *PL* における創造に関する二つの物語の存在という問題を正面から取り扱ってそれ以後の批評に大きな影響を与えた。[6] *PL* において人類の創造の物語を最初に語るのは第二に生まれたイヴである。イヴは冒頭の引用にあるように第 4 巻でみずからの創造の記憶を語るのに対して、アダムは第 8 巻でみずからの創造の場面を語っていた。しかしミルトンが *PL* の典拠とした「創世記」の創造物語にも、あるいはその解釈史にも、中心化しようとする権威とそれに対抗しようとする力の拮抗は反映されている。[7]「創世記」第 1 章で資料仮説によるところのいわゆる祭司資料 (P) は神が自分にかたどって人を「男と女に」創造したと告げるのに対して、第 2 章のヤハウェ資料 (J) は主なる神は「人から抜き取ったあばら骨で女を造り上げ」たと述べている。この差異をどのように埋めるかは聖書解釈の大きな問題であり続けたのだが、フェミニスト神学者は(もっぱら男性が専有してきた)聖書の解釈史において J 資料の創造観が規範化され、男性と女性の階層的序列化が行なわれてきたと批判する。だが実はミルトン自身も離婚を論じたパンフレットのひとつ *Tetrachordon* のなかで、「創世記」1 章 27 節と 2 章 18 節を取り上げて、パウロ書簡をひいて女性の男性への従属を正当化しながら、J 資料は P 資料の「注解」であると両テクストを関係づけようとしていた。[8] しかしここで注目しておかなければならないのは、ただ P 資料を前景化させるだけではある部分の新

たな特権化、全体化にすぎないのに対して、ミルトンは *Tetrachordon* においてある種の統合を志向しているということである。このように *Tetrachordon* においても *PL* においても創造に関する二つの物語(実際には *PL* 第 7 巻でさらに天使 Raphael が創造の物語を語っている)が存在していることを、ナイクィストは「創世記における二つの異なる創造の記述を統合したいというイデオロギー的に重層決定された欲望の産物」(102) と呼んだ。ナイクィストによればミルトンは単純に二つの物語の「統合」を語ろうとしたのではなく、ジェンダー化された男性主体が存在論的に女性に優先することを示すという戦略がその根底にあったということになる。バフチンが叙事詩というジャンルを単声的な語りの代名詞にしたにもかかわらず、少なくとも *PL* という叙事詩が多くのイデオロギー的な声が交錯する場であり、バフチンの主体論=他者論とも密接な関連をもっているということ、このことを *PL* が描く男女の誕生の記述を読むことをとおして確認していこう。さらに、*PL* の同時代性とバフチンによる西欧の近代的主体の発生の歴史的理解とをともに考慮に入れれば、*PL* に描かれた人間の誕生は何か別な「誕生」を志向しているのではないか、それは「自分自身と一致することをやめた」人間の誕生と重ね書きにされているのではないか、という疑問をいだくことも許されるであろう。

2

　冒頭の第 1 の引用から明らかなのは、イヴは眠りから覚めたときに、ぼんやりとした疑念ではなく「わたし」という存在についての疑問 ("much wondring where / And what I was, whence thither brought, and how" 451-52) をすでにいだいていたということである。しかしその「わたし」は主体として確立していたのではなく、対象として(目的語の "myself" として)認識されている。「わたし」の不確定性は、続くイヴの記憶にも自他の不分明な状態として反映されているのであろう——

> Not distant far from thence a murmuring sound

> Of waters issued from a cave and spread
> Into a liquid plain, then stood unmoved
> Pure as the expanse of heaven; I thither went
> With unexperienced thought, and laid me down
> On the green bank, to look into the clear
> Smooth lake, that to me seemd another sky.　　　　(4. 453-59)
>
> そこから遠くないところに、せせらぎの音をたてて
> 水が洞窟から流れ出て、湖面へと広がりながら
> 注ぎ、そこで水は動くことなくよどみ、
> 空のひろがりのように澄みわたっていました。わたしはそちらへ
> 経験もない心のままで向かい、緑の岸辺に
> 身を横たえ、もうひとつの空のようにも見える
> 澄みきって波ひとつない湖をのぞき込みました。

ここで「湖」にやってきたイヴにとって、その「湖面」が「地面」であるかのよう ("a liquid plain") であり、またその地面とも湖面ともつかぬひろがりは「空のひろがり」のようでもあった。さらにその湖面は「もうひとつの空」のようでもあった、つまり湖面とそれに映る空とが分かちがたかったと繰り返し強調されている。神による創造がすべてを分節化することによって、しかもことばによる差異化によって成立していたのとは反対に、イヴの「経験のない想像力」 ("unexperienced thought") は自分を取りまく世界の差異化を行なうことができない。類似性をもとにしたこのような認識の様態は、「湖」のほとりにかがみ込んだイヴのその鏡のような湖面に映る「ある形姿」との出会いにも現われている[9]──

> As I bent down to look, just opposite,
> A shape within the watery gleam appeared
> Bending to look on me, I started back,
> It started back, but pleased I soon returned,
> Pleased it returned as soon with answering looks
> Of sympathy and love; there I had fixed
> Mine eyes till now, and pined with vain desire,
> Had not a voice thus warned me, What thou seest,
> What there thou seest fair creature is thyself,
> With thee it came and goes: but follow me,
> And I will bring thee where no shadow stays

> Thy coming, and thy soft embraces, he
> Whose image thou art, him thou shall enjoy
> Inseparably thine, to him shalt bear
> Multitudes like thyself, and thence be called
> Mother of human race.   (4. 460-75)

のぞき込もうとして身をかがめると、真向かいの
水面の輝きのなかにある形姿が現われ
わたしを見ようと身をかがめています。わたしが驚いて退くと
それも驚いて退き、けれどもうれしくなってすぐに戻ると
それも同情と愛で応じる表情を浮かべて
同じほどすぐに、うれしげに戻ってきました。その場所にわたしは
今にいたるまで目を凝らし、虚しい欲望に身を焦がしていたかもしれません。
ひとつの声が私をこのように戒めることがなければ——おまえの見ているのは、
そこでおまえが見ているものは、麗しい者よ、おまえ自身なのだ。
それはおまえとともに来て、去っていく。だがわたしについてくるがよい。
影ならざるものがおまえの来るのを、おまえの柔らかな抱擁を
待っているところへ、連れていこう。その者の
イメージなのだ、おまえは。その者をおまえは
分かち難く結ばれた者として楽しみ、おまえに似た多くの者を
彼に生み、それゆえに人類の母と
呼ばれることになる。

むろんこの場面のナルシシズムとの関連は明白である。[10] その関連は場面の設定だけでなく、「エコー」のように響きあうことばの交響 ("I started back / It started back" "pleased I soon returned / Pleased it returned as soon") によっても補強されている。しかしイヴの一次的ナルシシズムとでも呼べる状態をただちに彼女の（あるいは女性一般の）過剰な自己愛とか自己中心性といった倫理的欠陥と結びつけるべきではない。[11] 彼女はその「形姿」が自分のイマーゴであることを知る前に、それに恋している。むしろ類似性をもとにした「想像力」にとって、鏡のような湖面に映った客体化された「ある形姿」を自分のイマーゴとして認識できないことが問題になる。たしかにこの箇所の前半での「わたし」という代名詞の多用は注意を引くが、それは自己中心性というよりは自己と他者の分離が不完全な状態から主体の確立へ向けての移行を反映していると考えることができるであろう。[12] だがこの場面とラカン (Jacques Lacan) のいう「鏡像段階」と

の類比に注目するならば、主体の確立、あるいは自我の獲得の虚構性という側面にも関心を払わなければならない。[13]

あたかも幼児のように確定した自己意識を欠く状態にあったイヴは(「横たわり」「身をかがめた」イヴは、ただちに直立姿勢になるアダムと著しい対照をなしている)、「鏡像段階」の幼児が経験するように「鏡」のような湖面にうつしだされている「他者」に見入る。ここで統一された自己性という虚構の意識は、湖面にうつった「他者」から自己に向けられたまなざしによって構成されているのだが、そのまなざし ("answering looks / Of sympathy and love") は「鏡像段階」における歓喜の一瞬をもたらす。[14] この状態は類似性をたよりに機能する一種の〈メタファー〉である。だがそのとき、「ひとつの声」(8.485-86 でアダムはイヴが自分のところにやってきたのは "Led by her heavenly maker, though unseen, / And guided by his voice" であると、この声が神の声であることを認めている——すなわち父の登場である)が最初は他者として認識されたイマーゴが実は自己像であること、そしてその自己像とは異なる「影」ならざる実体へと欲望を向けるべきことをイヴに教える。湖面に映る自分のイメージは「去っていく」「虚しい欲望」の対象でしかなく、逆にイヴこそがその声の導くところにいる人物の「イメージ」だと告げる「声」は、すなわちことばは、自己と自己のイメージの差異を、欲望の対象の欠如を教えることで、〈メタファー〉的世界から〈メトニミー〉的世界への移行を促している。そして「分かち難く」結ばれた関係にあるのは自己と自己のイマーゴではなく他者である(そして神のイメージである)アダムとアダムのイメージであるイヴだと教えることで、「想像界」から「象徴界」への移行を促している。しかし同時にこの場面は、抑圧された原初的欲望と「声」に導かれたあるべき自己像とのあいだに立つ、分裂した主体を示唆してもいるのである。

その主体の分裂はすぐさま表層化する。見えない声に導かれたイヴはアダムに出会うが、最初にアダムを見たイヴの反応は、それよりもさらに "fair" であり "winning soft" であり "amiably mild" (4.478-79) な "that smooth watery image" (4.480) へと帰ることであった。これは退行の状態、イヴにとっての危険な瞬間であることは明らである。しかし「声」はひと

つだけにとどまらなかった。ここでイヴをその危機から救ったのは、さらにもうひとつの「声」、すなわちアダムの声であった。アダムの声を聞き、その「手」が彼女をとらえてはじめて、彼女はその状態から抜け出ることができる[15]——

> back I turned,
> Thou following criedst aloud, Return fair Eve,
> Whom fly'st thou? Whom thou fly'st, of him thou art,
> His flesh, his bone; to give thee being I lent
> Out of my side to thee, nearest my heart
> Substantial life, to have thee by my side
> Henceforth an individual solace dear;
> Part of my soul I seek thee, and thee claim
> My other half: with that thy gentle hand
> Seized mine, I yielded, and from that time see
> How beauty is excelled by manly grace
> And wisdom, which alone is truly fair. (4. 480-91)

> わたしが身を翻すと
> あなたは追いかけながら大声で叫びました。「戻っておいで美しいイヴ、
> おまえは誰から逃げるのか、おまえが逃げているその者からおまえは生まれ、
> その肉、その骨なのだ。おまえを生み出すために
> わたしは、心臓にもっとも近い脇腹からおまえに
> 命の実体を与えたのだ。わたしの側にいて
> 離れることのない愛しい慰めとするために。
> わが魂の一部としてわたしはおまえを求め、おまえを
> わが半身とする。」そう言うと、あなたのやさしい手が
> わたしの手を取り、わたしは従いました。そのとき以来
> 男らしい優雅さと知恵は美しさにまさり、
> それだけが真にうるわしいことを知りました。

最初の「声」はイヴを彼女のイメージから引き離し、「人類の母」となるという女性としての存在規定を与え、そのときその子どもたちがイヴのいわば「イメージ」になる ("Multitudes like thyself") と告げている。イヴは自分のイメージからアダムに自分の「欲望」を転移させることで、そのイメージの増殖を約束されたことになる。そして次にアダムの声がイヴの身体に「実体」を与え、さらにアダムの「手」との接触が他者の外的存在を触知さ

せて彼女を湖面のイメージへと回帰することから引き戻しているのである。[16]

ラカンの理論を歴史のある段階に現われたこの箇所の読みに適応することの妥当性そのものは問われなければならないが、[17]ここで「鏡像段階」をもちだすことはラカンとバフチンにおける主体と他者の問題設定の関連へと関心を導いていく。[18]なぜならバフチンも「鏡」のなかに映る自己の外貌と他者の関係についての関心を繰り返し表明していたからである。初期の、しかしバフチンの他者論にとって重要な著作『作者と主人公』をまず見ていこう。『作者と主人公』にもナルキッソスへの直接の言及がある。第1に、自分自身の外貌が自分の視覚の領域に入る例外的事例として、「ナルシスのように、水あるいは鏡に映る自分の姿を観照するといった、ごくまれな場合」をあげている。[19]そしてそのような経験は自分自身を見ているのではなくただ「自分の外貌の反映」を見るにすぎず、「ある定かでないありうべき他者に生を移入し、その助けをかりて、自分自身に対する価値評価的な立場を見いだそうとする」(50-51)ものであり、「鏡を見るとき、私は一人ではなく、他者の心にとりつかれている」(52)と指摘している。この自己の外在性の感覚を湖でのイヴは最初はまだ獲得していない。第2に、ナルキッソスの挿話は「自分を他者のように直接愛することはできない」(73)ということを教える例とされている。バフチンにとって鏡の経験が示すのは、主体の自己充足性、閉鎖性なるものは存在しないということである。したがって、アダムと出会ったあとにイヴがみずからのイメージに回帰しようとするのは、「他者にとっての自分の存在を自分のために自己本位に利用すべく、自分への回帰が生じる」(91)とバフチンが述べている時点である。「堕罪は存在が自己充足しようとすることにある」(185)という発言に照らすとき、この退行の夢想の危険性はさらに明確になるであろう。けれども、「ただ他者のみを、抱擁し、そっくり包み込み、彼を縁どる境界のすべてを愛撫することができる」(64)以上、アダムがイヴの手を取ったのは他者の外的存在を確認させる行為であり、そしてその後に描かれている語りの現在の時点におけるアダムとイヴの抱擁と接吻は他者によって現実化された自己の身体の追認でもあろう。

だがさらに興味深いことにバフチンは「私が内側から体験する生では、

誕生と死というでき事は体験されない」ということを述べるために、「鏡」の前での経験をもちだす。すなわち、内的生が外部に向き合うこれらの時間的境界は主体の外部にある他者によってしか体験されえない、逆にいえば「鏡で自分の外貌を観照するとき私がもはや一人でないのと同じく、歴史という鏡で自分の生の全体を観照しようとするとき、私はもはや一人ではない」(157-59)のである。この湖での誕生の経験を語っているのは、主人公のイヴにとって他者としての作者イヴである。「歴史という鏡」すなわち想像力によって再構成された過去の記憶において自分の誕生を語るとき、鏡のような湖面で「自分の外貌を観照する」瞬間をその中心に置いたミルトンの想像力、あるいは "process of speech" は、主体の他者性を的確に捉えていたということになるであろう。

その後のバフチンの主体論の展開についてここで詳細に論じることはできないが、1961年の「ドストエフスキー論の改稿によせて」でも、「自己を鏡の中に見るという単純な現象の複雑性、すなわち他者と自己の眼が同時に見つめあうこと、他者と自己の眼の出会いと相互作用」[20]と記していたように、バフチンにとって鏡は他者の視点から見たわたしという存在を考えるときの、あるいは不在としての自己を考えるときの、想像力の根底に存在し続けるイメージであったといえるだろう。「存在するとは、即ち他者に対して、他者を通じて自己に対して、存在することである。人間には彼が主権をもっているような内的な領域は存在しない。彼の全存在は常に境界にあり、自己の内面を見ることは即ち他者の眼を見ること、あるいは他者の眼で見ることなのである」(250)。このように記したあとでバフチンは断言する――「私は他者なしにはありえないし、他者なしに自己自身となることもできない」(251)。単一の、統一された主体という概念の虚構性が、そして主体の他者による定位が、バフチンにとって「自己を鏡の中に見る」という現象に一貫して集約され続けたのである。

3

アダムの目ざめをイヴのそれとを比較対照してみると、彼らの誕生には

対応もあるが、明らかな対比もあることがただちに明らかになる。簡単に要点だけ確認しておこう。アダムは天使ラファエルに向かって次のように（対話的に）語る——

>   As new waked from soundest sleep
> Soft on the flowery herb I found me laid
> In balmy sweat, which with his beams the sun
> Soon dried, and on the reeking moisture fed.
> Straight toward heaven my wondering eyes I turned,
> And gazed a while the ample sky, till raised
> By quick instinctive motion up I sprung,
> As thitherward endeavoring, and upright
> Stood on my feet; about me round I saw
> Hill, dale, and shady woods, and sunny plains,
> And liquid lapse of murmuring streams; by these,
> Creatures that lived, and moved, and walked, or flew,
> Birds on the branches warbling; all things smiled,
> With fragrance and with joy my heart o'erflowed.   (8. 253-66)

熟睡から覚めたばかりのように
気がついてみるとわたしは花咲く草の上に静かに横たわり
芳しい汗をかいていました。太陽の光はその汗を
すぐに乾かし、立ちのぼる湯気を吸い取ってくれました。
まっすぐに天に向かいわたしは驚きの目を向け、
しばし広々とした空を見つめていると、やがて本能的な
生命の衝動に突き動かされて、天をめざして
奮闘するかのように飛び起きて、まっすぐに
わが足で立ちました。あたりを見渡してわたしが見たのは、
丘、谷、陰なす森、陽のあたる野原、
せせらぎの音をたる小川のゆるやかな流れ。それらの傍らには
生き、動き、歩き、飛ぶ生き物たち、
枝にはさえずる小鳥たち、あらゆるものが微笑んでいました。
かんばしさとよろこびで、わたしの心は溢れました。

日陰ではなく陽光の下で目ざめたアダムは、すぐさま「天」を天として認識して「広々とした空」を見上げている。そして立ち上がると、周囲の「丘、谷、陰なす森、陽のあたる野原、せせらぎの音を立てて流れる小川」を認めている。さらにそのかたわらには、「生き、動き、歩き、飛ぶ生き物が、

枝にはさえずる小鳥が」いたと続けている。このような事物、事象の列挙はイヴの語りにはなかったものであり、アダムには差異化され、分節化された世界認識がはじめから備わっていたことを示唆している。アダムは主体としての自己同一性をイヴのように鏡像をとおして獲得することはなく、その存在の瞬間からただちに象徴界に移行するようにも思える。

　しかしながら、上記の引用箇所に続く冒頭の第二の引用でアダムは、「寸断された身体の不安」をいだく幼児のように自らの身体を確認することで身体の統一性を探し求めている。そしてアイデンティティを求めながらも、イヴと同じように、解決は与えられていない ("But who I was, or where, or from what cause, / Knew not")。アダムは他者を欠いている。しかしそこでアダムは鏡像段階を経るのではなく、また外部からの声に依存して自己を認識するのではなく、ただちに自らが発話の主体となって名づけを行なっている。だがそれでもなお疑問は解消されない。自己の起源について絶対他者の存在を前提しながらも、その他者について尋ねてさまよいながらも、答えはどこからも返ってこなかった ("when answer none returned" 8. 285)。その答えは被造物からではなく、絶対他者なる神自身から与えられなければならなかったのである。木陰に腰を下ろしたアダムを眠気が襲う。その眠りのなかでアダムは自己存在が「溶解」していく不安とたたかいながら ("though I thought / I then was passing to my former state / Insensible, and forthwith to dissolve" 8. 289-91)、夢に現われた「神々しい姿」("shape divine" 8. 295) に「最初の人間、数えきれぬほど多くの人類の最初の父」("First man, of men innumerable ordained / First father" 8. 297-98) と呼びかけられる。そして「手」("by the hand he took me raised" 8. 300) を取って連れていかれた楽園の夢は、起きると現実になっている。そのとき夢のなかの導き手が現実に姿を現わさなかったならば、アダムは再び放浪を始めていただろうという——

　　　　　　　　here had new begun
My wandering, had not he who was my guide
Up hither, from among the trees appeared,
Presence divine.　　　　　　　　　　　　　　(8. 311-14)

ここでわたしは
新たな放浪を始めていたかもしれません。山頂までの
導き手であった方が、木々のあいだから
聖なる姿を現わされることがなかったならば。

この語法は第 4 巻 465-67 行で「ひとつの声」が「虚しい欲望」にふける ことから救い出してくれたと述べるイヴのことばを反響させている。しか しアダムには神が現実に姿を現わし、みずからの正体を明かし ("Whom thou soughtst I am" 8. 316)、さらに善悪の知識の樹から食べてはならな いという禁止命令を伝えている。したがって彼の主体意識は最初は夢をと おして神から内面的に与えられ、さらに楽園における神とアダムの対話を とおしてその意識は強められることになる。けれどもアダムは「自分に似 たもの」("his like" 8. 418) を求め、その対話のなかからイヴは生まれるこ とになるのだから、神がアダムに自分の連れてくる者は「もうひとりの自 己」("Thy likeness, thy fit help, thy other self, / Thy wish, exactly to thy heart's desire" 8. 450-51) であると述べるとき、イヴはアダムのイメージで あり、すなわちアダムにとっての「鏡」である、ということもできる。ア ダムは神との "celestial colloquy sublime" (8. 455) を終えて再び夢に落ち るが、まさしく「想像力はアダムの夢にたとえられる」ということばのと おり、眠りのなかにあってもはたらき続けた想像力によって見ていたイヴ を現実に目の前にする。イヴを見たアダムが「自分自身」を見ている ("I now see / Bone of my bone, flesh of my flesh, myself / Before me" 8. 494- 96) と述べるのは、この経験がアダムにとっての「鏡像段階」への、すなわ ち想像界への退行であったことを示している。しかもアダムは、一方でイ ヴを自己の鏡像として同一視しながら、他方でイヴが「絶対的」("so abso- lute she seems / And in herself complete" 8. 547-48) 存在であるかのように 誤認している——創造のヒエラルキーにおいて下位にあることを認めてい るにもかかわらず(8. 540-46)である。ここにヒエラルキー的ジェンダー理 解と他者の偶像視のあいだに明らかな混乱、あるいは矛盾が生じていて、 叙事詩の論理ではこの自他の複雑な関係が堕落への契機を形づくることに なる。

なぜならば堕落という決定的瞬間をもたらすことになる分業の提案がイヴによってなされたときに、アダムは「弱い性」としてのイヴを守るという課題と、一緒にいたいという強い欲求とのあいだで一種のダブル・バインド状態に陥り、結局はそのどちらも選択することができないからである。ここに*PL*において主体の置かれた逆説的な地位が明らかにされている。しかし同じく注目すべきことは、この叙事詩の表向きの主題とは異質な何ものかが、ここで浮上してきているということである。労働の問題をジェンダー規定と密接に関連させながら、アダムは女性の公共圏からの排除と家庭への囲い込みと受け取れる労働の区分を行なう ("for nothing lovelier can be found / In woman, than to study household good, / And good works in her husband to promote" 9. 232-34)。[21] すなわち、まさに近代の思想である対象化された自然の管理としての分業という労働形態の変更が提案されたとき、それに対してこれもまさに近代市民社会に付随する女性の公共圏からの排除という対抗提案が行なわれている。議論はその線上では発展していかないのだが、ここに現われた近代という裂け目は「叙事詩的距離」を破壊して、*PL*という起源の叙事詩に西欧近代におけるジェンダー化された主体の編成という主題を持ち込んでいる。

　バフチンの言説論に主張された主体の他者における定位を鏡という現象をとおして考察することによって、ジェンダー化された主体の起源、そこに現われる引き裂かれた主体像を確認してきたこの考察[22]の目的は、ミルトンのジェンダー理解がヒエラルキー的であるといってミルトンの父権主義を批判することでも、ミルトンの「女嫌い」という批判に対して擁護論を展開することでもない。「人間像の中に、本質的な力学（ダイナミックス）、この人間を描く形象のさまざまな要素の間にある不一致、不協調の力学が持ちこまれた」（「叙事詩と長篇小説」262）時点は、*PL*のなかにもはっきりと刻印されていたのであり、それをわたしたちは従属による主体化を促す声とそれに抵抗する声のせめぎあいに代表される、矛盾にみちた多声性のなかにたどることができるであろう。*PL*はまた楽園における最初の男女を描きながらも、鏡の経験が教えるように絶えず自分自身からずれていく、「けっして自分自身と一致しない存在」[23]としての人間の未決定性の感覚をも響かせて

いたのであった。

注

¹ 以下 PL からの引用はすべて Alastair Fowler, ed., *John Milton: Paradise Lost*, 2nd ed., Longman Annotated English Poets (London and New York: Longman, 1998) に拠る。訳は拙訳である。

² 斎藤和明「Proserpine と Eve ―― *P.L.*, IV. 268-72 の覚え書――」『キリスト教と文化』3 (1967): 104.

³ ミハイル・バフチン著／川端香男里・伊東一郎・佐々木寛訳『叙事詩と小説』ミハイル・バフチン著作集 7（新時代社、1982年）207-70.

⁴ ミハイル・バフチン著／伊東一郎訳『小説の言葉』（平凡社、1996年）．

⁵ ミルトンの叙事詩とバフチンのいう叙事詩／小説の言説の二分法との関係については、小野功生「語りえないものの言語化――ミルトンの〈聖なる〉叙事詩――」山形和美編『聖なるものと想像力　上巻』（彩流社、1994年）193-215 でもすでに論じた。バフチンの思想を援用した最近のミルトン研究には、Elizabeth Sauer, *Barbarous Dissonance and Images of Voice in Milton's Epics* (Montreal & Kingston: McGill-Queen's U P, 1996) がある。

⁶ Mary Nyquist, "The Genesis of Gendered Subjectivity in the Divorce Tracts and in *Paradise Lost*," in *Re-membering Milton: Essays on the Texts and Traditions*, eds. Mary Nyquist and Margaret W. Ferguson (New York and London: Methuen, 1987), 99-127. フェミニズムの視点からのミルトン批評とそれに対する反論は 80 年代に大きな成果を生み出したが、たとえば Barbara K. Lewalski, "Milton on Women - Yet Again," in *Problems for Feminist Criticism*, ed. Sally Minogue (London: Routledge, 1990), 46-69 は批評史の概観を与えてくれている。

⁷ Bakhtin のヘテログロシアと聖書の声と視点の重層性との関係については、Stephen Prickett, *Words and 'The Word': Language, Poetics and Biblical Interpretation* (Cambridge: Cambridge UP, 1986), 210-14, 235（小野功生訳『ロゴスとことば――言語・詩学・聖書解釈』[法政大学出版局、1997年] 325-31, 365）が早くに指摘していたが、その後一方では聖書の文学的、修辞的解釈の進展とともに Walter L. Reed, *Dialogues of the Word: The Bible as Literature According to Bakhtin* (Oxford: Oxford UP, 1993) のようなバフチン理論による聖書の読解を生み出し、他方では Alexander

Mihailovic, *Corporeal Words: Mikhail Bakhtin's Theology of Discourse* (Evanston, Illinois: Northwestern UP, 1997) や Ruth Coates, *Christianity in Bakhtin: God and the Exiled Author* (Cambridge: Cambridge UP, 1998)のようなバフチンの思想を神学という視点から読み解こうとする研究を生み出してきた。

⁸ Ernest Sirluck, ed., *Complete Prose Works of John Milton*: Volume II (New Haven: Yale UP, 1959), 586-614.（辻裕子・渡辺昇訳『ミルトン　四絃琴』[リーベル出版、1997年] 15-67.) 離婚論と*PL*の関係については、James Grantham Turner, *One Flesh: Paradisal Marriage and Sexual Relations in the Age of Milton* (Oxford: Clarendon P, 1987) が離婚論の差別的女性観と*PL*の両性の平等に基づく結婚観のあいだに断絶をみるのに対して、Mary Nyquistの前掲論考は離婚論と*PL*の女性観に連続性をみている。さらに Michael Lieb, "'Two of Far Nobler Shape': Reading the Paradisal Text," in *Literary Milton: Text, Pretext, Context*, eds. Dian Trevino Benet and Michael Lieb (Pittsburgh, Pennsylvania: Duquesne UP, 1994), 114-32 は、*Tetrachordon*における創造論を論じて*PL*が解釈の最終性を拒否した "a discourse of conflict and indeterminacy"(132) であると主張するすぐれた批評である。

⁹ William G. Riggs, "The Temptation of Milton's Eve: 'Words, Impregn'd / With Reason,'" *JEGP* 94 (1995): 365-92 の 370 参照。

¹⁰ この場面をナルシシズムとの関連で論じた批評は膨大な数にのぼるが、最近のものとしてたとえばMarshall Grossman, *The Story of All Things: Writing the Self in English Renaissance Narrative Poetry* (Durham & London: Duke UP, 1998), 329 n.13にあげられた文献を見よ。

¹¹ John Guillory, "Milton, Narcissism, Gender: On the Genealogy of Male Self-Esteem," in *Critical Essays on John Milton*, ed. Christopher Kendrick (New York: G. K. Hall, 1995), 194-233 の 198 参照。

¹² Deirdre Keenan McChrystal, "Redeeming Eve," *English Literary Renaissance* 23.3(1993): 490-508 の 501 参照。

¹³ ジャック・ラカン著／宮本忠雄訳「〈わたし〉の機能を形成するものとしての鏡像段階」宮本忠雄他訳『エクリⅠ』(弘文堂、1972 年) 123-33. この場面との関連で「鏡像段階論」を取り上げた批評については、Claudia M. Champagne, "Adam and his 'Other Self' in *Paradise Lost*: a Lacanian Study in Psychic Development," *Milton Quarterly* 25(1991): 48-59 の 58 n.2 参照。その後の成果として Catherine Gimelli Martin, "Demystifying Disguises: Adam, Eve, and the Subject of Desire," in *Renaissance Discourses of Desire*, ed. Claude J. Summers and Ted-Larry Pebworth (Columbia and London:U of Missouri P, 1993), 237-58; Linda Gregerson, *The Reformation of the Subject: Spenser,*

Milton, and the English Protestant Epic (Cambridge: Cambridge UP, 1995) のとくに第5章 "Fault lines: Milton's mirror of desire"; John Guilloryの前掲論考 "Milton, Narcissism, Gender: On the Genealogy of Male Self-Esteem" などが重要。Champagne の論文は、ラカン派精神分析を取り入れた批評がイヴの「鏡像段階」に偏っていたのに対してアダムの誕生と成長をラカンを援用しながら読んだ点で貴重である。また William Shullenberger, "Wrestling with the Angel: *Paradise Lost* and Feminist Criticism," *Milton Quarterly* 20.3(1986): 69-85 もラカンの「鏡像段階」に言及しているが、アイデンティティの確立という側面を強調して、主体の誤認という点はまったく捨象してしまっている(79-80)。

[14] Jane Gallop が、鏡像段階が自己支配の幻想を享受できる「歓喜に満ちたたまゆらの瞬間」でありながら、その不可能性を知る瞬間でもあることから、「鏡像段階は悲劇の頂点である。宿命的な栄光にかがやく一瞬であり、楽園喪失の一瞬である」と述べたのは、示唆に富んでいる(富山太佳夫他訳『ラカンを読む』[岩波書店、1990年] 107)。

[15] しかし、たとえば Christine Floura はこれらの「声」を内在化することによってイヴは従属化された、と考えている ("When Eve Reads Milton: Undoing the Canonical Economy," *Critical Inquiry* 10[1983], 321-47)。

[16] したがってサタンによる誘惑の朝、分業を主張したイヴがアダムから手を離してひとり去っていく場面 ("from her husband's hand her hand / Soft she withdraw" 9. 385-86) は、サタンがつけ込むイヴの二次的ナルシシズムを象徴していることにもなろう。

[17] この点については前掲の Linda Gregerson, *The Reformation of the Subject*, 157 n.12 や、John Guillory, "Milton, Narcissism, Gender: On the Genealogy of Male Self-Esteem" の議論が有益。

[18] ラカンとバフチンの関係を正面から取り上げた論考には、David Patterson, *Literature and Spirit: Essays on Bakhtin and His Contemporaries* (Lexington, Kentucky: The UP of Kentucky, 1988) の第3章 "Bakhtin and Lacan: Author, Hero, and the Language of the Self"; William R. Handley, "The Ethics of Subject Creation in Bakhtin and Lacan," in *Bakhtin, Carnival and Other Subjects*, ed. David Shepherd, *Critical Studies* 3.2-4.1/2 (1993): 144-62 などがある。また北岡誠司氏も最近出版されたバフチン論のなかで、「鏡」についてのバフチンの思考の「持続と変容」を取り上げ、さらにそれをラカンの「鏡像段階」との類比のなかで考察している(北岡誠司『バフチン——対話とカーニヴァル』現代思想の冒険者たち 10 [講談社、1998年] 378-87, 73-74, 19)。Michael Gardiner は、ヴォロシノフの『フロイト主義』がヤーコブソンとプラハ・サークルに与えた影響と、ラカンがレヴィ=ストロースに触発されたことを考えると、ヴォ

ロシノフによるフロイト批判がラカンに与えた影響を想像してみることもできるかもしれないと示唆している (*The Dialogics of Critique: M. M. Bakhtin and the Theory of Ideology* [London and New York: Routledge, 1992], 210 n.21)。

[19] ミハイル・バフチン著／斎藤俊雄・佐々木寛訳『作者と主人公』ミハイル・バフチン著作集 2 （新時代社、1984 年）41.

[20] ミハイル・バフチン著／伊東一郎訳「ドストエフスキー論の改稿によせて」ミハイル・バフチン著作集 8 （新時代社、1988 年）254.

[21] Maureen Quilligan, "Freedom, Service, and the Trade in Slaves: the Problem of Labor in *Paradise Lost*," in *Subject and Object in Renaissance Culture*, eds. Margreta de Grazia, Maureen Quilligan, and Peter Stallybrass (Cambridge: Cambridge UP, 1996), 213-34.

[22] 主体の起源ということであればむろん "self-begotten" であると主張する Satan について、グロテスクな身体をもつその娘 Sin とさらに Death について論じる必要があるが、その詳細にここで立ち入ることはできない。注[5]にあげた Elizabeth Sauer, *Barbarous Dissonance and Images of Voice in Milton's Epics* の第 4 章 "The Gendered Hierarchy of Discourse" が充実した議論を展開している。

[23] ミハイル・バフチン著／望月哲男・鈴木淳一訳『ドストエフスキーの詩学』（筑摩書房、1995 年）122.

ミルトンとアメリカ

大西直樹

"Milton is more emphatically American than any author who has lived in the United States."　　　　　　　　Quoted by Margaret Fuller
「ミルトンはアメリカに生きたどんな作家よりも断然アメリカ的である。」
マーガレット・フラーによる引用

はじめに

　ジョン・ミルトンが1608年12月9日、ロンドンのブレッドストリートで産声をあげたとき、そこから程遠くないところで「新大陸」アメリカのヴァジニアに関する書物が出版されたばかりで、ロンドンの町ではちょっとした話題になっていた。ヴァジニアのジェームズタウンを設立したキャプテン・ジョン・スミスが、そこでの13ヵ月にわたる探検体験を『ヴァジニアに関する真実の報告』として出版したのである。それも、「まさに、ジョン・ミルトンが生まれた日からそれほど離れていない時期に、彼の家から3ブロックも離れていないところで」の出版となったのである。
　このようなかなり強引ともとれるしかたで、ミルトンとアメリカとの関係を指摘したのは、アメリカ文学史家、モージズ・コイト・タイラーだった。彼は、『アメリカ文学史』のなかでこのキャプテン・ジョン・スミスによる報告書をアメリカ文学史のもっとも初期の著作として取り上げ、その著作とミルトンとの関連をつけようとした。彼は、「ジョン・ミルトンはこの世に生を受けたのと、最初のアメリカの書物が活字となったのは、同じ年のしかも、その年の同じ時期、そしてほぼ同じ地点であったのだ」と述べる。[1]
　言うまでもなく、アメリカ合衆国の起源と成立にはピューリタン的要素の強い植民地が深く関わり、一方、ミルトンがイギリスのピューリタン革命のなかで活躍した作家であることから、この両者には共通したピューリタニズムという宗教文化的要素があることは容易に理解することができる。

しかし、ピューリタンといっても、植民地建設に直接関わったさまざまな人物とは違い、大西洋を渡らなかったミルトンはアメリカとの直接の関係を問われれば、かなり弱い、または迂遠であると言わざるをえない。たとえば、ミルトンの周辺にはマサチューセッツ湾岸植民地の総督をしたり、ロードアイランド植民地を建設した人物がいる。こうした人達に較べて、あくまで清教徒革命を担い、クロムウェルの片腕として革命の成功とその終焉を見届けたミルトンはどう見てもイギリスの詩人であり思想家であって、アメリカとの関係を語るにはあまりにも間接的と感じられるところがある。

ところが、アメリカにおけるこれまでの先行研究を調べて見ると、ミルトンとアメリカとの関係を学問対象として取り上げた本格的な研究書はかなりの数にのぼり、未出版の博士論文、学術雑誌に掲載された論文などを数えれば、[2]相当数の研究がなされてきたことがわかる。[3]これらの研究の多くは、いずれも、詩や論文をとおしてミルトンの思想がいかに建国期ニューイングランドにおいて受容され、さらに１９世紀アメリカ文化の中核と深い関わりをもったかを浮き彫りにした研究であり、煎じ詰めれば、初期アメリカの文化形成の過程で、ミルトンがきわめて重要な影響を与えていたかが明らかにされている。

しかし、問題はそこで終わらない。アメリカ文化史をひろく捉えてみると、ミルトンはかなり深くアメリカの精神的、思想的文化の形成に中心的役割を演じ続けてきたのである。ことにアメリカの教養を作り上げていく上で、ミルトンは大学教育においても重要な課題であり続け、そこから、アメリカ研究という領域の発展においても、実に根本的な役割を演じているのである。ここでは、こうした影響関係の変遷をたどりながら、ミルトンとアメリカという関係を、通時的にまた学際的に論じることを目的としたい。当然、網羅的でバランスのとれた論を展開することはできないのは承知のうえだが、いくつかの点においてその関係のもつ重要性を浮き彫りにできれば幸いである。

ミルトンと植民地時代のアメリカ

　さて、ヴァジニア植民地の設立がなされたのは、ミルトンが生まれた1年前の1607年であった。そのほかの、プリマス植民地およびマサチューセッツ湾岸植民地が設立されたのは、それぞれ1620年と1630年であったから、これらの植民地ができあがっていた時期はミルトンの青年期のできごとであった。先にあげたタイラーは、ミルトンの父親が幼少の詩人ミルトンにジョン・スミスのヴァジニアの記録を読んで聞かせたこともあったのではないかと想像しているが、いったい成人してからの彼のところに、新大陸アメリカの情報はどの程度伝わっていたのだろうか。『パラダイス・ロスト』をその観点から調べて見ると、意外にもその言及は非常に限られている。彼はむしろ大航海時代にもたらされた世界地理の知識を頻繁に用いている。たとえば、セイタンの地獄から地球上のエデンの園までの飛行を描くエピック・シミリのなかで大航海時代の情報を取り入れているのである。(『パラダイス・ロスト』第2巻636行〜642行)。

　しかし、少し詳しくこの関係を見てみると、ミルトンのまわりにはこれらの植民地を実際に経験した人物が少なくとも二人いて、その二人ともミルトンとはかなり親しい間柄となっている。一人はロジャー・ウィリアムズである。

　1631年マサチューセッツ湾岸植民地に渡ったロジャー・ウィリアムズは、上陸すると間もなくその宗教政策を巡って植民地当局と衝突し、1635年には追放の憂き目に会う。そこで、ごく少数の理解者とともにプロヴィデンスを建設し、後にロードアイランド植民地を設立するのだが、その植民地のチャーターを、一度は1643年にイギリス議会から、もう一度は王政復古後の1663年、チャールズ二世から獲得するためにロンドンに戻っている。最初にウィリアムズが帰英していた時期、ミルトンは外交文書を翻訳する外国語秘書官を務めていたが、その彼をウィリアムズはオランダ語に関して援助していた。そのおりにニューイングランドの情報をミルトンに直接語ったと考えても不思議ではない。彼はミルトンとのふれあいを、植民地に戻ったあとウィンスロップ二世に次のように書いている。「ヘブライ語、ギリシャ語、ラテン、フランス、そしてオランダ語を練習するため

に、ミルトン氏が、私をほかの何人かとともに彼のところに呼ぶことは主の喜びとするところであった。例の委員会の秘書であったミルトン氏のために私はオランダ語を読み、彼はそのほか様々の言語をわたしに読んでくれた。文法の法則が次第に専制君主のように見られるようになった」。[4] こうしたことから、かなり直接的な新大陸に関する情報をロジャー・ウィリアムズからミルトンが得ていたのではないかという推測も成り立つ。それを示唆する箇所が『パラダイス・ロスト』の9巻にある。堕落直後、自らの裸体を恥じるアダムとイヴをアメリカ・インディアンの裸体を引き合いに出して対比している箇所である。

> 直ちに彼等は（アダムとイヴ）いちじくの木を選んだ。
> 彼等は、アマゾン族の使う円楯のように幅広い葉を集めると
> 自分の腰につけた、自分たちの罪と恐ろしい恥を隠すにはむなしいことだが、
> ああなんと、原初の裸の栄光とは似ても似つかないのだろうか。それは、ちょうど最近
> アメリカ人がおなじように羽飾りで着かざって、他は裸で野性のまま
> 木々と森のせまる海岸にいるのを、
> コロンブスが発見したような。
>
> 『パラダイス・ロスト』第9巻1100行〜1118行

　この箇所でミルトンはコロンブスを引き合いに出している。しかし、コロンブスの新大陸発見の書簡に描写されている原住民は「羽飾りで着かざって」はいない。そこで実際にはインディアンとの親密な関係を築きあげたロジャー・ウィリアムズをその情報源と推測することができる。またミルトンはアメリカの先住民を「インディアン」ではなく、「アメリカ人」と呼んでいるが、ロジャー・ウィリアムズもインディアンの言葉を「アメリカ語」と呼んで、その言語案内書『アメリカ言語への鍵』をロンドンで出版している。出版社はミルトンの著作も手がけていたグレゴリー・デクスターである。このユニークなナラガンセット部族の言語入門書は、会話をテーマ別に編集した画期的なものだが、インディアン文化とイギリス文化についての比較した箇所がところどころに挿入されている。そのひとつに次のような箇所がある。「何と深い主の思いが現われているのだろう。ア

ジア、ヨーロッパ、アフリカでは人の子はその肉体と精神を何重もの衣服で覆い隠すのに、ここアメリカでは、人の息子も娘もすべてこの地では、肉体も精神も隠さないし、隠そうという願いも持たない」。[5] つまり、ロジャー・ウィリアムズもインディアンの裸体に、人類の堕落以前の状態を見ているのである。他のピューリタンたちはインディアンを悪魔の化身と捉えるのとくらべて、彼の見方がいかに異なっているかが分かる。

　もう一人マサチューセッツ湾岸植民地の直接の経験を持っていたのはヘンリー・ヴェイン・二世である。彼は 1635 年、設立されて間もないマサチューセッツ湾岸植民地に上陸し、設立以来総督を務めていたジョン・ウィンスロップを総督選挙において破り、若干 23 歳で総督として植民地経営にのりだした。しかし、1636 年にはいわゆるアンティノミアン・コントロバシーと呼ばれる宗教論争が勃発し、その中心人物であったアン・ハッチンソンを擁護していた彼は、抗争のなかでおこなわれた総督選挙にやぶれ、翌年には植民地を去ってイギリスに戻っている。帰英後は海軍会計局長という地位で財務を担当し、対オランダ戦争におけるイギリスの勝利は彼の裁量によるものと言われるほどの実務的能力を発揮した。1649 年には、ヨーロッパ列国との外交関係をとりしきる委員会に委員として任命されたが、その委員会の秘書がミルトンであり、彼はヴェインの卓抜な実務能力を身をもって知ることになった。ヴェインは直接にチャールズ一世の処刑には関わらなかったが、にもかかわらず死刑となる。ミルトンはその彼に生前ソネットを捧げて彼をたたえている。それが、「サー・ヘンリー・ヴェイン二世にささぐ」である。[6]

植民地時代におけるミルトン

　では逆に、植民地時代のアメリカでミルトンの作品はどのように読まれていたのだろうか。センサボーによれば、ボストンの宗教的指導者たちは、ミルトンの散文と詩、ことに『パラダイス・ロスト』に深い関心を示し、1667年のロンドンでの出版後ほどなくして読み始めていることが指摘されている。ことにマザー家第三代目の牧師、コトン・マザーは入植当時からの植民地の歴史を神の摂理の成就の過程としてまとめ、『偉大なるキリスト

の御業としてのアメリカ』(1698年出版)を出版するが、その中ですでに『パラダイス・ロスト』が三ヵ所使われている。その一つをあげると、ニューイングランドの歴史においては、インディアンとの戦争が緊急かつ重要なテーマのひとつであるが、本書第6巻の付録のなかでその過激な戦闘と膨大な軍勢を描写するときに、マザーは『パラダイス・ロスト』の第6巻に描かれている「天国での戦い」を引き合いにしている。[7] つまり、キング・フィリップ戦争におけるインディアン部隊がセイタンの率いる堕天使の軍勢に例えられるのである。こうした点はピューリタンの抱いていたインディアン観を物語る一面でもあり、いかにインディアンが悪魔に仕立てられていくかを物語ってもいる。

　コトン・マザーとならんで、もうひとり植民地きっての蔵書家でもあったヴァジニア、ウェストーヴァーのウィリアム・バードもミルトンの著書を所蔵していた。彼のプランテーション・オーナーとしての日課は速記で記された有名な『秘密日記』に事細かに記録されている。それによれば、彼は規則正しい日課にそって、『パラダイス・ロスト』をはじめ、著名な散文を確実に精読していたのである。その時期は1712年2月23日から3月22日の期間で、英語の著作ばかりか、ラテン語の作品も読みこなしていた。[8] また、フィラデルフィアのベンジャミン・フランクリンも『パラダイス・ロスト』の熱心な読者だったことがわかる。彼は1728年11月20日、21歳のとき「信仰箇条と宗教的行い」と自分でタイトルをつけた覚書をまとめている。その前半は彼自身がまとめた神への信仰箇条、後半はおりおりの祈りで構成されているが、彼は『パラダイス・ロスト』第5巻にある創造主への讚美の箇所から153〜56行、および160〜204行を抜き書きして、祈りの文書としてまとめ直しているのである。[9]

　こうした事実をみてみると、18世紀の初頭までには、ボストンだけでなく、ヴァジニアやフィラデルフィアにおいてもミルトンを真剣に読んでいる当時の知識人がいたことがわかる。植民地の彼等は本国の動向に敏感に反応し、出版物など重要なものは即座に入手していた。とは言うものの、ミルトンの知名度は一部の知識階級の範囲を出ることはなかった。18世紀も中葉になろうとするころ、いわゆる大覚醒運動が展開されると、多くの牧

師がミルトンの描く、ことに地獄のイメージを用いて一般大衆にむかって説教をし始めていた。その中心的人物といわれる、最後のピューリタン、ジョナサン・エドワーズも、ミルトンの捉えている原罪の意識に強い関心をしめしとくに、『パラダイス・ロスト』をよく読んでいた。[10] このように、植民地および、革命期のアメリカにおいては、ミルトンが宗教的指導者たちによって深く読まれ、それが彼等の説教を通じて広まっていたのである。

革命期から初期共和国時代におけるミルトン

そして、18世紀も中頃から独立革命の時期ともなると、ミルトンの著作は詩もさることながら、散文も多く読まれるようになる。ことに、専制政治からの自由を求めようとする点で、ミルトンの自由のとらえかたが注目されたのである。ことに、信教の自由はアメリカが連邦憲法に謳っている重要な問題であるが、その議論には、ミルトンがよく引き合いに出されていた。

このように、独立革命および初期共和国時代においてミルトンの著作が大衆の目にふれるようになったのは、当時、急激に発達した様々な印刷メディアによって、ミルトンの作品が広範に広まっていくという現象がみられたためである。北アメリカのイギリス系植民地では識字率が当時のヨーロッパと比較してもきわめて高かったことがよく指摘されている。その原因には、彼等が聖書を読むこと、つまり字を読めることが魂の救いをもたらす絶対必要な条件と考えていたことにある。生まれてきた子供に字を教えるのは、かれらにとっての死活問題であり、そのために法律によって学校組織を築きあげようとする。1647年には 'The Old Deluder Satan Act' と呼ばれる教育法が制定されたが、それは、一つの集落が50家族に達するとスクールマスターを、さらに100家族になれば、グラマースクールを設けることを命じている。さらに『ニューイングランド・プライマー』(1690年)と呼ばれていた子供が字を学ぶための有用なテキストなどが入植して間もない頃にすでに広く出回っていた。つまり、高率の識字率がこうした制度によってもささえられていたのである。その上で、18世紀初頭ともなると当時の有力な情報源であった暦、新聞、雑誌といった種類の出

版物が、目覚ましい勢いで勢力を伸ばしていた。生活上のさまざまな情報が取り込まれたこれらの出版物には、ミルトンの『パラダイス・ロスト』や『アレオパジティカ』などの散文がごく部分的だが盛んに引用されたのである。そして、書物の販売広告も目だっていたが、そこには必ずミルトンの著作が含まれていた。

ノア・ウェブスターのミルトン

　こうして大衆文化のなかで定着してきたミルトン像が18世紀も末葉から、19世紀になると、さらに深い理解を広めていくことになる。さまざまな知識人がミルトンを取り上げて論じたり、賞賛していた。ことに、文章のスタイル、英語としての手本、文法の基本としてミルトンがしきりととりあげられたが、そのうちもっとも重要な働きをしたのが、例の辞書で有名なノア・ウェブスターである。彼は、イギリス語とは違ったアメリカ独自の英語の確立をめざして、辞書や文法書を著わしていた。ウェブスターはかねてからミルトンの『パラダイス・ロスト』を高く評価し、ことあるごとに、この作品の重要性を論じ、自分の著作で英語の基本的な文法の模範として用いている。それと並行して、彼が中心となって設立された学校がアーマスト・アカデミーである。[11] 彼はこのアーマスト・アカデミーのカリキュラムと教科書を選定しているが、学校案内をみると、全学生の名簿に続いて、この学校で使用されていた教科書もリストされている。[12] そのなかに『パラダイス・ロスト』やその他のミルトンの詩を含めて、当時の学生にミルトンの詩を学ばせていたことが分かる。そして、この名簿にはエミリィ・ディキンスンという名前が載っているのである。

　いまやアメリカ文学を代表する女性詩人と言われるエミリィ・ディキンスンは、1775編の詩を残しているが、その人生があまりにも孤立していたため、詩を書くにあたってどのような教養を身につけていたかは研究者の関心を引き続けてきた。われわれにとって関心があるのは彼女が学んだアーマスト・アカデミーで用いられた教科書のリストに含まれていたミルトンの著作である。彼女はミルトンをどのように読んでいたのだろうか。そのことを物語る一例に毛虫を題材にして、蝶の変容を描いて復活の神秘

を歌った彼女の詩がある。

> けむくじゃらの奴、足はなくて、
> でも走るとなると、ずばぬけている
> 顔面はヴェルヴェットで
> その顔色は、くすんでいる
> 人には、毛虫と呼ばれているけど、(By Men yclept, Catapillar!)
> わたしには、といっても、わたしってだれ、(By me! But who am I)
> 蝶々の可愛らしい秘密を
> 語ろうとしているのだけれど[13]

この詩の最終スタンザは、いうまでもなくミルトンの「快活な人 (*L'Allegro*)」から借りた言い回しである。

> しかし、見目麗しく自由な女神よ、こちらへ。
> 天国ではユーフロージネとよばれているが、(In heaven yclept Euphrosyne,)
> 人には、こころを和ませるマース、と呼ばれ、(And by men, heart-easing Mirth,)
> 愛らしいヴィーナスが誕生のときに
> もう二人の姉妹とともに
> 蔦の冠をかぶったバッカスに生ませた

 'yclept' という普段当時でも使われない古めかしい言い方が、ミルトンの詩を通してエミリィ・ディキンスンの記憶に埋め込まれたのだろう。シンタックスも影響されたままに、「ラレグロ」の一節が顔を出しているのである。

19世紀アメリカ文学とミルトン

エミリィ・ディキンスンは当時の文化圏の周辺で一生をおくったが、19世紀初頭のボストンでは、その地域の教会を支配していたユニテリアニズムの立場にたつ牧師たちがミルトンから深い影響を受けている。そのなかでも、ウィリアム・E・チェニングには1826年に書かれたエッセー「ジョン・ミルトンの性格と著作についての論考」があるばかりでなく、その当時話題を呼んだミルトンの『キリスト教教義論』についての評論もあり、精

神的、道徳的指導者あるいは予言者としてのミルトンを高く評価していた。一方、ボストンから離れたコンコードでは、エマスンを中心にトランセンデンタリストたちが集結して、ユニテリアニズムとは一線を画した主張を展開していた。中心人物であるエマスンがミルトンに深い関心を早くから示していたことは、彼を取り巻く多くの知人が証言するところであるばかりでなく、彼自身の日誌にも明かである。ことにミルトンの高い理想と、予言者としての自覚はエマスンが自己を確立していく上で大きな影響を与えたのである。彼は「ミルトンに関するエッセー」をはじめ多くの言及を残しており、その影響は広範に渡っている。このようなミルトンの影響については、かなりの数の論文が書かれているが、ここでは深く立ち入ることが出来ない。しかし、顕著な例をあげると、エマソンにとって、彼の神学論的な転機となったのは、「神学校での講演」であるが、そこにいたる心境が反映されているといわれる詩に「ユーリアルの失墜」がある。この主人公はいうまでもなくミルトンの『パラダイス・ロスト』からとられたものである。こうしたエマスンへの影響に加え、目を転じてみれば、ヘンリー・ディヴィッド・ソロー、ウォルト・ホイットマンといったロマン主義文学と総称される19世紀のアメリカ文学にはミルトンの影響が色濃く現われているのである。

　たとえば、「暗黒の力」とメルヴィル自身が名付けた原罪の問題に取り組んだメルヴィルへのミルトンが与えた影響に関しては、ポマーが『メルヴィルとミルトン』[15]において網羅的な研究を残している。こうした研究書の指摘をまつまでもなく、たとえば『白鯨』にはさまざまに『パラダイス・ロスト』が用いられている。エイハブ船長の苦悩にはセイタンの心を捉えている地獄の様子が重なっている。また、彼の遺作となった『ビリー・バッド』では、堕落以前のアダムの姿が重ねられている。

　ホーソーンへの影響としてあげられる端的な例は、彼の初期の傑作「メリーマウントの五月柱」である。この短編小説はトーマス・モートンが単独で営んでいたメリーマウントにおける居留地とマサチューセッツ湾岸植民地との対立を素材としている。ピューリタンとはちがい、メリー・オールド・イングランドの生活文化を持ち込んだモートンは、さまざまな点で

マサチューセッツ湾岸植民地やプリマス植民地のピューリタンと対立していた。ことに対インディアン貿易において禁輸出品目である銃や火薬などをインディアンとの取り引きにつかうモートンは究めて問題視され、マサチューセッツ湾岸植民地から軍人エンディコットが派遣されてモートンの追放がなされるのである。ホーソーンはこの事件からヒントを得て、その居留地でなされていたメイポールの祭の顛末を描く。その日、メイポールのもとで結婚の誓いをするはずであった若い男女のカップルは、突然闖入してきたエンディコットによってさえぎられ、メイポールも切り倒されて、その場を立ち退かざるを得なくなる。その最後のシーンは、つぎのような言葉で結ばれている。「彼等は天国に向かって行った。その道を踏みしめることが彼等の定めである辛い道をお互いを支えながら、しかも、メリーマウントにおける虚栄には一度といえどもそれを惜しむ思いをいだくことなく」。ここで描かれる二人の姿は、当然ながら、『パラダイス・ロスト』の最後の4行をおもいおこさせるものであり、「その意味で『パラダイス・ロスト』のミニチュア版」[16]と言える。

これらの19世紀のアメリカ作家に共通して言えることは、彼等が一様に道徳的関心と、予言者としての使命感を抱いて作品に臨んでいたということである。それは、アメリカ文学のひとつのきわだった特徴とも言えるもので、D・H・ローレンスが彼の『アメリカ古典文学研究』のなかではっきり指摘している点でもある。彼は、この本の後半で、「およそ芸術の本質は道徳であるということが、アメリカの芸術については特によく当てはまる。たしかにそれはその通りに違いない。ホーソーン、ポー、ロングフェロー、エマスン、メルヴィル。彼らを捉えているのはすべて道徳の問題だ」[17]と断言してはばからない。このような道徳を論ずる文学としてのアメリカ文学、その源泉にはミルトンがあったといえるだろう。

ポーとモダニズムの攻撃

これらの作家たちのなかで、異なった視線でミルトンを見ていたのが、エドガー・アラン・ポーである。ポーは独自の詩論を展開して、詩とはある一つの効果をもたらすことを目的とすべきで、そのために一つの詩の長

さが自然に決定されている、として人が耐えうる長さは100行程であると主張している。彼の論によれば、『パラダイス・ロスト』は随分と掛けはなれた詩となる。この点を「作文の哲学」でもとりあげ、次のように述べている。「『パラダイス・ロスト』を熱烈に賞賛する公式見解と、実際にその作品を精読しながら感ずる、その公式見解がもとめる激賞を保つことのまったくの困難さとを和解させる難しさをたしかに多くの人が感じている。この『パラダイス・ロスト』という偉大な作品は、そもそもすべての芸術作品が最終的に不可欠とする統一を捨て、単に、短い詩の連続にすぎないと捉えたときにのみ、詩的であると見なされるのである」。[18]つまり、彼にとって『パラダイス・ロスト』は芸術作品としての統一のない作品と見えているのである。

　このような批判は、第一次大戦後のアメリカにおけるモダニズムからの批判と一脈通ずるところがある。その中で決定的であったのが言うまでもなく、T・S・エリオットのミルトン批判である。[19]エリオットの最初のミルトン論は、あの有名になった言葉「感覚の分離」がミルトンの盲目ゆえに引き起こされたという論旨である。エリオットはその原因がミルトン一人にあったという主張を後にとりさげるが、いずれにせよ、エリオットの批判にたいしてミルトン擁護の発言は長いこと沈黙を続けざるを得なかったのである。

　このようなミルトン批判を考えて見ると、先に述べたセンサボーはミルトン像の衰退の兆候はアメリカが西部へと拡張されていた時期、言い替えれば、初期共和国時代にすでに始まっていた、と述べている。たしかに開拓とともに作り上げられていたアメリカ的メンタリティーが、その当時すでにミルトンの詩の描くものとは別の世界観を作り上げていたのである。それと、同様に1920年代を中心とする時期には、アメリカがさらに顕著にしかも意図的に伝統的なヨーロッパ文化とは対抗する独自の文化を作りあげようとして、これまでのミルトンを評価する土壌とはちがった文化的エートスが優勢となっていたといえよう。モダニズムを代表するエリオットがジョン・ダンなどの形而上詩人を高く評価し、ミルトンやロマン派の詩人を批判していた時期、ミルトンは究めて鋭い批判にさらされていた。

端的に言えば、モダニズムはミルトンとは異なった方向を目指していたと言えるのである。

50年代のミルトン研究の興隆

しかし、1950年代になってようやくC・S・ルイスや、E・M・W・ティリヤード、ダグラス・ブッシュらの堅実な研究が実をむすび、ミルトン没後300年の1974年にはミルトン研究がひとつのピークを創り出してくる。つまり、戦後のミルトン研究のアメリカでの興隆は、その前になされたT・S・エリオットおよびモダニズムによるミルトン攻撃、そしてその文学観にたいする反動という面もあったのである。

そうした状況を作り出したもう一つの側面としては1950年代に緊張の度を深めた冷戦という政治状況もその基礎を作っていたと考えられる。冷戦が色濃くアメリカをおおっていたこの時期、共産主義ソヴィエト・ロシアにたいする対抗意識はアメリカではキリスト教への回帰として現われ、この国の起源であるピューリタン文化の再評価がなされた。思想界では神学から社会思想へと変貌するラインホールド・ニーバー、初期ニューイングランドのピューリタン研究のペリー・ミラーらの研究がアメリカの知的環境を造りだし、そこにおいてミルトン研究も一段と盛んになりえた状況があったのである。このようにかつてなくアメリカがキリスト教的になった1950年代にミルトン研究は大きな興隆期を向かえていた。

その背景には、当時のアメリカの大学における一般教育の教材にミルトンは格好の素材を提供していたことが挙げられる。つまり、リベラル・アーツ教育の中核をになう題材としてミルトンは最適だったのである。1930年ごろ、それまで必須であったラテン語教育が崩れると、古典語の知識なしで学べる西洋古典にかわる一般教養として、西洋古典の世界とキリスト教が融合しているミルトンの文学が西洋文明の結晶として扱われ、学生の教養育成のための中心的なテキストとして用いられ始めた。そのためもあって、イギリス本国よりもアメリカにおいてミルトンはよりよく親しまれ、また研究もさかんになされてきた。ミルトンに関する著作も論文の数も圧倒的にアメリカが多く、また1969年にはピッツバーグ大学出版局から『ミ

ルトン・スタディーズ』といった研究誌も発刊され現在に至っている。

アメリカ研究とミルトン

　興味深いのは、このようにミルトンを学ぶことで築きあげられた教養教育から、50年代後半から盛んになるアメリカ研究の代表的な研究書が書かれていたという事実である。ことに、現在からみて、「神話と象徴」学派と呼ばれている一連のアメリカ研究書にミルトンの色濃い足跡をみることができる。

　たとえば、ルイスによる『アメリカン・アダム』である。1955年に出版された本書はルイスの博士論文であり、その後もじつに長く読み継がれてきた。そこで描かれるアダムの姿を端的に現わしているのは次のような箇所である。「世界と歴史はすべて彼等の前にある。旧世界で初めのチャンスに破れたはしたが、それを『幸いなる堕落』ととらえ、アメリカの英雄たちは、再び新たな出発として、人類が神に与えられた二回目のチャンスとしてこの世界を描写している」[20] この姿は言うまでもなく楽園を追放されたアダムが、失意と同時に新しい希望を胸に、まったくあらたな経験に乗り出して行く。その前途には明るい展望がひらけ、過去の失敗は、それをもたらす幸いなる堕落であったのだ。この研究書には、このような「幸いなる堕落」という概念が何度も登場する。いうまでもなく、『パラダイス・ロスト』の12巻に出てくるアダムの発言の背後に流れている思想である。第9巻に描かれる「堕落」のあと、悲嘆にくれるアダムとイヴは、神につかわされた大天使マイケルによって、その罪がどのような影響を将来の人類にたいして与えるか説明をうける。そして12巻の最期462行から人類史の完結がキリストの贖罪によってもたらされることを語られると、アダムは感激して述べるのである。「ああ限りなき善、絶大なる善よ、これほどの善がすべて悪から生みだされるとは。そして悪が善に変わるとは」[21] と。

　この背後にあるのが、中世以来論じられてきたフェリックス・クルパ (Felix culpa)、すなわち「幸いなる堕落」という神学的概念であが、この概念をアメリカ文化論にもちこんだのがルイスの『アメリカン・アダム』ということができる。彼はこの点について、本書の脚注で説明を加え、アー

サー・ラヴジョイの「ミルトンと幸いなる堕落のパラドックス」[22]という論文をあげて自説との関連を説明している。しかし、筆者の質問に答えて、ルイスは当時ハーヴァード大学で行われたダグラス・ブッシュの講演から影響をうけたことを口頭で語ってもいた。

以上みてきたように、アメリカ研究が目覚ましい勢いでその学問として力をつけていた時期、そしていずれ「神話と象徴」学派と呼ばれるようになる主要なアメリカ研究の著作には、ミルトン的な要素がきわめて濃厚にその基礎的概念を作り上げていたのである。[23]『パラダイス・ロスト』がこうしたアメリカ学者の想像力の源泉となっていた原因には、彼等が学部時代の英文学の授業でミルトンを学んだという経験を経て、アメリカ学に乗り出して行ったことがあげられるであろう。アメリカという文化的環境あるいは文化的文脈を論ずるとき『パラダイス・ロスト』は、その想像力の根源として作用していたのである。

ポストモダニズムとミルトン

しかし、こうした状況もそのまま継続してはいかなかった。それはアメリカがヴェトナム戦争によって大きく変化をとげ、1970年代後半から80年代にかけて、ワスプの男性主導のアメリカ文化が大きな変動期を向かえたのである。その後、さらにベルリンの壁解体に象徴される、ソヴィエト連邦の崩壊がおこると、事態はさらに大きな変化に巻き込まれていく。先にモダニズムがミルトンを理解できないでいた点を述べたが、その後、起こったソヴィエト連邦の崩壊に象徴される国際政治の図式の急激かつ決定的な変化のなかで、アメリカの自己理解も激変し、先にあげたアメリカ研究の古典ともいえる研究書は、1980年代後半にはすっかり影を薄くしてしまった。もはや、神話と象徴ではなく、人種、階級、それにジェンダーがキータームとなり、並行して正典論争も激しく論じられ、西洋中心主義、男性中心主義は激しい攻撃の波にさらされたのである。1990年代となると、多文化主義の主張がなされているが、21世紀にむかってアメリカでミルトンは今後どのような読まれ方をするのだろうか。これまで、何度かこうした激動の時代を潜り抜けてきたミルトンの作品である。ミルトン像が衰退

した時期はたしかに過去に何度か存在した。しかしまた、ミルトンの評価が高まる時代があったことも事実である。こうした盛衰を考えると、そもそもミルトン自身が激動の時代に生き、ひとびとの変節と毀誉褒貶を身をもって経験したことが思いおこされる。その彼が 'fit audience, though few' と言ったとき、彼は自分の作品を本当に理解することができるのはごく限られた少数の読者であることを知っていた。そして、そのごく限られた読者が、ミルトンを次の世代へと受け渡していく責任を負っていくのである。

注

[1] Moses Coit Tyler, *A History of American Literature: 1607-1765*, Cornell University Press, Ithaca, NY., 1949, p. 20.

[2] 論文としては次のようなものがある: Burton A. Milligan, 'An Early American Imitator of Milton,' *American Literature*, pp. 200- 206; Leon Howard, 'The Influence of Milton on Colonial American Poetry,' *Huntington Library Bulletin*, No. 9, 1955, pp. 63-89; Richard C. Pettigrew, 'Emerson and Milton,' *American Literature*, III, 1931-32, pp. 45-59.

[3] 研究書として主なものに次のようなものがある: George Sensabaugh, *Milton in Early America*, Princeton University Press, 1964; Keith W. F. Stavely, *Puritan Legacies: Paradise Lost and the New England Tradition, 1630-1890*, Cornell University Press, 1987; K. P. Van Anglen, *The New England Milton: Literary Reception and Cultural Authority in the Early Republic*, The Pennsylvania State University Press, 1993

[4] *Correspondence of Roger Williams,* The Rhode Island Historical Society, Providence: Rhode Island, Vol. II, 1654-1682, p.393, 'To John Withrop, Jr., 12 July 1654.'

[5] *The Complete Writings of Roger Williams* (Russell and Russell, 1963), Vol. I, p. 146.

[6] Anna K. Nardo, *Milton's Sonnets; The Ideal Community*, University of Nebraska Press, 1979, pp. 121-25.

[7] Cotton Mather, *Magnalia Christi Americana*, 1689, Vol. II, Book VII, p. 491, p. 492 and p. 540.

[8] *The Secret Diary of William Byrd of Westover; 1709-1712*, eds., Louise B. Wright et al.,

ミルトンとアメリカ 129

The Dietz Press, 1941, pp. 490-501.

[9] *The Papers of Benjamin Franklin*, Vol. I, January 6, 1706 through December 31, 1734, Yale University Press, 1959, p. 101-110.

[10] ジョナサン・エドワーズのミルトンについての言及は次の論文に出てくる。
The Works of Jonathan Edwards, Yale University Press, 1959, Vol. II, ed. John E. Smith, 'Religious Affections,' pp. 299-301.

[11] ノア・ウェブスターと彼の辞書、および、教育に関する思想的背景については、Richard M. Rollins, *The Long Journey of Noah Webster*, University of Pennsylvania Press, 1980 が詳しく論じている。

[12] *Catalogue of the Trustees, Instructors, and Students of Amherst Academy*, J.S. & C. Adams, Amherst, 1841, p. 11

[13] *Collected Poems of Emily Dickinson*, ed. Thomas Johnson, Little Brown, 1960, pp. 82-3, #173.

[14] *The Poems of John Milton*, eds. John Carey and Alastair Fowler, Longman, 1968, p. 133, 'L'Allegro,' 11-16.

[15] Henry F. Pommer, *Milton and Melville*, University of Pittsburgh Press, 1950.

[16] *The Portable Hawthorne*, ed. by Malcolm Cowley, Penguin Books, 1977. p. 14.

[17] D. H. Lawrence, *Studies in Classic American Literature*, The Viking Press, 1932, p. 171.

[18] *The Complete Works of Edgar Allan Poe*, AMS Press, 1965, Vol. XIV, 'The Poetic Principle,' pp. 266-67.

[19] T. S. Eliot, *Collected Essays*, Faber & Faber, 1965, pp. 228-40.

[20] R. W. B.Lewis, *The American Adam: Innocnnce, Tragedy, and Tradition in the Nineteenth Century*, The University of Chicago Press, 1955, p. 5.

[21] *The Poems of John Milton*, p. 1050, *Paradise Lost*, Book XII, 469-471.

[22] Arthur O. Lovejoy, 'Milton and the Paradox of the Fortunate Fall,' *Journal of English Literary History*, IV, 1937, pp. 161-79.

[23] そのほか、神話と象徴をテーマにアメリカ論を展開した代表的な研究には、次のようなものがある: Leo Marx, *The Machine In the Garden: Technology and the Pastoral Ideal in America*, Oxford University Press, 1964; Henry Nash Smith, *Virgin Land: The American West as Symbol and Myth*, Harvard University Press, 1950.

キーツとシェリー
― *Adonais* における言語、想像力、詩 ―

田久保 浩

>Nor let us weep that our delight is fled
>Far from these carrion kites that scream below;
>He wakes or sleeps with the enduring dead;
>Thou canst not soar where he is sitting now.--
>Dust to the dust! but the pure spirit shall flow
>Back to the burning fountain whence it came,
>A portion of the Eternal, which must glow
>Through time and change, unquenchably the same,
>Whilst thy cold embers choke the sordid hearth of shame.
>   (*Adonais*, 334-42)[1]

>我々の喜びが、下で叫びを上げる腐肉漁りの鳶たちより、
>遥かに高くに飛び去ってしまったのを悲しむのはよそう。
>彼は、とこしえの死者たちと共に目覚め、あるいは眠っているのだから。
>おまえには、彼が今、座する所までは、上がれない。
>塵は塵に帰る！だが純粋な精神は、
>それが生まれ出た炎の泉へと、戻ってゆく。
>不滅の存在の一部として。それは時間や変化にかかわらず、
>消えることなく、絶えず同じく輝く。
>だがおまえの冷えた余燼は、ただ恥ずかしき汚れた暖炉をふさぐのみ。

『アドネイイス』はシェリーが、ローマの地で25歳で夭折したキーツのために捧げた有名な挽歌であるが、引用した箇所は、詩の後半に入り、アドネイイス（キーツ）の魂は、死にはせず、永遠なる命の源泉（想像力の源）に帰り、決して絶えることがないのだから、もう泣くのはよそうと詩人が呼びかけるところである。ここで目を引くのは、「おまえ」と呼ばれて蔑まれる存在である。アドネイイスに毒を盛ったと責められるこの敵は、「蝮のような殺人者」（317行）とも呼ばれているが、この存在は、アドネイイスの魂が永遠の命を獲得するのとは対照的に、活力を失って自ら滅んでゆく。この相手が誰を指すのかについては、シェリーはこの詩の序文で

はっきりとした示唆を与えている。

> 彼（キーツ）の『エンディミオン』に対する粗暴な批評が『クォータリー・レビュー』に載り、これが彼の感じやすい心に過激な影響を与えたのです。これによりもたらされた興奮により、肺の血管が破裂し、急激な結核の進行を見たのです。その後、もっと率直な評者が、彼の本当の才能の偉大さについて認めていますが、このように不当に受けた傷を癒すことはできませんでした。これらの不幸な者たちは自分たちが何をしているのか分かっていないのだと言えるかも知れません。彼らは、自分たちの放つ毒矢が、何度も攻撃にさらされて鈍くなった心に当たるのか、キーツのように、より傷つきやすくできているところに当たるのか考えずに、侮辱や中傷の言葉を撒き散らしているのです。私の知るところでは、彼らの仲間の一人は、最も下等で、無節操な誹謗者です。（中略）惨めな人よ！最もくだらない人間の一人のあなたが不当にも神の技による最も高貴な作品の一つを汚したのだ。殺人者でありながら、短剣を声にしただけで使ったわけではないなどという言い訳は許されない。　　　（*PP* 391）

つまり『エンディミオン』を『クォータリー・レビュー』誌上で酷評し、それによりキーツを深く傷つけた匿名の評者がアドネイスの敵と見なされているのである。そしてこの「最も下等で、無節操な誹謗者」とは、『クォータリー』誌の主要な寄稿者の一人で、当時桂冠詩人も勤めていたロバート・サウジー (Robert Southey) を指すものであった。シェリーとサウジーとの間の確執については、キャメロンが詳しく検証しているが、シェリーが19歳の時の冬にサウジーを訪問して以来、かつて『ジャンヌ・ダルク』や『ワット・タイラー』などの民主主義的な詩や劇を著し、今は、転向して保守派の中心的論客となっていたサウジーは、シェリーの私生活にまつわる中傷的な噂を触れ回ったり、あるいは、そうしたゴシップを用いて攻撃的な論評を公にすることで、シェリーを憤慨させていた。シェリーの身投げした最初の妻ハリエットのこと、スイスのホテルのアルバムに自らを「無神論者」と称して記名したこと、スイスでバイロン、妻のメアリー、義妹のクレアたちとふしだらな生活をしているという噂などである。『イスラムの叛乱』についての1819年の『クォータリー』誌におけるそうした個人的中傷を含む論評や、キーツについての酷評も、サウジー自らの筆によるか、あるいは彼が他の執筆者をけしかけて書かせたものと、シェリーは堅く信じ

ていたのである。[2] そしてキーツを攻撃したこの匿名評者が最も厳しく責められるところが、冒頭に引用した箇所に先立つスタンザである。

> おまえは生きよ。その不名誉が讃えられることはないのだから！
> 生きよ！私からもうこれ以上の責めは恐れずともよい。
> おまえは、後世に残る名についた、些細な汚点だ！
> ただおまえのままでいろ。そしてそのままであると知れ！
> いつでもおまえの季節が来れば、自由に
> おまえの毒を出せ、おまえの毒牙が溢れる時は。
> 後悔と自己嫌悪とがおまえにまとわり付き、
> 羞恥の念がおまえの隠した額で熱く燃える。
> そして鞭打たれた犬のようにおまえは身を震わせる。今みたいに。(325-33行)

植生の神であるアドーニスが冬の到来とともに猪に倒されて黄泉の世界に下る神話になぞらえて、シェリーは『クォータリー』誌の評者を猪の代わりに蝮に譬え、この、しばしば悪意に満ちた評論を書く毒蛇の牙にかかってアドネイスが倒れたことにしているのである。そしてそのような攻撃は自らを惨めにするだけだと詩人はこの評者に厳しい言葉を投げる。しかしここで疑問も浮かぶ。シェリーは一貫して、攻撃に対しては反撃で報いるという報復の行為には反対してきた。*Prometheus Unbound* でプロミーシュースが身をもって示すように、復讐の精神からは、破壊的な結果しか生まれないからである。しかし『アドネイス』においては、全く救いの余地がないものとして『クォータリー』誌の評者が描かれている。ここには何か個人的な復讐以上の理由があるに違いない。[3] とりわけ『アドネイス』は、シェリーが「高度に仕上げられた芸術品で、作品の出来としては、恐らく私がこれまで書いたどの作品よりも優れている」と誇る作品である。[4] この作品により、『クォータリー』誌評者への反撃を後世に残る記念碑として残すことの意味をどう理解すべきであろうか。『アドネイス』については、なぜシェリーが、実際にはキーツのことを蔑んでいたバイロンやトマス・ムーアらを、アドネイスを弔う列に加えているのかという疑問は以前より出されていた。また、後の読者にとっては、イギリスの後期ロマン派の二大詩人がこの詩において結び付くことが当然の如く思われるかも

しれないが、当時、一部でしか知られていなかった若い詩人の死に際して、ヘレニズム以来の詩の伝統に基づく技巧を凝らした詩によってこの詩人を記念し、同時に、ある保守的な雑誌を序文で明記して、この評論家を敵として容赦なく描くという行為が、同時代の状況においてどのような意味を持つのかという疑問に注意を払う必要がある。これらの問題に答えてゆくためには、この作品のコンテクストとテーマを総合的に考える必要がある。このキーツに捧げられたエレジーにおいては、当時の党派的対立および『クォータリー』誌のキーツ批判への反論ということが重要なコンテクストとなっており、そしてシェリーによる反論では想像力ないし詩の伝統についての彼の思想がその根拠となっているのである。

　ウィリアム・ジフォードを編集長とするジョン・マレー所有の *The Quarterly Review* は、フランシス・ジェフリー編集長のホイッグ派の *The Edinburgh Review* に対抗して創刊された王党派の批評誌で、ウォルター・スコット、ロバート・サウジーらは、その主要な論客であり、ワーズワースやコールリッジも保守派のこの雑誌を支持する立場にあった。1810 年代末にこの『クォータリー』誌と対立して論陣を張っていたのが、シェリー、キーツらの友人であり、代表的なリベラル派の詩人兼ジャーナリスト、リー・ハントの *The Examiner* であった。中流以上の教養人を読者層としていた『クォータリー』誌に対し、『エグザミナー』誌は、主として都会に住む若い世代で、社会階層としては中流以下ではあるが、ある程度の教養を持った読者を対象として、政治、文化、芸術について、理性的な立場で論評することを目指した週刊誌であった。特に 1818 年の総選挙でワーズワースが自分のパトロンである王党派のラウザー家の候補を積極的に支援したことで、ハントに近い立場をとるリベラル派の批評家ハズリットもワーズワース、コールリッジ、サウジーらへの批判を強めていた。ハント、ハズリット、バイロン、キーツ、シェリーらの若い世代は、それぞれの個性は、大きく異なるものの、政治的リベラリズムという点では共通していた。1819年のピーター・ルーの虐殺事件に至る当時のイギリスの政治状況において、政治改革を求める側と、保守派とのイデオロギー対立は、あらゆる言論、言説にその影を投げかけていた。〈パストラル・エレジー〉という詩

の形式は、スチュワート・カランの指摘するように、「外見上は個人的な嘆きを歌うものだが、その内実は極めて社会的な重要性をもつもので、死による断絶を越えて、残された同志たちの連帯を確認するもの」である。[5]『アドネイス』においてもシェリーは、自身を含めたリベラル派同志の連帯を大きく考えているのである。シェリーの『クォータリー』誌批判は、この詩で彼が強く意識しているミルトンの『リシダス』における聖ペトロの聖職者に対する批判と同様に、一方で不正を糾弾し、同時に同志の連帯を確認するための、公の政治的発言として考える必要がある。

リー・ハント対『クォータリー』誌の対立関係は、シェリーの風刺詩『ピーター・ベル三世』冒頭の献辞にもよく表れている。これはワーズワースが『ピーター・ベル』でロバート・サウジーに宛てた献辞をつけているのをパロディーにしたものだが、シェリーはリー・ハントへの手紙の中で、このパロディーを「党派的あてこすり」("party squib") と呼んでいる。この中でシェリーはマイチング・マレーチョなる『クォータリー』誌の味方と想定した人物にリー・ハントについて語らせる。ハントのことを「殺人狂の薄笑いの悪漢」、「この憎たらしい泥棒、うそつき、ならず者、道化野郎、怪物」と呼び、このハントの声を聞いただけで、敵の「自由恐怖症」に患う『クォータリー』誌編集長ジフォードは、発作をおこし、苦い胆汁の泡をふくと言う。また、このハントに見張りを付けて、彼が私生活において、「何人も自分の祖母を犯してはならないとするあの神聖な宗規の権威を失わせようという忌まわしき陰謀の張本人」("infamous and black conspiracy for diminishing the authority of that venerable canon, which forbids any man to mar his grandmother") である証拠を見つけ、それにより彼を糾弾するための企てについても触れている。シェリーがここであてこすっているのは、シェリーの『イスラムの叛乱』についての『クォータリー』誌の書評である。『イスラムの叛乱』においてシェリーは、二人の主人公の関係について最初、兄妹としたものの、処罰を恐れた出版者の抗議によって、実の兄妹とはならないよう書き直して出版した。このことをふまえて、『クォータリー』誌の評者は、シェリーが「近親相姦を禁ずる天の宗規を破棄することで兄妹間の感情をより純粋に、熱烈なものにしたいと考えてい

る」("by repealing the canon of heaven against incest, he would add to the purity, and heighten the ardour of those feelings with which brother and sister now regard each other")、あるいは、「彼は我々の敬うべき基本信条を侵害した」("he has . . . sapped the principles of our venerable policy")と糾弾している。[6] シェリーはこれを茶化していたわけである。

　この書評はシェリーの個人生活についての中傷的内容も含んでおり、シェリーについて「その品行は、破廉恥なまでにふしだらである」とも書いている。この論評の筆者はコールリッジの甥の John Taylor Coleridge であったが、シェリーは、これについてもキーツ評も、同じくサウジーによるものと思い込んでいたようである。この『クォータリー』誌の記事に対して、その中でもシェリーの「友人かつ指導者」と紹介されているハントは、『エグザミナー』誌上に "The Quarterly Review and The Revolt of Islam" という記事を三週にわたって掲載し、特にシェリーの日常の生活習慣については非のうち所がないものと紹介し、彼を弁護した。シェリーはハントに対し、その友情に満ちた行為に深く感謝する手紙を書いている (Letters II, 134)。『ピーター・ベル三世』の献辞は、シェリーからの『クォータリー』誌に対する小さな仕返しであり、その抑圧的で偏狭な敬虔主義と、個人的な中傷を用いて自由思想を攻撃する手段を皮肉るものである。『クォータリー』誌によるキーツの『エンディミオン』に対する酷評（1818年9月）も、ハントに捧げられたキーツの前作（1817年『詩集』）について、リー・ハントが自分の同志として『エグザミナー』誌上で称賛したことを伏線とする、ハント一派に対する攻撃の一環であることは、誰の目にも明らかであった。[7]

　一方、『ブラックウッズ』誌 (Blackwood's Edinburgh Magazine) は、「コックニー派の詩」("On the Cockney School of Poetry") と題した連載記事を組んで、ハント、ハズリット、キーツらを攻撃した。"Cockney" とは、地方人が都会人の「なよなよしさ」をからかうために使った言葉であったが、このコックニー派攻撃は階級間の対立が主要な背景となっている。『ブラックウッズ』誌などに見られる保守派の言説における「コックニー」の意味合いとしては、社会的階級の低さ、しばしば性的な意味での下品さ、

そして政治的なラディカルさがあり、この三要素は不可分の関係にある。ロンドンの下町には、フランス革命前後は、London Corresponding Societyという組織があり、パンフレット配布や勉強会を通じて職人階級や小商店主らを中心とした人々が、参政権獲得を目指して政治運動を行っていた。ロンドンの選挙区は左翼ホイッグの地盤でもあった。労働者階級の権利拡張に危惧を抱く者から見ると、この三要素は混然と一つになって、貴族的文化としてこれまで築き上げられてきたものをすべて打ち砕くような、ジャコバン的労働者像に結び付くことは容易に理解できる。例えば『ブラックウッズ』誌における「コックニー派詩人」についての連載記事の初回においては、ハントについて、「彼の宗教は、フランス百科全書派の冒涜を御粗末に調合したもので、彼の愛国心といえば、粗末で、陳腐な、腐ったジャコバン主義」に過ぎないと、また、「彼の目には、神聖な祭壇も王座も尊敬に価しない」という批判の中に、イデオロギー的な反目が露骨に現われている。[8] キーツの詩に対する批判にもこの種の偏見が容易に見て取れる。例えばロックハートによる『ブラックウッズ』誌上における悪名高い『エンディミオン』評にも、ハントやキーツらに対し 'vulgar'（下品な）'filthy'（汚い）という形容詞を用いて、ギリシャ語もできない者が、単に自分の享楽的趣向を満たすためにギリシャ古典のモチーフを利用していると嘲り、さらに、「キーツは、コックニー派詩壇のみならず、コックニー派政治にも手を染めている」と、『エンディミオン』中の、王権のきらびやかさを見せかけのものと批判する箇所をあげつらっている (*KCH* 97-110)。

　キーツやハントらが、『ブラックウッズ』誌や『クォータリー』誌のみならずバイロンにまで嫌われた背景には、イギリス社会の階級制度の流動化や出版の発達にともなう文化の大衆化の過程にあった当時の文化的状況もある。バイロンは、ハントやキーツらの詩について、ジョン・マレーへの手紙の中で「これらの新派の詩人たちを際だたせるのは、その〈下品さ〉(vulgarity) だ」と書いている。「下品」というのは、「粗野な」 (coarse) のではなく、「取り繕ったようなおしゃれさ」 ('shabby-genteel') なのだと言う。日曜日にだけダンディーにめかし込む者 ('a Sunday blood') の姿が本当の紳士らしさではなく、「取り繕ったようなおしゃれさ」であるのと同様に、

キーツらの詩はその「着飾った様子」(finery) のために下品だというのである (*KCH* 130)。しかしバイロンの説明するところの気品についても曖昧なものであり、彼が 'shabby-genteel' と形容するものも決して本質的な文学上の欠点ではありえない。バイロンのこの感想の裏にあるのは、パブリック・スクールでギリシャ語やラテン語を習わなくても、キーツのように、ランプリエールの *Classical Dictionary* を読み、スペンサーやミルトンなどの母国語の作品を勉強することで、詩人と称し、叙事詩などの高尚なジャンルの作品さえ書ける時代になったことへの違和感かもしれない。『ブラックウッズ』誌の評者がキーツの "On First Looking into Chapman's Homer" に目をとめて、チャップマンの翻訳を通してしかホメロスを知らないと揶揄するのにも同じ態度が見られる。バイロンはまた、キーツらのことを "second-hand school of poetry" とも呼んでいる。彼らは、詩における表面的技巧をマスターしただけで、それは借り物の詩であり、詩の本質が欠けているのだと主張したいのである。つまりバイロンにとっての詩人とは、自ら優れた教養とさまざまな社会上、人生上の経験を積んだ特権的存在であり、これに対し、キーツのように、種々の作品から官能的イメージをかき集めてきては、これをふんだんに盛り合わせるかのような詩を作る存在は、詩人の権威を汚すものと映ったのである。バイロンは、官能的なイメージの中にファンタジー的空間として存在するキーツの詩について、「自分自身の空想を現実と思い込ませようと媚びる」ものとして、これをマスターベーションに譬えて批判している。[9] そして成り上がり者として詩人としての成功を求める態度を「下品」と称したわけである。しかしながら、バイロンも詩というものが言語構造物に過ぎないことは理解しており、それゆえキーツ流の詩のアプローチにも正当さがあることを否定はできない。それゆえキーツの死後は、『クォータリー』誌のジョン・マレーへの手紙で、「私がキーツの詩や、詩の書き方や、ポープについての悪口を気に入らないのはよくご承知の通りだが、彼が死んだ以上、原稿や出版物で私が彼について触れたいかなるものも出さないで欲しい。彼の『ハイピリオン』は、優れた記念碑として彼の名を留めるだろう」と書いている (*KCH* 131)。

　シェリーが問題とする『クォータリー』誌における『エンディミオン』評

も、コックニー派の詩の特徴として、「最も粗野で無教養な言葉による最も場違いの概念を表す」("the most incongruous ideas in the most uncouth language") と定義し、次にキーツの詩の押韻や韻律について、オーガスタン的な基準からみて不規則な個所を列挙しつつ、作品自体をナンセンスとしてかたづける仕方でこき下ろすものであった。この評者 (John Wilson Croker) が「コックニー詩」の師匠であるリー・ハントにも増してキーツの詩に特長的だとするのは、「無骨さ」、「散漫さ」("diffuse")、「長たらしさ」("tiresome")、「意味の無さ」("absurd") などであるが、ハントに比べ、主張が不明確な分だけ、一層不可解 ("unintelligible") で、それは「思いつくままのナンセンスを連ね、ただ書くためのみに書いたもの」と批判する (KCH 111-12)。なぜキーツの詩が「不可解」なのかを説明するために評者は、〈ブリメ〉(bouts-rimés) という、貴族的な言葉遊びと比較する。〈ブリメ〉では、与えられた韻を踏むように詩を作るのだが、その際に押韻する二行は、まとまった意味を成すはずである。ところが、キーツの詩には、「一冊の本の中で、まとまった意味を抱く完結した連句は、ほとんど一つもない」。まず任意に一行目を作り、次行では、一行目の内容は忘れて、その押韻する語についてのみの連想を追いかけるからだと言う。かくしてキーツは、「一つの話題から、別のものへ、音の連想から次々とさまよい歩く」のだと批判する。ここで評者が基準としているのは、19世紀に入って再流行を見せていたオーガスタン的規範による、韻を踏む二行の連句で意味の区切れとする「ヒロイック・カプレット」の概念であった。この規則的、固定的で単調な形式に対し、リー・ハントは、行末で節を閉じない〈ラン・オン・ヴァース〉を用いるなどして変化や多様性を与えることが、本来のイギリス英雄詩の形式のハーモニーを取り戻すことだと主張した。そしてキーツは、ハントよりも更に変化に富み、イメージの豊かな「ヒロイック・カプレット」を実験していた。これが「コックニー・ライム」と呼ばれたものである。[10] 閉じられた連句を一つのブロックとして、これを積み重ねながら話の筋を構築する作品に慣れた読者の目に、イメージの連鎖によって継ぎ目なく織りなされてゆくキーツの詩が、筋をたどりにくい「不可解な」ものと映るのは当然であった。

さらに、一般的に政治的保守主義者が支持するオーガスタン的文学形式について、これをほとんど同一の形式とは思われないほどまでに変形して用いるハントやキーツらの詩が、彼らのリベラルな政治的発言と相まって、それ自体が現体制に反抗する政治的示威行為と受け取られたという事情も無視できない。とりわけキーツは、1817年の『詩集』に収められた "Sleep and Poetry" において、ポープの規則的なカプレットを信奉する者たちを「揺り木馬にまたがりながら、これをペガサスと思う。ああ暗き魂よ！」("They sway'd about upon a rocking horse, / And thought it Pegasus. Ah dismal soul'd!" [ll. 186-7]) と批判していたのである。さらに辛辣に、「おまえたちは、自分の知らない物事については死んでいる。惨めな規則と劣悪な羅針盤に定められた黴の生えた法則に固く結ばれてしまっている」("But ye were dead / To things ye knew not of, - were closely wed / To musty laws lined out with wretched rule / And compass vile" [ll.193-96]) とこき下ろしていた。[11] このポープ批判が「コックニー派」攻撃に一層の激しさを加える原因ともなっていたのである。

　『クォータリー』誌評者は、キーツの押韻について、意味のない言葉遊びと片づけた後、今度は、彼の詩の韻律を作る言葉遣いや構文について、不規則な箇所をあげつらう。例えば、". . . so does the moon, / The passion poesy, glories infinite . . ." (ll.28-29) において、「月」と並列するように「熱情の詩」が突然現われ、これらを「限りない栄光」が同格として受けるが、ぎくしゃくして効果が弱いところ、"all weed-hidden roots" (l.65) で「草に隠れた」というキーツ流の造語が陳腐なところ、"The stubborn canvas" (l.772) 「頑固な帆布」がマストからなかなか解けないという表現に滑稽さが見られるところ、そして、"the cave is secreter" (l.965) という比較級の作り方のおかしなところ、また、これもキーツ的な、"sigh-warm kisses" (l.967) 「溜息で熱いキス」という、官能的だが、常軌を逸した造語、その他である。これらについて評者は、「これが彼の考えるところのイギリス英雄詩韻律である」と皮肉る。キーツ的造語や品詞を変えて用いることについては、"turtles *passion* their voices" "men-slugs and human *serpentry*" "*honey-feel* of bliss" さらに "needments" "down-sunken" "ripply" "refreshfully"など、その他多数のこうした表現について、詩とは切り離した言葉の問題として、「我々の言語を彩ってくれる」と、皮肉な言い方で紹介する。こうして言葉をあげつらうことが、この若き詩人が教養や品格の面で劣ることを強調することになることを意識してのことであろう。『ブラックウッズ』誌のキーツ評は、確かに露骨で、中傷的な嘲りを含んでいたが、例えば「このような好色な場面に満ちている」と批判的な言葉を交えながらも、少なくとも詩の内容についても読者に紹介しようとするものであった。しかし、『クォータリー』誌は、詩自体については全く無視し、詩には価しないという評価を下すことにより、読者を遠ざけるという意味では、より悪質な批評と言えるかもしれない。

　シェリーは、『クォータリー』誌に対して、このキーツ評に抗議する投書をしたためている（ただし同誌と敵対する彼自らが抗議しても逆効果だと考え、結局は送らなかった）。この中でシェリーは、『エンディミオン』には、欠点も多く、「言葉の使い方に恥ずべき点もある」ことを認めつつも、「同じ年令としては、後に高い文学的地位を得た者の間にもまれに見るような、最高度の作品を生み出す可能性を秘めた注目すべき作品」であり、評者が作品の優れた箇所に触れないのでは、何のために書評があるのかわからないではないかと諭すように訴えている (*Letters* II, 252)。シェリーもキーツの詩の文体については賛成しなかった。バイロンへの手紙の中で、『ハイピリオン』について、「彼の能力の力強さと美しさが、彼がこれまで自分の作品を包んでいた偏狭な、劣等な趣味（これが本来の美しさを隠してしまうのは非常に残念だが）を打ち破るかのようだ」(*Letters* II, 289-90)と誉める中に、キーツのスタイルについての批判を含めている。シェリーは、キーツの言葉遣いにおける趣味は表面上のこととして、これとは別に、彼の詩のイメージの美しさを、より本質的なもの、想像力に関わるものとして見ているのである。

　『クォータリー』誌による言語と階級的蔑視とを結び付けた形でのキーツ攻撃に対して、シェリーが『アドネイイス』において、より本質的な反論を試みるためには、本当の詩とは何によって決まるのかという彼自身の基準を明かにしなくてはならなかった。シェリーはこれを想像力の問題とす

るのである。そして保守派が言語の問題を振りかざして、キーツの詩に表された想像力を認めようとしないのは、彼らに詩的な精神が欠如しているからだと論ずるのである。しかしそのことを証明するためには、彼自身が西洋における詩の伝統をしっかりとふまえた形式で、しかも言語的にもキーツのような不規則性を含まない、正当な詩の見本となるべきものを書く必要があった。シェリーは、ヘレニズム期のモスクースおよびビオンに始まり、イギリス・ルネッサンスのスペンサー、ミルトンへと続く〈パストラル・エレジー〉の伝統を完璧に消化してみせることで、想像力を重視する自分たちの側、キーツとシェリー自身、の方が、保守派の『クォータリー』誌評者よりも正統な詩の伝統に属しているのだと主張するのである。

ここで本稿冒頭の引用に戻るが、アドネイイスの魂が「炎の泉」に帰り、そこで永遠に輝き続けるのに対して、「蝮のような殺人者」すなわち『クォータリー』誌の匿名評者は、ここで生命の象徴となっている炎を失い、暖炉で冷たくなってゆくのはなぜかと言えば、それは、この永遠の命の源泉である「炎の泉」こそ想像力の源であり、すなわち想像力こそが命だからである。想像力がなければ人はただの土くれに過ぎないので、いずれ滅んでゆくだけである。しかしアドネイイスの魂は、この泉より生まれ、再びそこへ帰っていっただけで、今もそこで生きている。ところがこの「名なしの蛇」と呼ばれる匿名評者には第36連に示されるように、もともと想像力が欠けていたのである。

  それは、魔法の音色を感じつつも逃れえた。
  その序曲は、すべての妬み、嫌悪、悪を
  その本歌への期待で黙らせたが、
  たった一人の胸の内で叫び狂うものには無駄だった。 (320-23行)

「序曲」とは、『エンディミオン』を、「本歌」とは未完に終わった『ハイピリオン』を指す。『クォータリー』誌評者は単に想像力がないために、『エンディミオン』の詩そのものには耳を閉ざし、言葉遣いのみをあげつらうことで、その「魔法の音色」を逃れえたのであった。アドネイイスがすでにその源泉の一部となっている想像力について、シェリーは、その働きを

第42連に描いている。

> 彼は自然と一つになったのだ。彼の声は
> 彼女のすべての音楽の中に聞こえる。
> 雷鳴の轟きから夜の鳥の優しい歌声にまで、
> 彼は感じることで知られる存在だ。
> 闇の中、光の中、草や石からも
> あの〈力〉が動かすところ、どこでも自らを広げ、
> それが彼の存在を自らと同化し、
> それが飽くことのない愛で世界を動かす。
> 下から支え、上から光を灯す。　　　　　　　(370-78行)

〈力〉(Power) とは、18世紀の理神論的概念では神を指すものであったが、ここではシェリーが、"Essay on Christianity" で、福音書でイエスが神と呼ぶものを想像力の究極的な呼び名として理解していることから、「想像力」と同義と考えてよいだろう。[12] この想像力は、「上から光を灯す」すなわちインスピレーションとして働くだけでなく、実は、「下から」も支えている、つまり社会が社会として人間が人間として存在するための基礎となっているのである。アドネイイスの魂は、この想像力の具体的な現われである。我々が自然を美しいと感じるとき、雷や小鳥などの自然の音を美しい音楽と感じるとき、そこには必ず想像力が働いている。そのように感じることで想像力の存在は知られるのである。キーツの詩も同じ想像力の働きで自然を美しく歌ったものだった。すべての詩、すべての芸術は、同じ想像力の源泉に通じていることで結び付く。すると詩の伝統というものも、形式や、過去の記憶という問題よりも、想像力が息づいているかということが本質的な条件となるわけである。

第45~46連では「果たされなかった名声の継承者たち」として、それぞれ若くして倒れ、詩人としての生涯を全う出来なかった詩人たち、トマス・チャタートン、サー・フィリップ・シドニー、ローマ時代のルカヌスの魂が呼び出され、アドネイイスを迎える。彼らは時世の流れに対抗して戦いながら若くして倒れた詩人として、文学史上の名声は無くとも魂の永遠性を得た者たちとされている。彼らの座する王座は、「この世の思想からは遥

か遠く、目には見えぬところ」に建てられているという。そしてこの三人以外にも、「その名は、地上では暗い」大勢の者たちがアドネイイスを迎え入れて、その中で彼は宵の明星 (Vesper) としてひときわ輝くという。これを見るとシェリーの考えている詩の伝統というのは、文学史上のカノンとは無関係のものであることがわかる。「地上では名の暗い」者たちであっても、その「伝播される影響力は途絶えることがない。火種が消えても炎は続くように」(407-8行)。そして彼らは、「目も眩む不滅の衣装を身にまとっている」(409行) のである。シェリーの考える詩の伝統における永遠性とは、誰もがその名を知るような存在になることではない。想像力をたたえた詩は、たとえ細々とであっても受け継がれ、しかも常に、それと気づく者の目を眩ませるほどの力を持っているものである。

詩の伝統とは一般的には〈カノン〉として歴史的評価の上になされる固定化としてとらえられがちである。ウィリアム・アルマーも『アドネイイス』を論じる中で「不滅性とは芸術的伝統の総体的な記憶を表すものである」、あるいは「永遠性とは文化の記憶の機能を表す比喩」であるとして、この詩における文学カノンの問題を過去の記憶と結びつけて考えている。[13] しかしシェリーにとっての詩の伝統とは、例えば石に刻まれた文字のように目に見える形として残るものではなく、それを受け継ぐものを絶えず動かす力を持ったエネルギーとして考えられているのである。この詩の前半では、記憶をつかさどるミューズの一人でミルトンが彼の詩神としたユレーニアが、アドネイイスの母として彼の死を嘆くが、アドネイイスが想像力と同一化される後半ではいなくなり、代わってアドネイイス自身が宵の明星としてインスピレーションを与え続けるのである。[14] 詩とは形ではなく「力」であり、記憶ではなく想像力なのである。ここにおいてシェリーの詩論は、詩の評価の基準を形式的要素に置く『クォータリー』誌評者とは、根本的に異なる。『アドネイイス』とほぼ同時期に書かれた『詩の弁護』における詩の定義では、シェリーは詩を、文書化された作品ではなく人間のすべての営みにかかわる想像力の発露 "the expression of the Imagination" であるとしている。『詩の弁護』の結びの言葉に "Poets are the unacknowledged legislators of the World" とあるが、よい立法者になるため

には、まず幸福な社会についてのヴィジョンを持たなくてはならない。そのうえで、どういう法律を定めればそのヴィジョンに近づくかと考えるわけである。こうしたヴィジョンの力すなわち想像力に最も深くかかわるのが詩人である。シェリーにとって詩人とは過去に優れた詩を書いた者ではなく、今なお人々の想像力をかき立てる詩の作者である。つまり、シェリーにとっての詩とは、過去を振り返っての評価ではなく、常に現在において作用する動的な力を問題とするものである。現在、過去を問わず、すべての詩人は普遍的な想像力の源泉（"the burning fountain"）から得た力で詩を書く、将来の詩人もまた同様である。つまり詩とは、時代を越えてこの想像力の源泉に参加することである。さらに、『詩の弁護』においてシェリーが強調しているのは、詩とは意識的に書けるものではなく、時代の精神によって動かされて書くものだということである。そしてこの時代精神は、決して表面的な時代風潮ではなく、それとは対立する想像力と同一視されている。それは理想の姿に照らし合せることにより現存の秩序を根本から問い直すものである。したがってもし詩人の受ける啓示が本当のものであるならば、その詩は必然的にラディカルな、革命的なものにならざるを得ないというのが、シェリーの詩の理論である。シェリーは "Poetry is the record of the best and happiest moments of the happiest and best minds" *(PP* 504)と言っているが、つまり言い換えると、過去の詩の伝統におけるすべての本物の詩は、現状に対するラディカルな問いかけとしての革命的な精神の記録となるわけである。シェリーの希望は、自らが、この革命的な詩の精神に参加し、その一部となることで、将来の人々のインスピレーションとなることであった。

　シェリーの思想面についてキーツと比べて見ると、平等主義、労働者階級の権利拡張といった政治思想のみならず、性的な快楽も含めた人間にとっての喜びに対する感覚の重要性の認識という点でも一致している。キーツの詩はしばしば享楽的として批判されたが、シェリーが『詩の弁護』においてヘレニズム時代のエロチックな詩を擁護しているのは興味深い。「詩とは常に人々が受けとめられる限りのすべての喜びを伝えるものだ」と彼は言う。そして、「もし社会腐敗が進んで、詩人たちにおける喜び、情熱、

自然に対する感覚を消し去ってしまった時、最終的な悪の勝利が決定する。社会腐敗の向かうところは、喜びに対する感覚をすべて破壊することだからである」(*PP* 493) と述べ、暗に、当時のイギリスの反動的政策と一体となった宗教的敬虔主義を批判する。さらに、ワーズワスの詩人としての経歴を風刺する『ピーター・ベル三世』においては、後期ワーズワスの詩における想像力の減退を「幸福は悪である」("happiness is wrong") という教義を受け入れたことと直接に結びつけ (*Peter Bell the Third*, l. 573)、人間としての素直な喜びを歌うことを放棄したワーズワスを批判している。

後期のワーズワスやコールリッジそして『クォータリー』誌らの保守派の論者に対して、キーツおよび『アドネイイス』においてその仲間として描かれるハント、バイロン、トマス・ムーア、そしてシェリー自身は、人間性を自由に謳歌するという詩の精神と社会に対する鋭い批判精神において一致しているものと見なされているのである。さらにシェリーにとっては、不公正を憎み、より自由で人間的な社会のヴィジョンを思い描くという意味で、政治的リベラリズムは詩的創造性と直接に結びつき、それとは逆に、現状の不公正に目をつぶり、自らの保身を優先する保守主義はそれに対立する非創造的精神なのである。こうして見ると、シェリーの『アドネイイス』における『クォータリー』誌の敵視は、サウジーに対する個人的怨恨には留まらない大きな文化的、社会的視野に立つものだったことがわかる。それは想像力を信じる者たちの、それを圧迫する者たちに対する戦い、ウィリアム・ブレイクの言うところの精神の戦いである。想像力に裏打ちされた詩の伝統の記念碑を建て、想像力の詩人たちの存在を形にすることにより、そこから後世の人々がインスピレーションを汲み取ってほしいという願いが、そこには込められているのである。

注

[1] シェリーの詩と *A Defence of Poetry* からの引用は、すべて Donald H. Reiman and Sharon B. Powers, eds., *Shelley's Poetry and Prose* (New York: Norton, 1977) による。日本語は、この版からの拙訳である。以下、この版は、*PP* と略して示す。

キーツとシェリー―*Adonais* における言語、想像力、詩―　　　　　　　　　　　147

²実際は、どちらの論評もサウジー以外の筆によるものであったが、少なくとも『イスラムの叛乱』の書評では、サウジーが執筆者のジョン・テイラー・コールリッジに情報を提供した可能性は高い。*Adonais* をめぐっての、シェリーとサウジーの関係については、Kenneth Neill Cameron, *Shelley: The Golden Years* (Cambridge, MA: Harvard UP, 1974), pp. 428-31, 437-38 参照。

³キャメロンやヘッファーナンは、ロバート・サウジーに対するシェリーの個人的な恨みを彼の主要な動機としているが、これに対し、ベーレントは、シェリーの信条から考えて、彼の個人的怨恨によるものではなく、キーツの死と、『クォータリー』誌の不当な攻撃という事実を、シェリーが公的な反論の機会ととらえたためと述べている。Cameron, pp. 428-31; James A. W. Heffernan, "*Adonais*: Shelley's Consumption of Keats," *Studies in Romanticism* 23 (1984): pp. 295-315; Stephen C. Behrendt, *Shelley and His Audiences* (Lincoln: U of Nebraska P, 1989), p. 252 参照。

⁴ To John and Maria Gisborne, 5 June, 1821. Frederick Jones, ed., *Letters of Percy Bysshe Shelley* (Oxford: Clarendon, 1964), vol. II, 293-34. シェリーの手紙は この版による。以下、*Letters* と略す。

⁵ Stuart Curran, "'Adonais' in Context," *Shelley Revalued: Essays from the Gregynog Conference*, ed. Kelvin Everest (Totowa, NJ: Barnes and Noble, 1983), p. 168.

⁶ *The Quarterly Review*, April, 1819, on *The Revolt of Islam*, James E. Barcus, ed., *Shelley: The Critical Heritage* (London and Boston: Routledge & Kegan Paul, 1975), 132-33. この論評の筆者はコールリッジの甥の John Taylor Coleridge だが、シェリーは、これについてもキーツ評も、同じくサウジーによるものと思い込んでいたようで ある。

⁷ *Morning Chronicle* (3 October, 1818) には次のような投書が掲載された。 "I have been informed that he [Keats] has incurred the additional guilt of an acquaintance with Mr Leigh Hunt. That this latter Gentleman and the Editor of *The Quarterly* have long been at war, must be known to every one in the least acquainted with the literary gossip of the day." G. M. Matthews, ed., *Keats: The Critical Heritage* (London: Routledge & Kegan Paul, 1971), p. 115. 以下、この資料を *KCH* と略す。

⁸ *Blackwood's Edinburgh Magazine*, vol. 2 (1817), p. 39.

⁹ "... such writing is a sort of mental masturbation .... I don't mean he is *indecent*, but viciously soliciting his own ideas into a state, which is neither poetry nor any thing else but a Bedlam vision produced by raw pork and opium" (Letter to John Murray, dated 9 September 1820, in *KCH*, p. 129). バイロンのキーツ批判および、キーツの詩のスタイルと彼の置かれていた詩人としての立場との関係の問題は、ここで引用したバイロンの言

葉も含めて、マージョリー・レヴィンソンが掘り下げて論じている。彼女は、キーツの詩には、社会的に影響力を持つ主体となることを切実に求めつつも、それがかなわないという彼のジレンマが見られると指摘している。同時に彼女は、キーツの詩はバイロンやワーズワースにおける特権的な詩人像が文学的言説における神話に過ぎないことを露呈させる意味があったことを指摘する。Marjorie Levinson, *Keats's Life of Allegory: The Origins of a Style* (Oxford: Blackwell, 1988), pp. 1-44.

[10] ハントとキーツとの関係も含めた「コックニー・ライム」のスタイルの当時の状況における政治的な意味合いについては、William Keach, "Cockney Couplets: Keats and the Politics of Style," *Studies in Romanticism* 25 (1986): 182-96 を参照。

[11] キーツとハントによるポウプのヒロイック・カプレット批判については、William Keach, "Cockney Couplets: Keats and the Politics of Style," pp.184-87 を参照。

[12] ドーソンもこの Power を「実質的な想像力の神格化」と見なしている。P. M. S. Dawson, *The Unacknowledged Legislator: Shelley and Politics* (Oxford: Clarendon, 1980), p. 256 参照。

[13] William A. Ulmer, "*Adonais* and the Death of Poetry," *Studies in Romanticism* 32 (1993), pp. 429, 436.

[14] プラトンでは、Uranian Aphrodite は精神的な愛を、Pandemian Aphrodite は肉体的な愛をつかさどる女神としているが、シェリーは、『アドネイイス』においては、Urania を Venus と同じと見なして、自然界にとどまる存在としている。詳しくは Earl R. Wasserman, *Shelley: A Critical Reading* (Baltimore: Johns Hopkins UP, 1971), pp. 495-99 参照。

「ことば」の届かない領分で：
"And their Reputation - Does Not Depend Upon Human Speech"

石 田 美 穂 子

  The caves are readily described. A tunnel eight feet long, five feet high, three feet wide, leads to a circular chamber about twenty feet in diameter. This arrangement occurs again and again throughout the group of hills, and this is all, this is a Marabar cave. Having seen one such cave, having seen two, having seen three, four, fourteen, twenty-four, the visitor returns to Chandrapore uncertain whether he has had an interesting experience or a dull one or any experience at all. He finds it difficult to discuss the caves, or to keep them apart in his mind, for the pattern never varies, and no carving, not even a bee's nest or a bat, distinguishes one from another. Nothing, nothing attaches to them, and their reputation - for they have one - does not depend upon human speech.[1]

  この洞窟群は即座に描いて見せられる。一種のトンネルで長さ八フィート、高五フィート、幅三フィート、それが直径二十フィートほどの球形の閉じた空間への導入部となっている。このような配置が丘陵一帯に繰り返し繰り返し現われる、それがマラバール洞窟の正体にして、総てである。一つ見て、二つ見て、三つ見て、四つ、十四、二十四、と見て回った観光客は、なんだか心もとない気持ちでチャンドラポアへの帰途につく。今日の体験は面白かったのか、退屈だったのか、あるいはそもそも、なにかを体験したかな？この洞窟群を話題にしたり、きちんと区別して覚えておくのは困難である。その反復には変化が見られず、ひとつひとつを見分ける印となるような壁画はもちろん、蜂の巣やコウモリさえ見出せないのだから。なにものも遂に付与されることのない洞窟群であり、その評価にあたっては——もちろん評価する向きはあるが——人間のことばは用無しなのだ。   （引用の和訳は以下全て筆者による試訳）

 およそ総ての文明社会の現象を、その規範に黙従すまいとする微かな身振りにいたるまで、洩らさずカプセルにつめてみせる、そんな試みは「人間のことば」によってのみ為されるはずでした。フォースター (E. M. Forster 1879-1970) が、イギリス国内の異なる社会階層間、あるいは異国籍の人間同士の軋轢を主眼とした社会喜劇をつぎつぎに発表した今世紀初頭の十年間は、前世紀から受け継いだ技術を集積させたリアリズム小説や、ブルームズ

ベリー・グループの盟友ウルフらの情熱的な創作活動によって生まれつつあった、実験的なモダニズム小説が混在する時代でしたが、リアリズムの心情から発しているさきの試みは、少なくとも試みる価値のあるものだと思われていたはずです。　ところが、第一次大戦をはさんだとはいえ、十四年もの間隔を置いて発表されたフォースターの新作、1924 年の『インドへの道』 *A Passage To India* は、一見お馴染みの異文化体験小説のように見えてその実、作家の創作意識の根源的な変化を内包した作品となっています。実際、この作品がいわゆる小説、フィクションとしては最後の作品であり、これ以降フォースターは意識的に、歴史家あるいは文明評論家としての物書きへと公的な自分を限定してゆくようにみえます。

　フォースターが自己表現の手段として最初に手にした小説という形態をあきらめてしまったのは、なぜだったのか、という疑問に対しては、「小説に仕立て上げられるほどよく知っていた旧い時代の社会基盤が失われたから」という作家自身による答えが残されています。[2] また彼のセクシュアリティに関する問題が彼の十全な創作を阻んだのではないか、という論議も、ポスト・コロニアル文学史の流れの中で、作家の帯びていた英国性と重ねて詳細に論じられてきました。[3]

　そしていま、もう一つの答えの可能性を『インドへの道』という作品自体の内に探ろうと試みるとき、初期の小説群に共通して見られる社会喜劇あるいは風習喜劇の要素が今作において変質していることに注意する必要があります。具体的には、それは「ことば」の万能、という従来のリアリズム小説が拠って立ってきた前提に対する疑いであり、同時に当時進行中で、やがてモダニズム文学と呼ばれるようになる創作実験が密かに前提としていた、「ことば」の豊饒に対する疑いでもあっただろうと想像いたします。その疑いの契機は、さきに挙げた、フィクション創作が行き詰まった理由と多分に重なるのでしょうけれども、なんといっても作家自身のインド滞在の経験がその顕在化に大きく力を貸したことは、*The Hill of Devi and Other Indian Writings* (1953) などのジャーナルに残された記述から明らかと思われます。

　インド滞在の体験によりろ過されたフォースターの創作意識は、人間の「ことば」が通用しない事柄や状況へと次第に傾いてゆきますが、「ことば」

への懐疑、すなわち西欧の思想や情緒の根幹への疑いを小説化したこの『インドへの道』という作品は、興味深いことに、第二次大戦後に現れてくる不条理劇を予告するもの、という評価を受けたことがありません。しかしながら、本作品における喜劇性の変化、すなわち単純な社会風刺劇から不条理劇への変質に、初期作品との対比を通して注目するとき、作家フォースターが人間の「ことば」に対して、何をあきらめ、その一方で何を期待して「ことば」にこだわり続けたのか、僅かながら見えてまいります。

　以下の論考では、小説『インドへの道』や、フォースター自身によるインド関連のジャーナルからの引用に則して、作家の具体的なことば遣いを観察し、その「ことば」観を考察したいと思います。

＜本論＞

　リアリズム小説の定石を笑おうというフォースターの意図は、舞台となるインドの風景を俯瞰的に描写するこの小説の冒頭から既に感知することが出来ます。殊に、植民地ものとくればエキゾチックな情景や雰囲気を喚起するように意図された incipit を期待する読者の先入観を、語り手はあっさりと挫くのですが、この冒頭部分は、海外の各地に覇権を確立したイギリスに起こっていた未曾有の観光ブーム[4]を下敷きにした、各種のガイドブック、例えば初期の作品『眺めのある部屋』で既に重要なモチーフとして使われている "Baedeker" のパロディであることは容易に見てとることが出来ます。

> *Except* for the Marabar caves - and they are twenty miles off - the city of Chandrapore presents *nothing extraordinary*. Edged rather than washed by the river Ganges, it trails for a couple of miles along the bank, *scarcely* distinguishable from the *rubbish* it deposits so freely. There are *no* bathing-steps on the river front, as the Ganges happens *not to* be holy here; indeed there is *no* river front, and bazaars *shut out* the wide and shifting panorama of the stream. The streets are *mean*, the temples *ineffective*, and though a few fine houses exist they are hidden away in gardens or down alleys whose *filth deters* all but the invited guest. Chandrapore was *never* large or beautiful .... (p.29)
> 　　　　　　　　　　　　　　　　　　（イタリックスは筆者による）

　マラバール洞窟――ここからは２０マイルも離れている――を除けば、チャン

> ドラポアの町には特筆すべきものはなにも無い。ガンジス河に洗われて、というよりは砥がれて、町は河岸沿いにだらだらと長く伸び、河が気兼ね無く堆積させているゴミの山とほとんど見分けがつかない。ガンジス河といってもこの辺り一帯はたまたま「聖なる」場所ではないので、水際には水浴用の足場もない。実のところ「水際」というようなものも無く、広々とした河の流れの刻々と変わる眺望も、バザールによって閉め出されている。通りは狭く、寺ははっせず、美しい邸宅も幾つかあるにはあるが、それらはいずれも庭園の奥か、招待された客人でもなければ歩を進めることのない汚物だらけの小道の先に隠されている。チャンドラポアの町はいまだかつて、壮大であったり美しかったりしたことが無かった。

この非人称性と現在時制とが行き渡った冒頭の一文は、今世紀初頭の数々の技術革新が、文体にもシネマトグラフィックな風景描写という形での影響を及ぼした好例として紹介することが可能です。そして同時に、手に入れた俯瞰的な高み、という位置を利用して、当時興隆をきわめたガイドブックあるいは紀行文というジャンルが提供していた、一種の予定調和である「未知の興奮」への期待に冷や水を差している、という極めて露悪症な要素を見逃すことはできません。雅語の欠如はもちろん、イタリック体部分のような否定的な役割や指示内容をもつ語が注意深く配置された結果として、リアリスティックな描写を方法とする小説ならば、必ず舞台設定をするときに約束する「描写に値する光景」が、その語りの隙間からこぼれてゆくのを、読者は開巻後も幾度か体験させられることになります。それが挿入されるたびに読者が、小説世界にコミット出来ると感じるのは幻想に過ぎない、という覚醒を迫られるような、非人称の語り手による現在時制の、感情を欠いた「ことば」。それはいわば、Muse を失った時代においての invocation、不条理劇における「決して果たされない約束」と言うべきものです。

冒頭に置かれたこの風景の喚起が既に、本作品の通低音である「応えられない期待」の織りなす物語の萌芽である点に、注意を向ける必要があります。"Nothing", "scarcely", "no", "never", "mean", あるいは, "shut out", "hidden away", "deter[s]" といった否定的な表現の羅列を通して、読者の期待をはぐらかし幻滅させようとの企みが感じられるのは明白です。しかし、だからこそ一層、「マラバール洞窟を別とすれば（中略）チャンドラポ

ア の町には特筆すべきものは何も無い」という書き出しは、いわば Baedeker のようなガイドブックが紋切型として用いていた勧誘文句の裏返しとして、強くアピールするのです。例えばコンラッドが異世界へのゲートであるテームズ河を、神秘化を意図した形容詞で修飾している *Heart Of Darkness* (1898) の冒頭部分とは対照的に、上記の一文に続いて展開されるチャンドラポアの町と「聖なるガンジス河」の描写は、故意に感情移入を拒むことばを選んで行われています。あるいはそれに続くインドの大地の描写も、同じ効果を発揮しています：" [l]eague after league the earth lies flat, heaves a little, is flat again"(p.30)。このように、書き出し部分から見られてきた、期待あるいは関心を喚起するものの欠如の連鎖が、遂に読者の意識をして、その果てしない大地の広がりを遮る唯一の exceptional な物体、すなわち大地から突き上げられている「拳と指の一群れ」に飛びかからせることになるのです。けれども、この誘い込みもまた読者を失望させることになります、なぜなら、この異様な物体群——「拳と指の一群れ」——こそが「マラバール、あの特筆すべき洞窟群を内包する丘陵である」から。語り手によれば唯一の見ものである存在とは、洞窟、すなわち実体化した「空虚」にほかならない、と読者は知らされ、ここで序章はいきなり幕となります。この、怪談「のっぺらぼう」の幕切れにも似た、周到に計算された無表情を通して、作家は予定調和のエキゾチシズムに冷水を浴びせます。そしてそれは、興味の対象を、描写が可能な事物から、「ことば」によっては容易に対象化されない（この場合にはインドという名の）外界の強度へと、転化する試みの始まりであるということを、これから暫くやや詳細に論じたいと思います。

　実は、このネガティヴな語法を染み込ませた書き出し部分には、フォースター自身のインド体験を踏まえた具体的な素材が存在しています。彼の出版したインド紀行文[5]に見出せる、洞窟群を秘めたディーヴァイの丘陵や、その麓にあって彼がしばし滞在したデワースの宮廷の描写をプリズムとして「インドへの道」というフィクションを見返すとき、私たちはつぶさに、作家が異質な風景と出会い、それを自分の「ことば」で捉えなおして自分の王国へと組み上げる、その過程をたどることが出来ます。自分が個人的な秘書

として仕えることになった藩王の人となりを紹介したあと、作家は自分が住むことになった場所の地理的位置について、次のような説明をおこなっています。

    Round the Guest House *no sentiments* need cling. It was a dark red dump, dumped by itself by the waters of the Tank when there was any water. When there was *no water* it looked over cracked mud and stranded thorn bushes to-wards the distant town. Here the European visitors and officials stayed or were supposed to stay; here I stayed in 1912, but *no one* loved the Guest House. . . .
    Devi (or, Devivasini, the Goddess's Residence) probably gave Dewas its name. It rose about three hundred feet above the level. Stone steps led up to the dark cave of Chamunda on the top. She was a barbaric vermilion object, *not often* approached by us. Sometimes there were pilgrimages, and at certain festivals she played a part in the ritual. Who was Chamunda, and how long had she resided up there? I *never* found out, but it was agreed that she had been around longer than anyone else.
    She concludes the curiosities of Dewas. *Nothing detained* the tourist there, and the surrounding domain was equally *unspectacular*. No antiquities, *no* picturesque scenery, *no* large rivers or mountains or forests, *no* large wild animals, "usual birds and fishes" according to the Gazetteer, *no* factories, *no* railway station. *Only* agriculture. *Flat* or rolling fields, occasionally *broken* by *flat*-topped hills . . . . Amidst these surroundings I was to pass six month of 1921 in the capacity of a Private Secretary.

(The Hill of Devi, p.28)
(*Gazetteer* 以外のイタリックスは筆者による)

    ゲストハウスには、それにまつわるなんの感傷もない。それは貯水池に水がある時にかぎり潤いを得る、赤黒い湿地だった。水が無ければ、ひび割れた泥と絡み合った刺々しい藪が遠方の町まで続いているのを見渡すことができた。ヨーロッパからの観光客や役人はここに泊まった、あるいは泊まるように要請された。私も1912年にここに泊まったが、このゲストハウスを好むものは誰もいなかった（後略）。
    おそらくデヴィ（あるいはデヴィヴァシニ、女神デヴィの住まいの意）が、デワスという町の名前の起源だろう。それは高度300フィートほどのところにあり、石段が頂上にある女神チャムンダの洞窟の暗がりへと続いていた。「女神」とは野蛮な朱色の物体であって、われわれはめったに近づかなかった。たまに巡

礼が訪れることはあり、いくつかの祭礼においては女神は儀式の一端を担っていた。だがチャムンダとは何者か、そして彼女があの洞窟に居を定めてどのくらい経つのか？それは判らずじまいだったが、彼女がほかの誰よりも長くこの地にいることについては万人の意見の一致するところだった。

　デワスの町で興味を引くものは、この女神だけである。観光客を引き止めるものは何も無く、あたりのの様子もやはり面白みが無い。遺跡も無く、ピクチャレスクな景観も無く、大きな河も山も森も無く、大型の野生動物もおらず(Gazetter紙によれば「平均的な鳥や魚が生息」)、工場も無く、鉄道の駅も無かった。あるのは農業のみ。平坦もしくはわずかに波打つ平野は、頂上が平らかな丘陵によって時々乱される（中略）このような環境のなかで、わたしは1921年の6ヶ月を、個人秘書という役職のもとに過ごしたのだった。

ここで私たちは、この日誌と前述の小説の序章とが、unspectacular な風景を執拗に強調する点において、非常によく似ていることに気づかされます。

次に引用する、2度目のインド滞在中に書かれたデワースの描写もまた、「大きくも美しくもない」チャンドラポア、という架空の町の素材となったことは間違いありません。「飾り立てることへの熱狂は18世紀には冷めてしまい、またかつて民主的であったためしもなかった」と説明される小説中のこの町の雛型を、1921年10月10日付けの、作家自身による手紙の中に見出すことが出来ます。

> I found Dewas as *untidy* ant-hill, I leave it equally untidy but a *desert*. All the works have been *stopped* for *lack* of funds, and the hideous *unfinished* palace jags out of the landscape like a Mausoleum or a Lunatic Asylum. It is an *appalling* tragedy, rooted in the *folly* of ten years ago. The works should *never* have been begun. Properly administered, they might have come through, but as it is, they have *drained* the life of the State . . . . (p.85)

（イタリックスは筆者による）

　デワスに着いたときの印象は取り散らかったアリ塚、といったものだったが、いまはそれをやはり雑然とした、しかし一種の廃墟と書こう。資金不足のために全ての作業は途中で中止され、見るも悲惨な未完成のパレスが風景から突き出している様は、マウソロスの霊廟か、あるいは精神病院かといったふうである。これは10年前の愚行に端を発した忌まわしい悲劇だ。そもそも着工されるべきではなかったのだ。適切に執行されたなら完成を見たかもしれないが、いまとなっ

てはそれは王国の血液を垂れ流したに過ぎない。(後略)

このようにネガティヴな、反語に満ちた描写をとおして喜劇的なものを現出させる手法は、人間の社会的な行為が引き起こす滑稽さを主眼とした初期作品の喜劇観から、大きく変貌をとげています。それはやはり、母国イギリスの田園と、生身の人間を美学上復権させたルネサンスの地イタリアとの、二つの風土を精神形成の揺籃にもつ作家にとって、あからさまな「他者」であったインドの風土との遭遇に負うものが大きいと思われます。その手法は、この作品の隠された枠組みである不条理劇をよく支えて、合理性や進歩の敗退、ひいては「ことば」の非力を読者の眼前に曝してゆく役割を果たします。ここで重要なのは、かつて F. クルーズが示した、リベラリズムの敗退という悲観的な結論[6]の先へと、視線を進めることなのだと指摘したいと思います。これまで検証してきたネガティヴな語の羅列による deflation 効果は、決して作家の無力感を表明するためのものではなく、むしろ西欧的な思考や教育が限定してきた「ことば」の用い方を疑い、それが通用しない状況で自らの表現能力の強度を試すための、非常に有効な型であったはずである――そう思われるほどの徹底した冷淡さを、この序章は備えています。
この小説におけるもう一つの奇妙な絵柄といえば、「洞窟」そのものです。

その描写と文体双方を通じて、遂に証言も解決もなされなかった件の洞窟内でのレイプ未遂事件、というリアリスティックな相のプロットを、「真実」の不可知性、というテーマと強固にむすぶ、卓抜な意匠と言って良いでしょう。絶対的な価値の不在にたいする近代人の不安が、この世界を不条理劇の舞台と見るに至る意識の基盤であるとすると、「洞窟」をはじめ数々のモチーフやエピソードは、作家がインドで直面し、それを不条理劇として結実させるほかなかった思想上の衝撃の正体、「非存在ならぬ、不在」の、リアルな相においての構成要素と見ることが出来ます。そして「洞窟」こそは、それが抱える「虚空」をもって逆説的に、現実把握に対する「ことば」の非力を体現する、最も雄弁なイメージなのです。

本作品の起承転結を鑑みるならば「転」の部分にあたる、第二章「洞窟」"CAVES" の部は、序章と同じような醒めた調子の語り手による、故意にテ

「ことば」の届かない領分で　　　　　　　　　　　　　　　　　　　　　　157

キストとの距離感を感じさせる鳥瞰図の描写で幕を開けます。そのドラヴィディアの丘陵の描写が読者に告げることは二つ、一つはそれが地質学的にとほうもなく古いこと、いま一つは、それが無限にも思われる空洞を抱えていることです。この二つの特徴に共通する性質、すなわち人間はそれらを知覚できず、したがってそれらを体験することが出来ないという点、これが「洞窟」の部で起こる数々の出来事の重要な通低音となっています。

　語り手はインドの地理的な説明として、地球の創世紀を起源とする地層の隆起としゅう曲を描写し、次いで「表現し得ないもの」を厳密に定義しようと試みます。

> There is *something unspeakable* in these outposts. They are like nothing else in the world, and a glimpse of them makes the breath catch. They rise abruptly, *insanely*, without the proportion that is kept by the wildest hills elsewhere, they bear no relation to anything dreamt or seen. To call them *"uncanny"* suggests *ghosts*, and they are older than all spirit.
> 　　　　　　　　　　　　　　　　　　　　(*A Passage To India*, p.125)
> 　　　　　　　　　　　　　　　　　　　　（イタリックスは筆者による）

　　この辺境の大地に現れた突起の集落にはどこか、ことばにし難い雰囲気があった。それはこの世の何物にも似ておらず、見る者は一目で息を飲まずにはおられない。その突起群は突如として、気でも触れたかのように盛り上がり、ほかのいかに荒荒しい丘陵地帯でも遵守されている均衡というものに欠けていて、夢においても現実においても、これに似たものはまったく見当たらない。それらを「不気味なもの」と名付ければ亡霊を連想させるだろうが、実のところどんな亡霊よりも、それらはさらに年寄りなのだ。

この一節で奇妙に響くのは、「正気を失ったように」"insanely" ということばで、コンテクストを貫く論理の道筋の不在、を意味するこの語は、風景を描写するにしては大変風変わりな語の選択です。正気でないのはむしろ、この説明不能なものを「不気味なもの」"uncanny" と名づけるのは誤りである、と述べる語り手の方ではないのか、との疑いは当然です。しかし、かつてフロイトが、非合理の領域である潜在意識を合理主義の見地に立って認知しようとして編み出した、「不気味なもの」というラベルを付与すること

で、私たちが実際には何を行っているのか、作家は敏感に意識しているように思われます。すなわち、「ことば」で名づけることをもってリアリティに対して中途半端な理解をする読者に、厳しい現実把握を促すために、この古代からの丘陵の描写は「洞窟」の部の冒頭に置かれたのです。

　ドラヴィディアの丘は、自らを人知を超えたものとして投げ出しながら、超自然として分類されることをも拒みます。超自然、すなわち科学や理性で説明のつかない現象のイメージとして「亡霊」"ghosts" が挙げられていますが、民俗学や社会学の考察が明らかにしてきたように、それら "ghosts" あるいは "spirit" の背後には、それが人間の意識に上るに至る極めてリアルな経緯がありながら、時間あるいは世界の構成が変化した過程で忘却されたに過ぎません。同様にこの古い丘が「なにかいわく言いがたいもの」"something unspeakable" と形容されるのは、決してその起源が不明なためではありません。むしろ、「ことば」というメディアが本来抱えている盲点に無意識なまま、「ことば」のみを頼りに世界を把握しようとするときには、人間の悟性の盲点も必ず露わになってくるのだ、という峻厳な認識を表現したものだと言うべきでしょう。その認識を作品の内に具体的に探すとすれば、この論考の冒頭に掲げた一節が最もふさわしく思われます。

> 　The caves are *readily described*. A tunnel eight feet long, five feet high, three feet wide, leads to a circular chamber about twenty feet in diameter. This arrangement occurs again and again throughout the group of hills, and this is all, this is a Marabar cave. Having seen one such cave, having seen two, having seen three, four, fourteen, twenty-four, the visitor returns to Chandrapore *uncertain* whether he has had an interesting experience or a dull one or any experience at all. He finds it *difficult to discuss* the caves, or to keep them apart in his mind, for the pattern never varies, and no carving, not even a bee's nest or a bat, distinguishes one from another. *Nothing, nothing* attaches to them, and their reputation - for they have one - does not depend upon human speech.
>
> (p. 125)
> 　（イタリックスと下線は筆者による。訳文は冒頭引用参照。）

　ここには、後の不条理劇には不可欠なものとなった暗示的なイメージが幾つも見られます。訪れる観光客の挿話は意味の無い数字の蓄積を、執拗な否定

語 "never...no...nothing" は個性の喪失を連想させますが、これらはいずれも、大戦後に訪れる疑いと不安の時代を侵食した不条理の感覚を先取りするものと言うことが出来ます。先ほど引用した古の丘陵をめぐる体験と同様に、これらの洞窟群の体験もまた、人間の「ことば」では伝達出来ない暗部の具象化したものと対峙することであり、それは、イギリス人アデラ・クェステッドがマラバール洞窟についての説明を求めたのに対して、ヒンドゥー教徒のゴドボウリ教授が守る、一見謎めいた沈黙に集約されているのです。しかしこの「洞窟」は、どうやら全面的に unspeakable なわけではないようです。洞窟内の球形の空間に一歩踏み入れば、語り手は全知の視点を回復して、外からの様相とは打って変わった美しくも暗示に満ちた内部の様子を描写します。

There is little to see, and no eye to see it, until the visitor arrives for his five minutes, and strikes a match. Immediately another flame rises in the depth of the rock and moves towards the surface like an imprisoned spirit; the walls of the circular chamber have been most marvellously polished. The two flames approach and strive to unite, but cannot, because one of them breathes air, the other stone. A mirror inlaid with lovely colours divides the lovers, delicate pink and gray interpose, exquisite nebulae, shadings fainter than the tail of comet or the midday moon, all the evanescent life of the granite, only here visible. Fists and fingers thrust above the advancing soil - here at last is their skin, finer than any covering acquired by the animals, smoother than windless water, more voluptuous than love. The radiance increases, the flames touch one another, kiss, expire. *The cave is dark again, like all the caves.* (p.126)

(イタリックスは筆者による)

そこにはほとんど見るべきものは無く、それを見る眼も無い、5 分間だけの訪問者が訪れてマッチを一本擦るまでは。たちまち岩の深みにもう一つの炎が上がり囚われた精霊のように表面へと浮かび上がる——この円形の小部屋の壁は驚くほど滑らかに磨きこまれている。ふたつの炎は接近しなんとか結びつこうとあがくが、それは叶わない、なぜなら一人は空気を、いま一人は石を呼吸する者だからだ。美しい色彩の象嵌がほどこされた鏡が恋人たちを引き裂くが、その鏡の表面に映るのは細やかな桃色と灰色の入り混じる様、美しい星雲、彗星の尾や真昼

の月よりもかすかな光、これら鉱石のまもなく消えてゆく命は、ここでしか見ることは出来ない。大地を飲みこもうと前進する泥の上に屹立する拳と指——ようやくここに、その肌が現れたのである。それはいかなる獣の皮よりも細やかで、風の無い水面よりなめらか、愛よりも肉感的な肌合いだ。いちだんとあたりの輝きは増し、ふたつの炎は互いに触れ合い、キスし、消える。洞窟は再び暗くなる、他の全ての洞窟と同じように。

　期待を裏切る (deflation of expectation)、という主題の変奏であるこの一節では、両義的な要素をもつイメージが過剰なほど嵌め込まれている点が殊に目を引きます。一本の点火されたマッチと、磨きこまれた壁に映るその炎、という、読者の感情的な部分を刺激せずにはおかないような光景を描くこと自体が、これまでの語りのモードと比較すると、かなり異様であることは間違いありません。さらには、その炎と炎の影とが「近づいてなんとか結ばれようと奮闘する」と聞かされる読者が、これはフォースターが前作 *Howards End* の巻頭に掲げたモットー、「ただ結びつけよ…」"Only connect..." を擬人化された炎に託したものだと解釈するのは、ごく自然なことです。しかし、今作品の基礎的枠組みが決めたとおり、この結びつきは成就しません。なぜならその二つの炎はほとんど同じ姿でありながら、構成素がこれ以上ないほど異なったものだからです。

　語り手が二つの炎（灯された炎と壁に映った炎）を「恋人たち」に喩えるとき、そして更に洞窟の壁を、いかなる「獣の皮」よりも「こまやか」"finer" で「なめらかな」"smoother" で、より「肉感的」"more voluptuous" な「肌」"skin" に喩えて読者の触感に訴えるとき、文体は目に見えて緊張感を増します。この肉体的な興奮の高まり、という効果は、直前までの文と比較すると文法的に明らかにルーズな構文によって引き起こされた、語り手の急くような調子によっても表現されています。また、序章でも見られた現在形の動詞による記述が、ここでは視覚と触覚の現前性を強調するのに効果的に用いられていることも、注意を引きます。こうした感覚重視の描写は、リアリティをめぐる幻想を醸し出すために、周到になされたものです。磨かれた鏡の表面に透けて映る鉱石の色 "A mirror inlaid with lovely colours" は、光源がマッチの炎一つしかないこの閉じた空間でだけ、目に見える "only here visible" のです。

　しかしながら、闇の中にいる者にはリアルに見えるこの壁面もまた、見る者が自分の情動を託すに足る存在ではないことを、この一節は同時に示唆しています。そもそも「五分間の訪問」という時間の短さが、人間の感覚の儚さを連想させます。次いで、脆弱な美、という性質を賛美するかのように、非常に感覚的かつ主観的なことばの選択が続きます。曰く、「優美な星たち」、「美しい星雲」、「彗星の尾よりもかすかな光」そして「真昼の月」。そしてこれら全てに共通する要素である、「まもなく消えて行く命」"the evanescent life" という結語が、効果的に配されています。

　これまで見てきたように、この一節には感情の上昇と下降とが同時に引き起こされるような言葉や文体が採用されていますが、それはやや唐突に、頂点に達したと思われた瞬間に断ち切られます。「炎は互いに触れ合い、キスし、消える」"the flames touch one another, kiss, expire"、という濃縮された句によって、この黙劇はいきなり幕となり、読者はあるべきだったクライマックスを味わわずに取り残された気分になります。しかし、考えてみれば始めからクライマックスは失われていたのです。なぜならこの作品の舞台は nothing extraordinary と冒頭から形容された土地だからであり、唯一注意を喚起するはずであった洞窟でさえ、「再び暗くなる」ほかないのです、「他の全ての洞窟と同じように」。こうして、守られない約束、水を差された期待、というこの小説の基本的構造が、この洞窟内部のエピソードに体現されています。

　炎が消えたあとに出現した暗闇は、再び読者を、あの際限無い時間と空間が生み出す、文体上の離人症とでも呼ぶべき狂気じみた体験へと連れ戻します。　語り手は醒めた口調にかえり、また高みから下界を見下ろす視点に立ちます。次に特別な注意の対象となるのは、"Kawa adol" すなわち「ゆらゆら鳥」"a swaying bird" と呼ばれているある洞窟です。

> One of them is rumoured within the *boulder* that swings on the summit of the highest of the hills; a *bubble*-shaped cave that has *neither* ceiling *nor* floor, and mirrors its own *darkness* in every direction *infinitely*. If the boulder falls and smashes, the cave will smash too - empty

as an Easter egg. The boulder because of its *hollowness* sways in the wind, and even moves when a crow perches upon it; . . .　　(p.127)
　　　　　　　　　　　　　　　（イタリックスは筆者による）

　　その丘陵の一番の高みで揺れている巨大な丸石の内部については、こんな噂が
　あった。いわく、天井も床も無い泡の形の洞窟があり、四方の壁がそれ自身の闇
　を無限に反射しているという。丸石が落ちて砕ければ、洞窟も砕けてしまう――
　その空虚さはイースターの卵も同然である。中に抱えた空虚のせいで丸石は風に
　揺れ、カラスが上に止まれば、動きさえした。(後略)

　この光景もまた、不毛というイメージに満ちた描写を施されており、自然の造作物がもつ不可解な、あるいは人間の取りつくしまが無い外形が "infinitely"、"empty" あるいは "hollowness" という語を通して強調されています。「洞窟」を「母胎」に見立て、死と再生の場、あるいは西欧とは異質な豊饒の暗喩、と見なす解釈には強く誘惑されますが、奇妙なことに語り手は、この空洞を抱えた岩に、そんな読者の先入観を拒むような形容を与えています。確固としたものの象徴であるべき「岩」は「泡のごとき空洞」を内包するばかりか、風や一羽のカラスのような非力なものにさえ、ゆらゆらと頼りなく揺らぎます。そして、これまで作為的に抑えられてきた語り手の想像力が、光の入らない空洞の壁が「それ自身の闇」を無限に反射し続けるさまを描き出すところは、強い印象を与えます。
　丘陵の一番の高みで一見外殻である岩に護られているように見えながら、それが落下したときには、もろともに潰れてしまうほかにない内部の洞窟――これが何を暗示するものなのか、フォースターという作家は決して安易に名づけようとしません。しかし、「イースターの卵のように空虚」、と結ぶ語り手の、キリスト教文化、あるいは西欧の土着文化に根ざした豊饒と再生への信仰に対する驚くべき冷淡さは、注意に値すると思われます。もちろん、非人間的な空間に対する畏怖の念は、パスカルの「宇宙の沈黙を私は恐れる」"le silence de ces espaces infinis m'effraie" という告白に代表されるように、西欧のモラリスト的信条として説明のつくものです。加えて当時の社会を考えるならば、宗教の喪失のみならず、国家が文化的覇権を争うなかで絶対的な価値も喪失した時代の表現者としては、自然な発想であると言っ

てもよいでしょう。けれども、フォースターという個人がこの冷淡なことばを記すに至ったその背後には、やはり S. スレーリが指摘した作家自身のセクシュアリティの問題があるのだろうと思われます。「他者」との交わりについては肯定的な未来を描くことが出来ない、という彼の姿勢が存在し、それがインドの風景を反響板にして「ことば」に結実したに違いないのです。

ひるがえって見れば、この "infinite space"、理性や創造性の力が届かない天空こそ、読者が登場人物の滑稽な主張や身振りを見下ろして笑うことが出来る、不条理劇の場であると言えます。ただし、この虚空に達するには一度洞窟の内部に入ることが必須であったことを、この物語の一つの終わりに私たちは痛感することになります。同じようにマラバール洞窟への遠足に参加していながら、次のような会話を交わして別れる若いアデラと中年の教授フィールディングとの間に生じている深淵に、ここまで彼らの軌跡を語り手とともに見下ろしてきた読者は粛然とするに違いありません。

> 「…あの洞窟に入っていったとき、こう考えていたんです。わたし彼のことを、好きなのかしら、って。これは申し上げておりませんでしたわね、フィールディング先生。口にしてはいけないことのような気がしたものですから。やさしいとか、尊敬しているとか、人格的な交わりとか、わたしはそういったもので…代替にしようとしていたんです…あの…」
> 「愛なら、わたしはもうごめんですね。」と、彼が問題の一語を補った。
> 「私もです。こんどの経験で、私は病が治ったんです。(後略)」　　(p.238)

「ことば」に還元できないものが人間の行動を実際に左右し得る、あるいは「ことば」で名指した途端に経験の領域にあったものが矮小化される、ということを、自身の抑圧された欲望や願望の認知を通して知ったアデラに対して、問題らしきものに名前をつけて理解したと自認するフィールディング。この二人の「ことば」把握における次元の差こそ、「洞窟」が及ぼした唯一にして、最も肯定的な効果であると、筆者は考えるのです。

こうして、やや詳細にインドの風景、ことに特異な様相を呈した洞窟群を描写する際のフォースターのことば遣いを見てまいりました今、その描写を通して読者が感得するであろうことを挙げて、一応の結びとしたいと思います。まず、マラバール洞窟が一種の異化効果をもたらすための設定であるこ

とは明らかです。本作品は前作までと同様に、登場人物らの社会における滑稽な行動を笑う、という風刺喜劇の要素をもっていながら、読者が彼らに感情移入するのを妨げるための不可解な枠組である「洞窟」の存在のせいで、異質な喜劇の要素を帯びたのです。また、フォースターの他の小説においては、世界に遍在するネガティヴな力は抽象的にしか表現されてきませんでした。例えば、『ハワーズ・エンド』の中で、シュレーゲル家の妹が、ベートーヴェンの交響曲第五番の響きのうちに "evils" の隠喩であるゴブリンが密やかに歩くのを聴き取る、という手法が典型的なものです。ところが、『インドへの道』というこの作家による最後の小説において、人間の力の及ばない領域、あるいは人間を動かすグロテスクかつ滑稽な状況は初めて、「炎が消えたあとの洞窟の闇」、あるいは「丘の頂上で風に揺れる空洞の岩」という自然界の具象としてたち現われました。それを受けて、このテキスト全体を覆う「ことば」への無力感とはうらはらに、「ことば」は初めて、決して ineffective な媒体に止まらない、逆説的な説得力を獲得したのです。

＜結論＞

　政治的状況と経済活動とが市民社会の構造を高度に細分化させた19世紀に、その社会をテキストとして固定しよう、言いかえるならば、人間の社会的な行為の総体のマニュアルを作ろうとする、飽くなき探求心が沸点に達したのも、「ことば」の喚起力・伝達力への信頼を下敷きにしてのことでした。リアリズム小説を志す作家がしばしば、強迫観念に近い創作への衝動を抱いた完璧主義者であるのは必然的なことですが、世界を捉える唯一の方法である「ことば」の頼りなさが既に了解事項となっている現代の私たちにとっては、驚異すべきことです。バルザックやフロベール、ディケンズやギッシング、ジョージ・ムアなどの名を挙げるまでもなく、彼らは最初異様なほどの量産作家でありましたが、その原動力が件の探求心なのは間違いありません。

　しかしその一方で、リアリズムを、世界を見るレンズとして選びながら、異常な寡作家であったり次第にそうなっていったりした場合も少なくありません。それは「ことば」を使うにあたっての完璧主義がそうさせるわけです

が、そのベクトルが指すのは「完全に把握された世界」であるわけです。

　すると、リアリスティックな描写という非創造物は、常に「不完全」なものでしかありえない、ということになります。リアリズム小説という不自由な形態で「完全」を希求する、という出口の見えない欲望を自覚した作家が、やがてフィクションというジャンルそのものを諦めるのは不思議のないことです。このフォースター最後の小説『インドへの道』も、その文脈において読むことで、あらたな視角を与えられるのではないか、と考えます。Human speech を必要としない相の下に置かれたとき、人間はどのような振る舞いをするのか。そもそも人間としての精神の輪郭を保つことが出来るのか。このような問いを抱いている読者にとって、『インドへの道』はまさにリアリズムの小説であり得ます。「ことば」を用いて、善意に裏打ちされた信条表明を行うことで、その内包された不完全さを償おうとする多くの植民地文学あるいはジャーナリズムの地平において、「永遠に不完全な世界」をこそ表現しようとする作家の、自身にとって最もリアルな社会の手触りを再現する試みがこの最後のフィクションとなったのだと申し上げて良いと思います。そして重要なことは、リアリズムの、それはやがて「ことば」の届かない不条理の域をさまよわざるを得なくなる、という特性が、私たち自身の生きる状態、つまり「今ではなく、ここではない」という宙に浮いたパラダイムを完成するための、最後の「ひとこと」を尋ね続ける状態そのものであると作家が知っていることです。「ことば」の内実を観念的な「軽み」へと還元できる洒脱さを持たなかったフォースターが小説を書くことをやめたとき、彼が発してきた耳を刺す「ことば」、あるいは舌を刺す「ことば」は、リアリズム小説との殉死という文学史をなぞりそうになっていました。それが評論という別の形態で帰ってくるのは、彼の現実界への絶えざる関心をよく表わしている証しである、と申し上げて、この小論を閉じることにいたします。

注

[1] E. M. Forster, *A Passage to India*, ed. Oliver Stallybrass (Harmondsworth: Penguin Books, 1979), p.125. 以下の引用はすべてこの版による。

² E. M. Forster, "E. M. Forster on his Life and Books: An Interview Recorded for television," in *Listener* (1 Jan. 1959, pp.11-12), qtd in J. H. Sharpe, *E. M. Forster: Interviews and Recollections* (London: Macmillan), pp.38-42.

³ 例えば次に挙げる批評書において、フォースターの同性愛と英国によるインド支配とが表裏一体となって『インドへの道』に影響を及ぼしている、との主張がなされている。Sara Suleri, *The Rhetoric of English India* (Chicago: Chicago UP, 1992).

⁴ フォースターの作品に見られる、観光という行為と文化的覇権との深い関わりについては、次の批評書を参照されたい。James Buzard, "Forster's Trespass: Tourism and Cultural Politics", *The Beaten Track: European Tourism, Literature, and the Ways to Culture, 1800-1918* (Oxford: Oxford UP, 1993).

⁵ E. M. Forster, *The Hill of Devi and Other Indian Writings*, ed.by Elizabeth Heine (Cambridge, The Provost and Scholars of King's College, 1953).

⁶ この小説を、イギリス植民地政策下インドにおける西欧的ヒューマニズムの挫折の記憶であるという視点から論じたものとしては、次の批評書に含まれた『インドへの道』論を参照されたい。Frederick C. Crews, *"A Passage to India", E. M. Forster: The Perils of Humanism* (Princeton: Princeton UP, 1962).

ヒヤシンスの庭、イゾルデの庭
―T. S. エリオットにおけるエロスとしての「ことば」―

山 本 勢 津 子

>   *Frisch weht der Wind*
>   *Der Heimat zu*
>   *Mein Irisch Kind,*
>   *Wo weilest du?*
> 'You gave me Hyacinths first a year ago;
> 'They called me the hyacinth girl.'
> --- Yet when we came back, late from the hyacinth garden,
> Your arms full, and your hair wet, I could not
> Speak, and my eyes failed, I was neither
> Living nor dead, and I knew nothing,
> Looking into the heart of light, the silence.
> *Oed' und leer das Meer.*
>
>   T. S. Eliot, *The Waste Land*, 31-42

> 〈風はさわやかに吹くよ。
>   ふるさとの方へ
>   僕の可愛いアイルランド娘よ。
>   君は一体どこにいるの？〉
> 「一年前に初めてヒヤシンスをくれたわね。
> 「みんな私をヒヤシンス娘と呼んだわ。」
> ――しかし僕たちが遅く、ヒヤシンスの庭から帰ってきたとき
> 君は腕いっぱい花をかかえ、髪は露に濡れ、僕は
> 何も言えなくなってしまった。目もくらんで見えなくなり、僕は
> 生きているのでも死んでいるのでもない、何ひとつ分からない
> ただじっと、光の中心を見つめていた。静寂を。
> 〈海は荒涼として船影ひとつ見えません。〉
>
>   T. S. エリオット『荒地』31〜42行

I

順風に乗って東へ向かう船のマストの上から風に乗って船室に流れてくる

水夫の歌。ワーグナーの楽劇『トリスタンとイゾルデ』は、アイルランドからコーンウォールへ戻る船のマストの上にいる水夫ののどかな歌声で幕が上がる。しかし次の瞬間、その歌を聴いて不安なまどろみから覚めたイゾルデの怒りと絶望に満ちた激しい調子の台詞でワーグナーのオペラは一気に走りだすのだ。『荒地』の冒頭近くにこの水夫の歌の一部を引用したエリオットも、『トリスタンとイゾルデ』の冒頭の、この急激な転調を意識していたのかもしれない。

　この箇所に限らず、『荒地』はエズラ・パウンドによって削除された部分を含めても様々な人物の声や他の作品からの引用、様々な文体や文学ジャンルの断片が散りばめられたポリフォニックな作品だが、すでにこの31行目にいたるまで、数人の語り手が入れ替わり、文体も女性の会話から予言の書のごとき荘重な語りまで転調を繰り返している。[1]

　『トリスタンとイゾルデ』では、水夫の歌の後にはマルケ王に嫁がされるわが身を嘆き、運命に対する悲嘆と怒りを歌うイゾルデの台詞が続くが、『荒地』のこの箇所ではワーグナーからの引用の後に無邪気な少女の台詞が続く。'You gave me Hyacinths first a year ago; / They called me the hyacinth girl' という唐突な台詞、しかしこの一言で甘美な恋が想起される断片である。しかしそれに続く語り手の言葉は、一見、失意と落胆、あるいは愛の抑制をも思わせる。言葉を失い、少女の面をまっすぐ見ることもできない語り手は、幻惑され、全ての感覚が麻痺したかのようにただ光の中心をじっと見据える。　この箇所の最後の1行は、『トリスタンとイゾルデ』からのもう一つの引用である。第3幕の冒頭近く、イゾルデの乗る船を待つ瀕死のトリスタンのかたわらで、クルヴェナールが海を監視する羊飼いに、船はまだ見えぬかと問う。薬を携えたイゾルデが到着しなければトリスタンの死は確実で、ワーグナーの音楽は、その切迫した絶望感と愛の不可能性をせつなげに歌い上げる。海を見守る羊飼いの否定的な答えは絶望感をいや増し、彼の吹く牧笛の奏でるメロディーは悲哀感に満ち、トリスタンのかぼそくなっていく命の火を暗示する。[2]

　このヒヤシンスの庭の場面を額縁のようにはさんでいるのが『トリスタンとイゾルデ』の第1幕と第3幕からの引用であることは暗示的である。

ワーグナーのオペラにおいては第2幕はトリスタンとイゾルデが愛のエクスタシーを歌う夜の「庭」のシーンなのである。二つのワーグナーからの引用にはさまれたこの挿話がこの第2幕に対応した庭の場面であることは偶然ではないだろう。[3]また、この二つの引用には共通点が見られる。水夫の歌の後には、この歌を耳にして起き上がったイゾルデが「私たちはどこにいるの？」と問い、後の引用箇所では羊飼いの台詞の後の笛の音にトリスタンが目を覚まし、やはり「僕はどこにいるんだ？」と問いかける。いずれの台詞もそれぞれイゾルデとトリスタンの自らの実存に対する不安、問いかけを導く役割を果たしていると言えるだろう。

『荒地』には、他にも71行目の 'That corpse you planted last year in your garden'「去年庭に埋めた死骸」やゲッセマネの園を連想させるV部323行目の 'After the frosty silence in the gardens'「園に霜の静けさ訪れし後」などの「庭」への言及はあるが、実質的にはこのヒヤシンスの庭の挿話は唯一「荒れ果てた地」の中の「庭」の場面である。「庭」は人の手が入っているという意味でも、花が咲くという意味でも「荒地」と対極の象徴性を持つが、ヒヤシンスの庭はこの作品中で特に愛の行為と結びついた場所、愛を交わす場として位置づけられている。[4]また、ヒヤシンスは「ある女性の肖像」の中の「手回しオルガンが古い歌謡を奏で、通りの向こうの公園からヒヤシンスが香ってくるような時」には甘美な欲望に捕えられるという箇所にも窺えるように、エリオットの詩においては甘美な想起を誘う花、愛の記憶に結びついた花だと考えられる。[5]

『荒地』には他にも倦怠期の夫婦の会話やパブでの噂話、タイピストの情事やテムズの乙女たちの告白など、男女の愛や情事を描いた挿話があるが、いずれも不毛な愛として空虚感、喪失感をともなって語られる。ヒヤシンスの庭の場面についても同様に、作品全体を覆う倦怠感や空虚感に支配され、愛の表現はおろか愛の受容さえもできないような状態が描かれていると一般に解釈されてきた。ここでは語り手が恋する少女と対峙しながらも自分の感情を表現できず、少女を正視すらできない状態、逃避的で否定的な体験が描かれているともっぱら読まれてきたのである。[6]しかしここで描かれているのは、愛の挫折や敗北感、官能に対する恐怖なのだろうか。多くの解釈に見

られるように、この挿話はこの作品中で、義務的に恋人の相手をするタイピストの不毛な情事や、悲痛な告白で回想されるテムズの乙女たちの性の体験と同質のものとして描かれているのだろうか。

　それにしても、この『荒地』という作品全体を覆う荒涼とした雰囲気や乾ききった空気の中にあって、[7]この庭のシーンはなんと瑞々しく、芳しく、湿潤なイメージに満ちていることだろう。この箇所を読んで印象に残るのは、花の芳しい香りや雨の匂い、少女の濡れた髪から立ちのぼる香りなどによって喚起される愛の思い出とその痛みであり、『荒地』冒頭の 'April is the cruellest month, . . .'（四月は最も残酷な月）が思い出される。春の雨や花の香りは愛の記憶とそれにともなう痛み、甘美な愛の官能をよみがえらせる。冬の心地よい眠り、忘却の状態から呼び覚まされ、再びそのような甘美な欲望を思い出させ、悩ませる故に四月は「残酷」な季節なのだ。

　エリオットの詩に見られる性愛に対する屈折した態度、あるいは女性嫌悪についてはこれまでも指摘されてきた。エロティックな愛、性愛に対してはほとんど常に否定的で抑制の効いたトーンを保ち、初期の詩ではアイロニカルな視点と諧謔によって、後期の詩では宗教的な禁欲によって武装しているように捉えられる傾向が強かった。[8]また、冷たく理知的というエリオットの詩人としての印象、そのイメージの定着と流布にはエリオット自身の評論の影響によるところも大きい。しかしその詩作品、特に『荒地』に見られる性愛やエロスの概念は、逆にその評論の中にもかいま見ることができるように思われる。特に初期の評論に繰り返し登場する「詩の体験」についての叙述は、エリオットの愛の捉え方、エロスの概念を理解するためのヒントを与えてくれそうである。

II

　エリオットの詩人としての姿勢は、初期のエッセイ「伝統と個人の才能」の中の「詩は個性の表現ではなく個性からの逃避」という有名な表現で世の人々の中に決定づけられた。今ではいささか食傷ぎみになりそうな言葉だが、エリオットがこの 'escape from personality' という表現を採ることに

ヒヤシンスの庭、イゾルデの庭　　　　　　　　　　　　　　　　　　　　　　　　　　　*171*

よって問題にしたのは、ほかならぬ詩作の過程と詩的想像力の関係であった。詩に不可欠なのは詩人の個性や実体験そのものではなく、いかにそれを変容させ、人格や個性とは一見何の関係もない作品にするかという過程である。詩に表現される情緒や経験は、作者という一個人のものから出発して凝縮され、変容し、全く新しい詩的情緒へと生まれ変わる。この芸術的過程、詩化する過程をエリオットは問題にする。そして時には詩的想像力による経験――例えば恍惚の瞬間や恐怖の強烈さ――に、言葉を駆使する能力が加わると、作者自身の経験を超えた普遍性を持ちうる。この、想像力によって詩の中で普遍化され、一つの真実となる経験や情緒の強烈さをエリオットは幾度となく指摘する。[9]エリオットはまた、文学は哲学や宗教からは独立した存在で、別の機能を持つものだとも言う。[10]自身の作品では頻繁に宗教や哲学の知識の断片を引用し、衒学的な印象を与えながら、実は詩に感動するのはその背景にある思想のためではない、純粋に詩の言葉の強烈さに惹かれるのだと言い切るのだ。エリオットは絶えず「言葉」の持つ強烈な魅力、魔力に引きつけられ、捕えられてしまう。

　エリオットは「伝統と個人の才能」の中で、「伝統」へ身を委ねること(surrender)、自己を歴史の中に埋没させる歴史的感覚の必要性を強調しているが、[11]他の多くの評論や詩にも見られるこの 'surrender' という概念は次の、スティーヴン・スペンダーに宛てた手紙の一節に見られるような文脈では、より意味が明確になる。

>　誰でも、一度すっかり身を委ね、没頭した (surrender) ことのない作家の作品の批評はできないものだ。(中略) ほんの一瞬の惑溺 (the bewildering minute) でもよいのだ。まず自分自身を完全に投げ出し、委ねなくてはいけない。そして次にその状態からの回復、三番目にやっと、忘我状態とそこからの回復の過程を完全に忘れてしまう前に、それについて何かを語る瞬間がやってくる。もちろん、回復後の我に帰った自己は、それ以前の自己と同じということはあり得ないが。[12]

エリオットは 'surrender' という概念、自我の外にあるもの――他者や伝統などの外的な権威、普遍的価値など――に自分自身を委ねることの意義を強調し続けたが、ここでは詩の体験、文学作品の批評にも、知的に分析する前

段階として、一度完全に我を忘れるような 'surrender' の段階が必要だと述べている。

ところでこの手紙の中の 'bewildering minute'（一瞬の惑溺）は、シリル・ターナーの『復讐者の悲劇』*(The Revenger's Tragedy)* からの引用である。この場面で主人公ヴィンディスは、殺された恋人の骸骨を抱いてその復讐を誓いながらも、どんな美女も死ねばこんな姿になるのに、何故我々はそんなはかないもののために一生懸命になるのかと、この世における美のはかなさ、その美に惑わされる瞬間の虚しさを口にする。

   そして今おれは、自分を責めたい気さえするのだ
   彼女の美しさに夢中になっていた自分を、もちろん彼女の死は
   並じゃない方法で復讐してやるつもりだが
   カイコが必死に黄色のマユを作るのは
   お前のためなのか？お前のためにカイコはその身をすり減らすのか？
   侯爵領を売ってまで、貴婦人を贅沢に養うのは
   わずか、ほんの一瞬の惑溺を味わうためなのか？

              『復讐者の悲劇』第3幕第5場

エリオットは文学作品からの引用を、詩作品だけでなくエッセイや手紙にもしばしば使っているが、ここでも 'bewildering minute'（一瞬の惑溺）という句に強い印象を受け、自分の中に取り込み、手紙の中に引用しているのだ。

 エリオットはターナーの戯曲のこのくだりに「伝統と個人の才能」と「シリル・ターナー」の中でも言及している。エッセイ「シリル・ターナー」の中で、エリオットはこの 'bewildering'（惑わせる）の代わりに 'bewitching'（魅了する）と読ませているテクストもあるが、'bewildering' の方がこの場合はるかに意味が豊富であると述べて、この句が与える効果を指摘する。[13] また同じエッセイの中で、シリル・ターナーの『無神論者の悲劇』*(The Atheist's Tragedy)* の中の 'To spend our substance on a minute's pleasure'（一瞬の快楽のために財産を使い果たす）という1行が『復讐者の悲劇』を思わせるとも言っているが、[14] それは 'bewildering minute' を意識しての印象かもしれない。いずれにしても、エリオットがターナーのこの句に強い

印象を受けたことは確かである。「伝統と個人の才能」の中ではエリオットはターナーのこの句が出てくる箇所について次のように述べる。

> この一節では（これを文脈の中に置いてみれば明らかだが）肯定的な情緒と否定的な情緒とが結びついている。つまり美に強く惹きつけられる情緒と、その美と対比され、それを破壊するような醜さに同様に激しく惹きつけられる情緒である。[15]

美しきもの、良きものに惹かれる肯定的な（正の力を持つ）情緒と、それとは逆の、善なるもの、美なるものを破壊する力を持つ、醜悪なものに惹かれていく否定的な（負の力を持つ）情緒のコントラスト。この対極にある二つの 'emotions' が共存し、せめぎあっている状態を見事に描いているのが、このターナーの一節であるとエリオットは見る。そしてさらにその意図を読み取れば、'bewildering minute' という句の中にその正負のベクトルを持つ、正反対の二つの強烈な吸引力に惹かれ、堕ちていく自己、理性をまとった自己を投げ出し、自分の外にあるものに完全に身を委ねていく瞬間が凝縮されているのである。

　ここにエリオットの「愛」の概念、エロスの捉え方の片鱗を見ることができるように思われる。美と醜、光と闇、善なるものでありながら同時に恐怖を与えるもの、このような相反する価値が混淆した両義性を持つものがエリオットにおける「性愛」のイメージと言えないだろうか。

　前述のスペンダーに宛てた手紙の中で特徴的なのは、エリオットが 'bewildering minute' というフレーズを、文学作品の批評において使っている点である。それはエリオットが詩的体験、文学批評における作品との出会いを、人生における人との出会い、他人との関わりとほとんど同質のものとして見ていることを示している。エリオットは真の意味での詩的体験を、愛の体験がそうであるように、魅惑的であると同時にショッキングなもの、そして時には怖ろしいものになり得ると考える。このエリオットの圧倒的な詩の体験についての概念は、エッセイ「ダンテ」にもよく表現されている。

> 一篇の詩の体験というものは、その時限りのものでもあり、また終生続くものでもある。それはちょうど、我々が他の人間との出会いから得る、より激しい体験

にも似ていて、始めにまず独自の瞬間、衝撃や驚き、恐怖（我、汝を支配す、'Ego dominus tuus'）さえ感じるような瞬間がある。[16]

エリオットがいかに詩の経験を、人生における体験——例えば愛——にも匹敵するほど強烈なものとして捉えているかがこの一節から分かる。エリオットはここで詩の経験について語りながら、図らずも愛の体験について語ってしまっているのだ。エリオットは詩による体験に、人を愛する体験と同じ強烈さで捕えられてしまう。詩は彼に恍惚の一瞬を、「ショックと驚き、そして恐怖の瞬間」さえ与えるのだ。エリオットがここでダンテの『新生』から'ego dominus tuus'（我、汝を支配す）を引用しているのも興味深い。これは『新生』の中で、ダンテがベアトリーチェと会った後に見た夢の中に出てくる言葉である。

『新生』の始めの方で語られるこの夢の話は、中世の文学に特有なアレゴリーに満ちていて、不思議な印象を与える。ダンテはベアトリーチェに会ってその純粋で美しい姿に完全に魅了された後、帰宅してから眠りに落ちて不思議な夢を見る。部屋の中に炎のような色の雲が漂い、その中に恐ろしい顔つきの男が現れる。それは擬人化された「愛」あるいは「愛の神」で、上機嫌でダンテに話しかけるのだが、その中で僅かにダンテが理解できた言葉の一部がこの'ego dominus tuus'であった。この愛神は、真紅の衣を裸身にまとい眠りに落ちたベアトリーチェを腕に抱いている。そして自分の片手を挙げてダンテに差し出し、手にしているものを見せるのだが、それは炎に包まれて燃えさかるダンテ自身の心臓であった。そして目を覚ましたベアトリーチェの口許へダンテの心臓を差し出して食べさせようとし、ベアトリーチェもおそるおそるそれを食べてしまう。その後しばらくすると、それまで喜色満面だった「愛神」は悲しみに打たれて激しく泣き出し、ベアトリーチェを抱きしめたまま、泣きながら天に昇っていく。そして、それを見ているダンテも激しい苦悩を感じているうちに目が覚める、というエピソードである。[17]

エッセイ「ダンテ」の中でエリオットが'ego dominus tuus'を引用した意図は、全人格を揺るがすほどの真の詩的体験は、愛の経験、他人の存在に魅惑されるという経験と変わらないほど強烈なものだということを強調する

ためである。そして、その前提となっているのは「ショックと驚き、恐怖すら与える瞬間」という言葉に表されるエリオットの「愛」の概念、すなわち、人の全存在を捕らえ、魅惑する愛はまた怖ろしい側面をも持っているという視点である。究極の愛は、自らを投げ出し、自己を捨て去り、完全に支配に屈伏してしまうという実存的な恐怖をはらんでいる。

　ここにもエリオットにおけるエロティシズム、「愛」の捉え方の両義性を見ることができる。エリオットにとって、ベアトリーチェに心臓を食べられるダンテの夢の譬喩は、全存在を捧げ、自己を投げ出す「愛」の悦びと共存するある種の恐怖を表現しているのではないだろうか。[18] 愛とはまさにそのような二つの相反する側面を持つ両義的なものなのである。'Ego dominus tuus' に象徴されるのは、このような激しい愛の悦びと、その裏腹にある恐怖である。

III

　ヒヤシンスの庭から花を腕いっぱい抱えて戻ってきた少女、その髪は露に濡れ、花の香りと渾然と混ざり合い、視線はまっすぐに語り手に向けられる。しかしその存在に魅惑された語り手は言葉を発することも相手をまっすぐ見ることもできず、幻惑されてしまう。生きているとも死んでいるともつかない、何一つ分からない混濁した状態。この否定的なトーンで語られる情景はまた逆に、ある種の至福、エクスタシーの瞬間を表しているとも考えられる。語り手が少女の視線、ヒヤシンスの花や少女の濡れた髪から立ちのぼる香りに完全に魅惑され、なすすべもなく身を委ねてしまった状態、愛の恍惚の瞬間、'surrender' の状態を描いていると考えられないだろうか。

　ヒヤシンスの庭の挿話が『荒地』という作品の中では珍しく、甘美な愛の情景を肯定的に扱っていることを、さらに説得的に示すものとして、草稿版『荒地』Ⅱ部の夫婦の会話がある。

　　　　「あの音は何？」
　　　　　　　　　ドアの下のすき間風。
　　　　「今度は何の音？風が何をしてるの？」

>   何もしてないさ。何でもない。
> 　　　　　　　　　　「あなたって
> なんにも分からないの？何も見えないの？なんにも
> 覚えていないの？」
>
> 　　　　　覚えているのは
> 　　在りし日のまなこ、今は真珠　　　　　　　　　　（117-125行）

　この場面では神経症気味の妻の問いかけや非難に対して、夫はまともに答えていない。妻の台詞は引用符に入っているが夫のはそうではないので、後者は思ったことを口にしない、会話にならない会話である。'Do you know nothing? Do you see nothing? Do you remember nothing?' (121-3) という妻のたたみかけるような言葉に対して、夫は 'I remember' と心の中で言いかけて口をつぐんでしまう。現行テクストからは削除されたが、草稿ではこの後に 'the hyacinth garden' という詩句が続いていた。[19] この人物が思い浮かべるのは、過去の一場面、強烈な印象をともなう別の恋の情景だが、それがこの内的独白からもカットされ、さらに抑制が効いたことで、この二人の「対話」の空虚さが一層強められる。夫婦生活の倦怠と疲労感の中で語り手が思い起こすのは今は失われた幸福、愛の至福を経験したヒヤシンスの庭での情景であった。

　このヒヤシンスの庭の場面で、語り手が完全に言葉を失い、目がくらんでしまう状態は、エリオットが「ダンテ」の中で採り上げた『神曲　煉獄篇』や『天国篇』の中の詩行を彷彿とさせる。エリオットはダンテが煉獄でベアトリーチェに再会し、その姿を見た瞬間にかつての恋が再び燃え上がる場面（『神曲　煉獄篇』第30歌）を引用しているが、この時のダンテはある種の恐怖、畏怖の念に打たれてベアトリーチェの前で完全に力を失ってしまい、怖い時に母の元へ駆け寄る子供のように、師であるヴェルギリウスの方を向くのだ。また、エリオットは『天国篇』第4歌でダンテがベアトリーチェの視線の荘厳な輝きに打たれ、完全に圧倒されてしまう箇所も引いている。「ベアトリーチェは、愛のきらめき、げに神々しく満ち溢れた眼で、私をじっと見つめた。私の視力はこれに堪えず、たじろぎ、眼を伏せて、私は殆ど自失の人となった。」[20] ここでのダンテはまさに、少女の前で言葉を失い、目

ヒヤシンスの庭、イゾルデの庭　　　　　　　　　　　　　　　　　　　　　　177

が見えなくなった『荒地』の語り手と重なってくる。

　さらにこの場面をダンテと結び付けるもう一つの要素は４１行目の 'The heart of light, the silence' である。「光の中心、静謐」は、『四つの四重奏曲』の「バーント・ノートン」に出てくる水面に反射した陽光をも思わせるが、[21] ベアトリーチェの愛に満ちた荘厳な視線に圧倒され、目を伏せてしまったダンテの場合のように、『荒地』の語り手を捕らえ、魅了する少女の目の輝きだと考えられる。

　ダンテの『神曲　煉獄篇』、『天国篇』には、強烈な光の輝きが目や視力、視線のイメージと結びついて、いたる所に現れる。『神曲』では、目の力、視力はすなわち神を見る力を表し、地上にいる者は視力が十分ではないため、天国の光に堪えることができない。『天国篇』では、始めのうちはダンテには眩しすぎて正視できなかった天国の光やベアトリーチェの光り輝く視線が、ベアトリーチェに導かれて旅を続け、修練を積んでいくうちに神の恩寵によって目の力が強められ、それらの眩しい視線や光を見ることができるようになっていく過程が描かれる。また『煉獄篇』、『天国篇』を通して、目の力、視力で知力や精神力を表象する言い方や、ベアトリーチェ本人をその目で表現する言い方が随所に見られる。[22] さらに『新生』の中の第15ソネット（26章）には、ベアトリーチェに会うと「誰が舌も震えて黙し、たが眼も敢えてこれを視じ。」[23] という詩行が見られるが、言葉を失い、視力が衰える状態はエリオットの描写と重なりあう。ヒヤシンスの庭の場面にはエリオットの「ダンテ体験」——完全に魅了され、身を委ねた 'surrender' の体験——が大きく影を落としているように思われる。

　ベアトリーチェの光り輝く圧倒するような視線は、ダンテから言葉を奪い、彼女と正面から対峙する力を奪ってしまう。同様にヒヤシンスの庭での語り手は、少女の前で話すこともできず、目もくらんでしまう。そして少女の視線の眩しい「光の中心」を見ているうちに生死の境を超越した完全なる自失状態に陥ってしまう。語り手は圧倒的な力に身を委ね、知識も言語も超越した領域へ、通常の時の流れが止まり一瞬が永遠であるような、非日常的な領域へと連れ去られてしまうのだ。ヒヤシンスの庭の場面はこのような、自我を突き抜け、外界と自己を分けていた壁を突き破り、自らを何か超越的

なものに委ねるという「愛」の経験として描かれているのである。

　愛の至福を描いているこの箇所が、魅惑的であると同時に怖ろしいものとして描写されている点もまた重要である。エリオットの正と負のベクトルを持つアンビヴァレントなエロス、愛の概念はここにも現れている。語り手は魅惑的であると同時に怖ろしい強烈な力に惹かれ、至福と同時に畏怖――死にも近い恐怖――を感じる。その究極において言語も知識も越え、生死の境界さえも超越するような愛の至福は、死にも似た体験に限りなく近づいていく。[24]

　ここで描かれる体験はさらに、聖と俗という二項対立の調和という視点でも捉えられる。ベアトリーチェの神聖で荘厳なイメージに対して「ヒヤシンス娘と呼ばれた」この少女は、地上的な愛を象徴するような存在、官能的な花の香りや濡れた髪を持つエロティックな存在として描かれている。神聖なるものと肉体的なるものの二つのイメージが、この場面では渾然と混ざり合い、重なりあう。[25]

　愛の陶酔に身を投じ、その至福に身を委ねたこの経験は『荒地』の第5部「雷の言葉」の中で追想される。

　　　　ダッタ（与えよ）：我々は何を与えてきただろう？
　　　　友よ、血潮が僕の心臓を揺るがす
　　　　身を任せる瞬間のかくも恐ろしき果敢
　　　　年齢を重ねた分別もこれを撤回することはできない
　　　　これによって、これによってのみ、我々は存在してきたのだ。
　　　　　　　　　　　　　　　　　　　　　　（401-405行）

この 'The awful daring of a moment's surrender' (403) は、否定的な意味での性的欲望を表すと読まれることが多いが、「恐ろしい」と称しているのは、性的な体験が堕落したものであるとか社会的な倫理や道徳に反しているというような表層的な意味でないことはもちろんである。'awful' とは「愛」というものそれ自体が悦びと恐怖を併せ持つ両義的なものだということにほかならない。「性愛」の究極の形、愛の至福は死の恐怖に限りなく近づいていく。その負の力の恐ろしさを知りつつも惹かれていく「惑溺の瞬間」こそが、'The awful daring of a moment's surrender' の意味するところなのだ。

エリオットの評論に繰り返し現れる「魅惑され、捕らえられ、身を委ねる」詩の体験、そしてそこに窺える「性愛、エロス」の概念。ヒヤシンスの庭の挿話は、このような視点を取り込むと『荒地』の中の他の挿話とは全く異なる意味合いを帯びてくる。甘美な悦びを与えると同時に怖ろしいものでもある「愛」、その相反する二つの力に惹かれ身を委ねる体験、自己を外在的なものに融合させることによって非日常的な領域へと踏み出す経験。この短い挿話に描かれるのは、まさにそのような意味での「愛」の経験である。

ヒヤシンスの庭の挿話が、このように究極の愛、死にも通じる愛を示唆しているとすれば、エリオットがこの箇所を『トリスタン』の第1幕と第3幕からの引用の間にはさんだ意味も一層明確になる。ヒヤシンスの庭の場面は、死へ続く「愛」のシーンである『トリスタン』の第2幕にまさに重なってくる。『トリスタン』の第2幕は王宮の庭園が舞台であり、トリスタンとイゾルデが愛の陶酔に身を委ね、酔いしれた後、メロートの剣を受けたトリスタンが瀕死の重症を負うところで幕が降りるのである。

トリスタンとイゾルデの恋は死をもってのみ成就する愛である。死を望んで飲んだはずの薬が、死の代わりに絶望的なまでに強烈な恋を二人にもたらしたという筋書きは象徴的だが、この恋はそれが認識された瞬間からひたすら死へ向かってまっすぐに突き進むしかないのだ。媚薬を飲んだことを知った瞬間、イゾルデが口にする「生きなくてはならないの？」という台詞は、表面的には心中が失敗に終わったことへの言及と取れるが、抗いようもない愛に捕らわれてしまった自らの運命の認知、そしてこれほどまでの強烈な愛は死によってしか成就されないという認識とも読める。ヒヤシンスの庭の挿話に描かれた官能、死に限りなく近づく究極の愛の性質は、『トリスタン』との関係が引用によって示唆されたことにより一層強調される。[26]

*

エリオットは1933年にハーヴァード大学で行った講演「詩の効用と批評の効用」の最後の方で、人生において、何故かは分からないが記憶の中に強烈な印象を残す瞬間があることを、例えばある鳥の声や花の香り、魚がはね

た瞬間、ある田舎道の光景やふと目にした窓の中の情景などについて述べている。[27]同様に、ある言葉や詩句に出会い、その魅力に浸り、虜になってしまう経験について繰り返し語る。

ある瞬間に突然向こうからやってくる言葉。舞い降りてきて詩人を捕らえる言葉。エリオットは詩作においては知的な構成力の必要性を指摘し、評論においても曖昧な情緒の表現や安易な感傷を徹底的に批判したが、その中心には、言葉の魅力に捕らわれ魅了され、その魔力に身を委ねてしまう詩人の姿が絶えずかいま見えるのである。

注

[1]『荒地』草稿版にはヒヤシンスの庭の挿話を一つ前の箇所'What are the roots that clutch,'の前に移動させる矢印が書き込まれ、エリオットが一時は二つの挿話の順番を入れ換えようと考えていた形跡が見られる。*The Waste Land: A Facsimile and Transcript of the Original Drafts Including the Annotations of Ezra Pound*, ed. Valerie Eliot (London: Faber and Faber, 1971) p.[7].

[2]『トリスタン』ではこの後にイゾルデは到着するので、直接絶望感を表すというよりは希望をこめて引用したとも解釈できるが、最終的にトリスタンはイゾルデの腕の中で死ぬことになる。

[3]ただ第3幕からの引用は、タイプされた原稿に後から手書きで加えられたことが草稿版から分かる。*The Waste Land: A Facsimile*, p.[6].

[4]『四つの四重奏曲』(*Four Quartets*) を始めとする後の作品でも、薔薇園を中心に「庭園」は重要なイメージとなる。エリオットの詩に見られる庭園や薔薇園は、時間の流れを抜け出て「永遠」を見いだす場所、失われた時を取り戻す場所、原初の楽園としてのエデンの園などの象徴性を持たされることが多い。また旧約聖書以来の西洋文学のトポスの一つである「愛の園」としての庭園のイメージも意識されている。

[5]ヒヤシンスの神話的意味や象徴性、聖杯探究のモチーフとの関連等についてはここでは触れない。

[6]リンダル・ゴードンやジェイムズ・E・ミラーなどのように始めからこの箇所を肯定的に解釈している研究者もいる。Lyndall Gordon, *Eliot's Early Years* (Oxford Univ. Press, 1977), James E. Miller, *T. S. Eliot's Personal Waste Land: Exorcism of the Demons*

(Philadelphia: Pennsylvania Univ. Press, 1977) を参照。

[7] 水のイメージはI部冒頭やIV部の水死、V部の水音や雨などにも現れる。

[8] エリオットの初期未発表詩のノートの出版によって、性的で猥褻とも言える作品もあることが知られるようになった。 *T. S. Eliot, Inventions of the March Hare: Poems 1909-1917*, ed. Christopher Ricks (London: Faber and Faber, 1996), Appendix A.

[9] T. S. Eliot, 'Tradition and the Individual Talent' (1919), *Selected Essays* (London: Faber and Faber, 1951;1986), p.19, 'Shakespeare and the Stoicism of Seneca' (1927) *Selected Essays*, p.137, 'Cyril Tourneur' (1930) *Selected Essays*, p.189

[10] *T. S. Eliot, 'Shakespeare and the Stoicism of Seneca'*(1927), *Selected Essays,* pp.135-6, 'Dante' (1929) *Selected Essays* p.269. 'The Preface to the 1928 edition', *The Sacred Wood* (London: Methuen, 1928;1972) p.ix. *The Use of Poetry and the Use of Criticism* (London: Faber and Faber, 1933:1964) p.95. ただし、1935年の 'Religion and Literature' *(Selected Essays,* p.388) では論調に変化が見られる。

[11] T. S. Eliot, 'Tradition and the Individual Talent' (1919), *Selected Essays,* pp.14-17

[12] Stephen Spender, 'Remembering Eliot'(1965), *T. S. Eliot: Critical Assessments,* vol.I, ed. Graham Clarke (London: Christopher Helm, 1990) p.248.

[13] *T. S. Eliot, 'Cyril Tourneur'* (1930), *Selected Essays,* p.192.

[14] *Selected Essays,* p.188.

[15] T. S. Eliot, 'Tradition and the Individual Talent', *Selected Essays,* p.20.

[16] T. S. Eliot, 'Dante', *Selected Essays,* p.250

[17] 心臓を食べるというテーマはプロヴァンスのトゥルバドゥールやボッカチオなどのヨーロッパ中世文学にしばしば見られるもので、心臓は勇敢さや愛情などの心の寓意と見なされ、それを食べるという行為は食べた者への感情の移行や伝達を表すとされる。また炎に包まれた心臓は、熱く燃える愛を表すと考えられる。『新生』の散文にはダンテがこの夢をソネットに書き表して当時の著名な詩人に送り、この幻視の謎解きを求めたことが記されている。ダンテに寄せられた解釈の一つによれば、心臓

を食べさせることは愛する女性に自分の想いを伝えることを意味し、愛神が泣き出したのは、苦痛を知らずに眠っていたベアトリーチェに愛の苦しみを教えることになって、憐愍の情に駆られたからだと言う。ダンテ『新生』第3章、浦一章、「Vita Nuova に於ける Dante の手法と教養形成の一面 ―「食べられる心臓」をめぐって―」『東京藝術大学音楽学部紀要』第15集（1990）3参照。

[18] ただ、中世文学においては、心臓を食べる譬喩は直接恐怖とは結びつかない場合が多いのだが。

[19] *The Waste Land: A Facsimile*, p.13.

[20] ダンテ『神曲　天国篇』第4歌139行、寿岳文章訳（集英社，1985）p.38.

[21] このイメージは "Burnt Norton" の 'The surface glittered out of heart of light' や 'light to light, and is silent, the light is still/ At the still point of the turning world.' などに引き継がれていく。

[22] ダンテ『神曲　煉獄篇』27歌，28歌，31歌，32歌，33歌，『神曲　天国篇』1歌、3歌、4歌、5歌、8歌、10歌、14歌、23歌、25歌、26歌、30歌、32歌、33歌参照。

[23] ダンテ『新生』　山川丙三郎訳（岩波文庫，1948）p.88.

[24] Cleanth Brooks, 'The Waste Land: Critique of the Myth' (1939), *T. S. Eliot: Critical Assessments*, vol. II, p.235 参照。

[25] ダンテにおいても双方の融合が見られる。ダンテの夢の、裸身に真紅の衣をまとったベアトリーチェは明らかにエロティックなイメージを持たされている。エリオットは『新生』について「個人的な動物的感情から、永遠で神聖なものを作り上げようとした大胆な試み」と述べている。'Shakespere and the Stoicism of Seneca', T. S. Eliot, *Selected Essays*, p.137.

[26] エリオットがどちらの引用にも脇役の台詞を選び、主人公以外の者に語らせることによってロマンティックな物語を崩し、一種の「ずらし」の効果をねらっている点にも注目したい。

[27] T. S .Eliot, *The Use of Poetry and the Use of Criticism*, p.148.

郊外への郷愁
―ジョン・ベッチマンの『ミドルセックス』―

新井潤美

Middlesex

Gaily into Ruislip Gardens
    Runs the red electric train,
With a thousand Ta's and Pardon's
    Daintily alights Elaine;
Hurries down the concrete station
With a frown of concentration,
Out into the outskirt's edges
Where a few surviving hedges
Keep alive our lost Elysium - rural Middlesex again.

Well cut Windsmoor flapping lightly,
    Jacqmar scarf of mauve and green
Hiding hair which, Friday nightly,
    Delicately drowns in Drene;
Fair Elaine the bobby-soxer,
Fresh-complexioned with Innoxa,
Gains the garden - father's hobby -
Hangs her Windsmoor in the lobby,
Settles down to sandwich supper and the television screen.

Gentle Brent, I used to know you
    Wandering Wembely-wards at will,
Now what change your waters show you
    In the meadowlands you fill!
Recollect the elm-trees misty
And the footpaths climbing twisty
Under cedar-shaded palings,
Low laburnum-leaned-on-railings,
Out of Northolt on and upward to the heights of Harrow hill.

Parish of enormous hayfields
    Perivale stood all alone,
And from Greenford scent of mayfields

    Most enticingly was blown
   Over market gardens tidy,
  Taverns for the *bona fide*,
  Cockney anglers, cockney shooters,
   Murray Poshes, Lupin Pooters
Long in Kensal Green and Highgate silent under soot and stone.

ミドルセックス

赤い電車はにぎやかに
 ライスリップ・ガーデンズにすべりこむ。
「どうも」「失礼」を連発しながら
 可愛くイレインが降りてくる。
集中しながら眉をひそめて
コンクリートの駅を小走り、
町のはずれの縁におりたつ。
そこでは残ったわずかのしげみが
わが失われた理想郷を生かしている——田園のミドルセックスよ再び!

仕立てのよいウィンズモアが軽くはためく、
 藤色と緑のジャクマースカーフが
毎週金曜にはドリーン・シャンプーでそっと洗う
 彼女の髪を覆っている。
麗しきボビーソックスの乙女イレイン、
イノクサのローションで手入れしたすべすべしたその肌、
彼女は庭を通り——お父さんの趣味は庭いじり——
玄関ホールでウィンズモアを脱ぎ、
サンドウィッチの夕食とテレビに落ち着く。

やさしいブレント川よ、私はおまえを知っていたものだ、
 ウェンブリーの方向へ気のむくままにさまようさまを。
今おまえが満たす牧草地は、
 なんと変わりはてたことか!
思い出せ、霧の中の楡の木々を、
そしてヒマラヤ杉の下の柵、
キングサリがからまる低い手すり、
そこからのぼるまがりくねった小道、
ノーソルトから、ハロウの丘へと昇っていく。

巨大な干し草畑の教会区、
　　　　ペリヴェイルのまわりは何もなかった。
　　　そしてグリーンフォードからはサンザシの香が
　　　　きわめて魅惑的に吹いてきた。
　　　こぎれいな菜園と、旅人のための居酒屋と、
　　　コックニーの釣り人とコックニーの狩人と、
　　　ケンザル・グリーンとハイゲートの煤と石の下で眠る、
　　　マリー・ポッシュにルーピン・プーターの上を通って。

「テディベア」桂冠詩人

　1958年12月に『ベッチマン詩集』Collected Poemsがジョン・マリー社から出版された。1954年に出版された詩集 A Few Late Chrysanthemumsの一篇であるこの「ミドルセックス」も『ベッチマン詩集』に収められている。この詩集は出版当時、驚異的な売れ行きを見せた。「売り上げは今は一日1,000部弱のところで落ち着いている。現在、ロンドンのベストセラー・リストの第3位だ。1812年にわが社がバイロンの『チャイルド・ハロルド』を出版して以来の快挙だろう」と、出版社は狂喜した。[1] 1972年に桂冠詩人に任命されたベッチマンは、ラジオやテレビで馴染みのパーソナリティだったこともあり、「英国でもっとも愛された詩人」として名前が挙げられるようになった。「英国らしさ」が特に彼の属性とされたのは彼が英国の建造物に興味を抱き、English Cities and Small Towns (1943) などのエッセー集やラジオ、テレビの番組において、英国の各地の小さな町や村の教会や家屋について、広い知識と愛着を示したことが理由の一つである。その結果彼は「イギリスをすみずみまで知り、心から愛する詩人」といった類の評価を得るようになった。テレビで見られる彼の容姿も、このイメージに貢献した。中年になってからの彼は、頭のてっぺんが禿げていて、腹が出ている、気のよさそうな紳士といった風情だった。マイケル・ブレイスウェルはその挑発的なイギリス文化論集England is Mineの中でベッチマンを「英国のテディベア桂冠詩人となる運命を不当にも背負わされた」と評している。[2] しかしこの「皆に愛されるイギリス的詩人」のイメージづくりにもっとも貢献したのはもちろん、詩の作風とテーマである。別名「郊外(サバーバン)の詩人」とも言われたベッチマンは、自分が生まれ、育ったロンドンの郊外の景色や

人々の生活といったテーマを、平易な、韻を踏んだ詩にうたうことが多かった。イギリスの中流階級の、いわゆるミドルブラウの読者にとっては「身近な」テーマを、かれらが学校で教わったような、きちんと韻を踏み、リズムもある詩にあらわしたベッチマンの詩は、ショックを受けたり、不快感を与えられたりする心配のない、安心して読める「文学作品」だったのだ。この安心感を促す要素は、リズムや韻だけではなく、読者の共有するイメージを呼び起こす地名をはじめとする固有名詞の使い方である。ベッチマンの詩があまり外国語に訳されず、あるいは訳されても冒頭に挙げた例のように、注釈なしではさっぱり意味が通じないのは、このためだ。読者は「英国のミドルクラス」という秘義的(エソテリック)な世界の一員、あるいはその世界についての綿密な知識を持つ者でなければならず、彼らはその閉ざされた世界の中でのみ理解されうるものを楽しむ。ベッチマンが「英国的詩人」と呼ばれるゆえんである。そしてベッチマンの作品の大多数では、その秘義的な世界のキーワードは「郊外(サバービア)」、そしてそれに関連する数々の固有名詞が作り出す、共有されるイメージなのである。

「郊外(サバービア)」とミドルクラス

　題名の「ミドルセックス」から、ベッチマンの読者はまず郊外(サバービア)を想像する。そして郊外からは何が想像されるか。英国ではこの言葉は単なる地理的な場所というのではなく、特別な意味を持つ。郊外とそのイメージについての論文集 *Visions of Suburbia* の序文の中で、ロジャー・シルバーストーンは次のように書いている。

>　郊外(サバービア)は精神の状態である。それは想像力と欲望の中に、家庭と家族を維持しようと苦闘する人々の日常生活の中に、そしてブルジョア的価値観を欲し、守ろうとする勇気(あるいは狂気)をいまだに持つ人々の言葉の中に建設される。長い歴史を持つものである。まだ未来もあるのかもしれない。[3]

まさにこの「家庭と家族」そして「ブルジョア的価値観」が、英国の郊外を形成した要素である。郊外 suburb という言葉はそもそもは「町の外」であり、町中に住むことのできない貧民、娼婦や犯罪者、あるいは悪臭のと

もなう商売に携わる者のすみかであった。例えばチョーサーの『カンタベリー物語』には次のような箇所がある。

> "Where dwelle ye? if it to telle be."
> "In the suburbes of a town," quod he,
> "Lurkynge in hernes and in lanes blynde,
> Where-as thise robbours and thise theves by kynde,
> Holden hir prynee, fereful residence,"
> ("The Canon's Yeoman's Prologue", *The Canterbury Tales*)

「さしつかえなければ教えてください。どこに住んでいるのですか。」
「町の郊外だ」と彼は答えた。
「穴や袋小路にひそんでいる。そこは泥棒や盗人が集まる、
恐ろしい場所なのだ。」

また、16世紀から17世紀にかけては suburban という形容詞は「堕落した」あるいは「猥褻な」という意味で使われており、娼婦は「郊外の罪人」suburban sinner などと呼ばれていた。郊外が町の外の、一種の無法地帯だったという現象はもちろん英国に限ったことではなく、ヨーロッパの各国でも同様だったが、17世紀以降、英国では「郊外」の意味が変わっていく。パリやウィーンといったヨーロッパの都市とは違って、英国では、経済的に裕福なミドルクラスが、あえて郊外に移り住むようになり、suburban sprawl と呼ばれる、郊外部の無計画かつ急速な発達という現象が始まるのである。ミドルクラスの郊外への移動の第一段階は、「週末の別荘」weekend villa であった。18世紀初頭から、ロンドンの裕福な商人たちは、町の外に別荘を持ち、土曜の午後から月曜の朝までを、家族とともにそこですごす習慣を持つようになった。このようにして彼等は、自分たちの商売を手離したり、おろそかにすることなくして、貴族や地主階級のように田舎の生活を楽しみもする、という折衷をなしとげたのだった。この weekend villa が別荘ではなくて本宅となった理由の一つは「家庭」というコンセプトである。そしてこの「家庭」のコンセプトを形成する大きな要因は、18世紀初頭に起こり、英国のミドルクラスに多大な影響を与えた福音主義

Evangelicalism であった。本来、個人の罪の意識と救済を重視したこの運動は、18 世紀の後半には家庭の役割の重要性、家庭の神聖さ、そして家庭の守り手としての女性の役割を強調するようになっていた。このように理想化された家庭に、ロンドンをはじめとする都市の汚染された環境は不適切かつ危険であると考えられ、さらに、神聖な家庭と、商売の場所とを切り離す必要が認められたことが、家庭の郊外への移転の誘因となった。

「郊外(サバービア)」のイメージ

こうして 18 世紀のロンドンの裕福なミドルクラスは、思想や生活習慣のまったく異なった地主階級の仲間入りをすることなく、おのれの商売と階級へのプライドを捨てずに、ミドルクラスとしてのアイデンティティを持って、郊外という独自のすみかを手に入れることに成功した。しかしここであらたな問題が起こる。19 世紀の後半にその数が急増し、経済力を得るとともに、郊外にも進出を始めた新しいホワイトカラーの労働者たち、すなわち、ロウアー・ミドルクラスである。ジェフリー・クロシック編 *The Lower Middle Class in Britain* によるとロウアー・ミドルクラスは大きく二つのグループに分けられる。「商店経営者や小規模のビジネスマンといった古典的なプチブルジョワジー」と、「新しいホワイト・カラーの俸給生活者」、つまり事務員(クラーク)である。[4] そしてこのクラークの数は、1871 年から 1881 年の十年間でじつにほぼ二倍に増えたと言われている。[5] この新しいミドルクラスの人々は同情すべき境遇にあった。彼らは出身はワーキングクラスでありながら、仕事の性質上、ミドルクラスの生活様式を強いられるのであるが、経済的には手に職を持った、ワーキングクラスの上部よりは低い位置にいる。それでも自分をワーキングクラスと区別するために、言葉遣い、食事の習慣、服装、住居と、あらゆる面で、ミドルクラスの体面を保たなければいけない。そして、それまでは自分の馬車を持つほどの経済力がなければ不可能だった、郊外という住居が、交通機関の発達と政府の指導による交通運賃の値下げによって、ロウアー・ミドルクラスの手の届くところとなったのであった。ロウアー・ミドルクラスという新しい市場を得て、郊外は急速に発達していった。土地を郊外住宅地として売却あるい

は貸そうとする地主を対象とするマニュアルやガイドが多く出版された。イギリスの郊外についての権威書である、H・J・ダイオスの *Victorian Suburb* には、1875 年に出版されたマニュアル、*Handbook of House Property* から次のような歌が引用されている。

> The richest crop for any field
> Is a crop of bricks for it to yield.
> The richest crop that it can grow,
> Is a crop of houses in a row.

> 畑でもっとも儲かる作物は
> そこからできる煉瓦の山。
> 畑で育つもっとも儲かる作物は
> ずらっと並んだ家の列。[6]

　それまでの、裕福なミドルクラスを対象としたものと違って、ロウアー・ミドルクラス向けの郊外の住居が、庭に囲まれた一軒家という、「小型カントリー・ハウス」というわけにはいかなくなった。もっとも廉価なのはテラスハウスと呼ばれる、二階建ての長屋式住宅だが、テラスハウスと一戸建の間に位置するのが semi-detached と呼ばれる形式の住宅である。一見すると庭のついた一戸建ての家が通りに並んでいる。しかし実は一つの家と見られる建物は真ん中から左右対称にきれいに二つにわかれており、二つの世帯が入っているのである。経済的には一戸建は望めないが、あくまでもミドルクラスの住居のステータスを保ちたい——ロウアー・ミドルクラスのこのようなニーズに応えたのが semi-detached であった。実際、一軒家であるという幻想を保つために、それぞれの家の外壁の色、玄関の戸の色、窓枠のデザインや色を統一するという申し合わせが住人の間で行われているところも多かった。建物の外見だけではない。通りの名前、家の名前なども、重要な要素だった。宅地開発業者たちはここでもロウアー・ミドルクラスの上昇志向に応えるべく趣向をこらした。家は villa と呼ばれ、たとえテラスハウスであっても前と後ろに小さな庭がついていた。そしてこれらのヴィラの並ぶ通りには、有名な貴族の名前、あるいは詩人や文学

者の名前がつけられた。「田舎の一軒家」の幻想を助けるために、山や森、樹木の名前も好まれた。しかしイメージ向上のためのこれらの試みは結果的には逆の効果をもたらした。そもそも、裕福な商人たちが最初に郊外に「別荘」をたて始め、地主階級とは違った楽しみかたを始めた頃からすでに、彼らの行為は「僭越」と見られ、嘲笑の的となっていた。

> 確立された価値観をかたくなに守ろうとするロンドンの風刺家たちには、庶民が分かりもしない貴族の流行をぶざまに真似ているようにしか見えなかったのだ。「ヴィラに住む町人」はかれらの格好の標的になり、醜く太った商人とその妻たちが、当時のあらゆる流行をごたごたと取り入れた、最悪の趣味のヴィラでぎこちなくくらしている様を描いた版画がでまわった。[7]

　そして19世紀後半になって、ミドルクラスの新参者たち、ロウアー・ミドルクラスの事務員(クラーク)たちまでもがミドルクラスのステータスの確認のために郊外に移り住むようになると、いよいよ郊外(サバービア)は嘲笑の対象となるのである。鉄道の線路に沿って、無秩序に延び続ける郊外の住宅地は美観を損なうとして攻撃を受けた。Suburbanという言葉は「視野の狭い、偏狭な考え方をする」という軽蔑的な意味で使われるようになった。クラッパム、ホロウェイ、ケンザル・グリーン、ハイゲートといった「典型的な」郊外住宅地の名前は嘲笑をもって迎えられた。しかしそれでも郊外住宅地の拡大は止まらなかった。第一次世界大戦時には一時中断された郊外の宅地開発は戦後、特に、1930年代に再び勢いを増し、非難を浴びせられた。特に、ルコルビジエをはじめとする、モダニズムの建築家たちからははげしい攻撃を受け、suburbanとは趣味の悪さ、せせこましさ、スノバリー、虚栄といったあらゆるミドルクラス的悪徳をあらわすものとなったのである。スティーヴン・インウッドは *A History of London* の中で「郊外が第一次世界大戦の前後に発達するにつれて、その美的および環境的な向上心が満たされた一方で、社会的向上心は満たされなかった」と書いている。[8] ロウアー・ミドルクラスおよび裕福なワーキング・クラスは「田舎もどき」の環境の中でよりよい住居という念願の「マイホーム」を得ることに成功したが、郊外(サバービア)がスティグマ（不名誉の印）となるのを防ぐことはできなかっ

た。そしてこれが、英国のミドルクラスが郊外という場所について抱くアンビヴァレントなイメージなのである。

郊外へのノスタルジア——「ミドルセックス」

ジョン・ケアリは 19 世紀末から第二次世界大戦の前夜までの英国の知識階級における「大衆」観を扱った *The Intellectuals and the Masses* の中で郊外とその住人への拒否反応について触れ、逆にこの「見捨てられた土地をわがものとする」ことによって作家は個性を発揮するができる、と皮肉に述べている。[9] ベッチマンはまさにそれを行った詩人の一人であるわけだが、ケアリによると、郊外をうたった数人の他の詩人からベッチマンを区別するものは「彼が郊外に投入した感情の激しさである。この感情は、とりあげられている郊外の古さによって愛か憎悪のかたちをとる」のである。[10] つまり、ベッチマンにとって、19 世紀末にロウアー・ミドルクラスの事務員の移住により急速に発展した郊外は、今ではすっかりミドルクラスの生活の場所として、英国の一部となっている。それは、彼が建築評論家たちからは醜悪だとされるヴィクトリア朝式建築物や町並によせる愛着と通じる感情である。同じ郊外であっても、大戦間の 1930 年代にあらたに急成長した郊外とは違って、昔からの郊外は時間的距離とノスタルジアのベールをとおして見られているのである。

「ミドルセックス」はベッチマンのこのアンビヴァレントな郊外観をそのまま表現した作品である。まず題名であるが、これはイングランド南東部の州の名前で、サリー州とならんで、ロンドンの郊外サバービアを連想される代表的な地名となっている。(ただし、1965 年にはミドルセックス州はなくなり、グレイター・ロンドン、ハートフォードシャー、サリーに分散された。)ロンドンから南東へと走る通勤電車の路線にライスリップ・ガーデンズという郊外の駅がある。「田舎らしさ」をかもしだすため、郊外の地名には山や谷、森などが使われることが多いのはすでに述べたが、庭園 Gardens もその一つである。このこぎれいな郊外の駅にイレインという女性が降り立つ。ライスリップ・ガーデンズの住人ならマロリーよりはテニソンに因んで命名されたと思われる彼女は、人をかきわけながら礼儀正

しく礼を述べ、失礼をわびながら電車から降りる。ただしその言葉遣いが "Ta" (thank you) と "Pardon" という、いわゆる non-U[pper-Class] の典型なのであり、しかも彼女が降り立つその様子も "daintily" という、やはり non-U な副詞で描写されている。英語の U と non-U usage という表現は、言語学者アラン・ロスが英国の階級とそのことばづかいを論じた、1954年の論文 "Linguistic class-indicators in present-day English" で最初に使われたが、その後ナンシー・ミットフォードが1955年に書いたエッセー "The English Aristocracy" で広く知られるようになり、ちょっとした "U and non-U" 論争を巻き起こした。ロスの一応は学術的的である論文とは違ってミットフォードのエッセーはかなりふざけたものではあったが、その影響は大きく、それ以降 "U", "non-U" の言葉のステレオタイプが確立される。ミットフォードの友人であり、まぎれもないアッパークラスのミットフォードに対して、自分のロウアー・ミドルクラスの出身をつねにコンプレックスと感じていたベッチマンは、この "U", "non-U" ステレオタイプを題材にして "How to Get On in Society" (*A Few Late Chrysanthemums* 所収) という滑稽詩も書いている。この "U" と "non-U" の区別で重要なのはそれが、ロンドンのワーキングクラスのコックニーと上流階級の英語といった、はっきりしたものではなく、ロウアー・ミドルクラスとアッパー・ミドルクラスをわけるといった、微妙な一線をひいていた点である。ベッチマン自身、ロンドンの郊外に生まれて育ち、郊外における同じミドルクラスをはっきりとわける一線を身をもって体験していた。[11] ベッチマンの伝記を書いたベヴィス・ヒリアーは、「スノバリーは応用社会学の一分野であり、この分野ではジョン［・ベッチマン］は本能的に長けていた。すぐ近くの隣人のあいだでさえ比較対象がみいだされた」[12] と書いている。その体験はたとえば "False Security" という詩に鮮明に記されている。これは少年時代の思い出を語った作品で、筆者は典型的な郊外の風景の中を歩き、緊張と不安に駆られながら、友人である少女のパーティに向かう。その少女は一戸建の大きな家に住み、同じミドルクラスでもベッチマンとは違って、アッパー・ミドルクラスと呼ばれる階級に属している。ようやくその家にたどりついた少年は、すぐに安全な子供の世界に

郊外への郷愁―ジョン・ベッチマンの『ミドルセックス』― 193

入り込んで安心するのであるが、その後、再び現実の大人の世界に唐突に呼び戻されて、大きな衝撃と傷を受けるのである。クライマックスの、最後の箇所を下に引用する。

> Oh who can say how subtle and safe one feels
> Shod in one's children sandals from Daniel Neal's,
> Clad in one's party clothes made of stuff from Heal's?
> And who can still one's thrill at the candle shine
> On cakes and ices and jelly and blackcurrant wine,
> And the warm little feel of my hostess's hand in mine?
> Can I forget my delight at the conjuring show?
> And wasn't I proud that I was the last to go?
> Too overexcited and pleased with myself to know
> That the words I heard my hostess's mother employ
> To a guest departing, would ever diminish my joy,
> **I WONDER WHERE JULIA FOUND THAT STRANGE,
>   RATHER COMMON LITTLE BOY?**

> ダニエル・ニールの子供用サンダルをはいて、
> ヒールで買った布地のよそゆきを着て、
> ああ、なんてぴったりはまって、安心することか。
> ケーキとアイスクリーム、ゼリーとブラックカレント・ワイン、
> それを照らすろうそくの炎、
> そして僕の手の中の彼女の小さな暖かな手。
> 手品を見ては大喜び、
> 遅くまで帰らなかったのもうれしかったから。
> 興奮して、得意になって、気付かなかった
> 彼女のお母さんが他の客に言った言葉、
> 僕の喜びを永遠に傷つけることになろうとは、
> 「ジュリアがみつけてきたあの変わった、
>   ちょっと品の無い男の子は誰かしら？」

　郊外（サバービア）はこのように、二つのミドルクラスの同居する場所であり、英国の生活、文化、芸術のあらゆる面につきまとい、離れることのない階層意識の縮図をなしているとも言えるのである。
　「ミドルセックス」のイレインは同じ郊外でも、ロウアー・ミドルクラ

スの方の住人であることがこうして"Ta""Pardon"と"daintily"の三つの言葉からすぐに想像される。そして第二連ではその生活様式が示される。商品名からかもしだされる具体的なイメージ、庭いじりという典型的に「ミドルクラス的」な父親の趣味、サンドイッチの夕食とテレビ、これらの具体的な細部によって一つの典型が描かれる。こういった細部の描写、そして音節の単調な強弱のリズムと脚韻はT・S・エリオットの「荒れ地」の第三部の「火の説教」の中の女性タイピストの箇所を思わせる。

> The typist home at teatime, clears her breakfast, lights
> Her stove, and lays out food in tins.
> Out of the window perilously spread
> Her drying combinations touched by the sun's last rays,
> On the divan are piled (at night her bed)
> Stockings, slippers, camisoles, and stays.

> お茶の時間に家に帰ったタイピスト、朝食の残りを片付け、
> ストーヴに火をつけ、缶詰を並べる。
> 窓の外に危なっかしげに広がって
> 沈む太陽の光を受けているのは彼女の肌着、
> ソファーの上（夜はベッド）には
> ストッキング、スリッパ、キャミソールとコルセットの山。

エリオットはベッチマンが寄宿生であったパブリック・スクールの教師だったことがあり、ベッチマンは在学中にこの「若いアメリカ人の詩人」に自作の詩を見せたこともあった。第三連の、ブレント川への呼びかけの箇所にも、「荒れ地」の"Sweet Thames"への呼びかけの影響がうかがわれるし、第三連、四連での、失われた風景への哀悼にも、「荒れ地」の響きを聞くことができる。しかしベッチマンの作品はエリオットと違って、きわめて個人的であり、同時にそれはgenericでもある。つまり、これは一つの失われた郊外(サバービア)を悼む郊外居住者(サバーバン)という、きわめて英国的な、ミドルクラス的な、そして限定された人々の歌なのである。しかもこの失われた郊外(サバービア)は、19世紀末の、第一次急発展時の郊外(サバービア)であり、ノスタルジックな記憶の中の、ヴィクトリア朝的、「英国的」な光に包まれた郊外(サバービア)なのである。第

四連の後半で読者は「マリー・ポッシュ」と「ルーピン・プーター」の名を見て、ベッチマンが愛情をもって歌い上げるこの郊外（サバービア）が、実は現実のものでないことに気づく。この二人の人物は、ジョージとウィードン・グロウスミス兄弟による『とるにたらない者の日記』の登場人物なのである。この作品は 1888 年から 1889 年にかけて滑稽誌『パンチ』に連載され、1892 年に単行本として出版された。19 世紀の末は、事務員（クラーク）をはじめとする、ロウアー・ミドルクラスのホワイトカラーの人口が急激に増えただけでなく、彼らを対象とする娯楽や読み物が次々と登場した時期でもあった。大衆雑誌『ストランド・マガジン』に連載されたコナン・ドイルのシャーロック・ホームズものが、そのもっとも有名な例であろうが、ほかにも H・G・ウェルズ、ギッシング、ジェローム・K・ジェロームなどの作家たちが、ロウアー・ミドルクラスの人々と生活を深刻にあるいは滑稽に、哀しくおかしく書いてみせた。このロウアー・ミドルクラスの作家による自画像のなかでも、シティの事務員（クラーク）であり、新しく郊外（サバービア）に居をかまえて得意でならないチャールズ・プーターの日記という形式をとっている『とるにたらない者の日記』は、郊外のロウアー・ミドルクラスを滑稽にかつ暖かく描いた作品として、今日でも英国で愛読されている。[13]

　　四月十五日、日曜日――三時にカミングスとゴーイングが、ハムステッドとフィンチリーへたっぷりと散歩しようと誘いにきて、スティルブルックという男を連れてきた。―［中略］― 時間が五時近くなったのでわれわれ四人はどうするか相談を始めた。ゴーイングは「カウ・アンド・ヘッジ」という居酒屋にいこうと提案した。スティルブルックは「ブランディとソーダにしよう」と言った。私は彼に、居酒屋がすべて六時まで閉まっていることをおもいださせたが、スティルブルックは「だいじょうぶさ、旅行者だと言えばよいのだから」と答えた。われわれは居酒屋に到着した。私が中に入ろうとしたら、入り口に立っていた男が「どこから来ました？」と尋ねた。私は「ホロウェイ」［ロンドン北部の郊外］と答えた。男はさっと腕を上げて、私が通れないようにした。私は振り返り、スティルブルックがカミングズとゴーイングと共に入り口に向かうのを見た。彼らを笑ってやろうと見ていたら、門番が「どこから来ました？」と尋ねた。驚いたことに、いや、けしからぬことにスティルブックは「ブラックヒース」［ロンドン南部の村で、十九世紀の末にはまだ荒野が残っており、建物も大きな一軒家だった］と答え、三人はすぐに入れてもらった。[14]

シティの事務員たちが休日に、彼らの手の届く範囲の「田舎」で、カントリー・ジェントルマンよろしく釣りや狩りを楽しむ。「旅行者」にしか酒をだすことが許されない居酒屋で、近くの郊外ではなく、遠くからきたふりをして酒を飲む。グロウスミス兄弟の愛読者たちにとってはきわめてなじみのある、ヴィクトリア朝末期の、郊外の人々と光景なのである。

　こうしてベッチマンはヴィクトリア朝後期の郊外（サバービア）をノスタルジックに「過ぎ去った古き良き英国」の一部として美化し、第一次世界大戦後に新たに延びて広がった郊外（サバービア）と対照させるというかたちで、郊外（サバービア）に対するミドルクラスの英国人のアンビヴァレンスを表現しているとも言える。「ライスリップ」「ブレント川」「ウェンブリー」「ハロウ」「ケンザル・グリーン」に「ハイゲイト」などの地名は「準田舎」、*rus in urbe*「町における田園」としての郊外（サバービア）に対するあこがれを喚起するとともに、俗悪でミドルクラス的な「サバービア」への嫌悪あるいは侮蔑をも喚起する。ミドルクラスの中のスノバリーにうったえるベッチマンの作品は、ジェイン・オースティンやジョージ・エリオット、ギャスケル夫人といったミドルクラスの作家たち、そしてヴィクトリア朝後期のロウアー・ミドルクラスの作家たちの伝統の一部であり、現在の、俗に Aga saga と呼ばれる、女流作家たちのミドルクラス小説の伝統とも類を同じくする。題材が狭い、英国以外では通用しないなどの批判を浴びながらもこれはもっともミドルクラスの読者にとっては受けられられやすいものであり、ベッチマンが「もっとも愛された詩人」のと評価され、桂冠詩人のなかでももっともなじみ深い人物となっているゆえんなのである。

注

[1] Candida Lycett Green, ed., *John Betjeman Letters Volume Two: 1951 to 1984* (London: Methuen, 1995) 111.

[2] Michael Bracewell, *England is Mine: Pop Life in Albion from Wilde to Goldie* (London: Harper Collins, 1997) 60. ベッチマンはじっさい、大人になっても「アーチボルド」という名前のテディベアを常にそばにおいて可愛がり、公共の場でもテディベアを膝に乗せて、話しかけたりしていた。ベッチマンの友人だったイヴリン・ウォーの『ブ

ライズヘッド再訪』のセバスチャンが持ち歩く「アロイシャス」という名のテディベアはベッチマンのアーチボルドにヒントを得たものだった。

³ Roger Silverstone, ed., *Visions of Suburbia* (London: Routledge, 1997) 13.

⁴ Geoffrey Crossick, ed., *The Lower Middle Class in Britain 1870-1914* (London: Croom Helm, 1977) 12.

⁵ Crossick 111.

⁶ H. J. Dyos, *Victorian Suburb: A Study of the Growth of Camberwell* (Leicester University Press, 1977) 87.

⁷ Robert Fishman, *Bourgeois Utopias: The Rise and Fall of Suburbia* (New York: Basic Books, 1987) 43.

⁸ Stephen Inwood, *A History of London* (London: Macmillan, 1998) 588.

⁹ John Carey, *The Intellectuals and the Masses: Pride and Prejudice among the Literary Intelligentsia, 1880-1939* (New York: St. Martin's Press, 1992) 66.

¹⁰ Carey 66.

¹¹ 彼の祖父はロンドンの家具作り職人で、酒を入れる、鍵のついた金属製キャビネットを考案して財をなした。このキャビネットは使用人がこっそり主人の酒を飲むことのないように作られたもので、その程度の使用人しか雇えない家庭、つまりあまり裕福ではないミドルクラスの需要に応えたものだった。

¹² Bevis Hillier, *Young Betjeman* (London: John Murray, 1988) 17.

¹³ 最近の普及版ではペンギン版のほかに、1993年のエブリマンズ・ライブラリー版、1998年のオックスフォード・ワールド・クラッシクス版などがある。

¹⁴ George and Weedon Grossmith, *The Diary of a Nobody*, ed. Kate Flint (1995., Oxford: Oxford University Press, 1998) 11.

近代的主体探究：女性自己形成小説（フィーメール・ビルドゥングズローマン）としての『屋根裏の二處女』における想像とことば

鈴木美智子

　　　（屋根裏）
　　この一つの語彙のうちに、章子は溢れるような豊富な、新鮮な、そして朦朧とした幽暗と、そして（未知）に彩られた奇怪と驚異と、幼稚な臆病な好奇心と一の張り切れるほどいっぱいに盛り上げられて充満しているのをその一刹那から感じた。
　　その観念の前に（屋根裏）の語音は、非常に魅力ある巧みな美しい響きを伝えるものとなった、そして美と憧憬とを含んで包む象徴的な韻を踏ませてゆくものとなった。
　　たとえば、（薔薇の花）―（珊瑚樹）―（初恋）―（……）……

　　　　　　　　　　　　　　　　　　　　吉屋信子『屋根裏の二處女』より[1]

1

　「女性自己形成小説（フィーメール・ビルドゥングズローマン）」とは、教養小説（ビルドゥングズローマン）が男性の成長過程を追うのに対し、女性の成長を描く長編小説である。[2] このジャンルにおける物語の内容は様々であるが、最終的に主人公の自己発見へと向かうものについては、以下のような定義付けが可能である：「女性が自分を発見する小説は主人公の自己認識探しを追っていく、いわゆる探求物語（クエスト・ナラティブ）として分類することができる。そこでは肯定的な変化が起り、それは無知から知へ、無声から言葉へ―（中略）―という二項対立によって表現される」。[3] この類の小説は、従来のフェミニズム批評において女性が近代的主体[4]として誕生する物語として捉えられてきたわけだが、敢えてこのジャンルを枠組みとし、女性作家、及び女性読者が急増した大正、昭和初期の作品を読むことは、日本における「近代性（モダニティー）」と女性の関係を再考するのに有効な方法だと思われる。大抵「近代性」は西洋化、近代化とのみ結び付けて考えられているため、象徴としての女性はその脅圧的な権化（モガ）、又はその対照としての自然、伝統（母）等、固定された見方をされがちなのは周知の事実である。しかし、「近

代性」を「動き、流動性、変化、予測のできない状態」[5] としての空間／時間／経験、また、そのような中で何かが構築されて行くこと、[6] という別の側面から捉え直せば、女性自己形成小説の重要性が顕著になり、その中で育ち、変化し、自己理解へ向う女性（特に少女[7]）が重要な近代的主体として浮上してくる。筆者はこのような近代的主体としての少女の描写を解読することを当面の研究課題としているが、本稿においてはこの研究の一環として吉屋信子作『屋根裏の二處女』（1920年）を取り上げ、主人公の自我確立描写において、「想像」[8] と「ことば」というモチーフがいかに重要な役割を果しているか論述したい。

2

『屋根裏の二處女』は主人公滝本章子(あきこ)の精神的、及び性的成長を描いており、話の筋としては「自分に与えられてある人生がわからなかった」(398) 保母養成所の学生章子がYWA[9]の寮で秋津環(たまき)と生活を共にすることにより、彼女との愛に生きる自己を見出すというものである。この作品は同性愛が少女の成長上の一時の現象（つまり異性愛に向かう準備段階）として描かれていない肯定的なレズビアン小説であり、[10] 同時にフェミニストとしての吉屋自身の姿勢を示す私小説ともされている。この小説に関する今までの批評は、既定秩序に抵抗する物語内容(イストワール)にのみ目を向ける傾向があったが、[11] 小説のキーワードとなっている主人公の「自我」が確立され、その「差異」が探究される過程は実際物語内容(イストワール)だけではなく物語言説(ディスクール)によっても示されている。[12] この二重のレベルで少女の主体化の過程を物語化するにあたって、「想像」と「ことば」は重要な役割を果している。

現実から離れた世界に身を投じるという「想像する」という行為と「少女」がどのような関係に当時あったのか、少女教育に関する文献を読んでいくと、興味深いことにその行為は「少女」の一つの特質とされ、しかもそれは危険性に富み、注意を要することだとされている。吉屋ともつながりのあった沼田笠峰は教育者として進歩的な方であったが、彼でさえ思春期の少女は心身ともに発達途上にあるため病気になりやすく、特に「空想

型」の女の子は神経過敏になり、同性愛に陥りやすいとしている。[13]彼によると、これらの少女達は美しいもの、または悲しいものを心に描くことを好み、それを少女特有のセンチメンタルな「美文調体」で表現することを喜ぶ。彼はまた、これは思春期の自己表現の表れとして見守るべきものではあるものの、近代社会の悪いところに影響を受けた、安易に「主我的」で、ヒステリックで、病的な少女を作ってしまうことにもつながると懸念を示している。[14]性教育の文献においても似たような考え方が表れており、高橋寿恵は「想像」という言葉は出さないにしろ、少女が独りで考えることを「妄想」、「冥想」とよび、それは文明の「刺激」と少女の「春機発動期」の影響により様々な病弊を生むことにもつながる、としている。[15]

当時、少女が「想像すること」、そして、それを「表現」することは何か危険をはらむ、不健康なことだとされていた面があったようだが、このような考え方に対し、むしろ少女が育ち、自我を確立する上での大切なプロセスとして「想像」を重要視し、肯定したのが吉屋信子であった。

　　出来る丈け長く、せめては暫しの間、女少(をとめ)の柔かき魂をしてその夢のうちにまどろましめよ、やがてその世界のうちに許されるだけの成長を終つた魂は、繭をぬぐ(うる)蝶の如くに美はしく其の世界を立ち出づるであらう。
　　-（中略）-ほのかな桃色の夢の塔を降りた女少(をとめ)らはやがてその地を踏む裸足の冷たさに目覚めて、自らの内なる自我を見出すであらう。-（中略）-此の自我の確立と成長と進展こそは人間の一生にかけられた唯一のまことの仕事なのである。[16]

吉屋は一般に「少女小説」の大家として少女が夢／想像のなかで遊ぶ世界を作りあげたとされているが、[17]彼女の小説として始めて単行本になった『屋根裏の二處女』[18]においては、「桃色」のみならず、「危険」でもあり得る様々な「想像」の世界が描かれている。

少女が独居し、「想像」するためにはそれなりの空間が必要とされるが、この小説では「屋根裏」が想像を育む場所とされている。この特殊な空間は西洋文学において様々な意味合いを持つ場であるが、[19]想像を生み出す場としての屋根裏といえばまず思いつくのは『少公女』（1905年）であり、吉屋は尊敬していたバーネットのこの作品を意識しながら執筆に挑んだの

ではないかと考えられる。[20] 寄宿学校において「少公女」として暮らしていたセーラは父の死、破産により屋根裏部屋へ追いやられ、召使として働くことになる。この逆境の中で彼女の支えとなるものは、「想像」であり、これは非日常的な空間である屋根裏部屋において育まれる。

『屋根裏の二處女』における「ATTIC」(379)は、引っ越してきた章子が宿舎の自室として与えられた三角形の部屋であり、その天井と壁は青い色に塗られ、床には「南の島国」(376)で使われる敷物に一見みられる、不自然な形に切り取られた畳が敷かれている。ここにはセーラの部屋における「貧しさ」という非日常性があるのではなく、日本のものでも、西洋のものでもない、いまだかつてなかった新しい空間としての非日常性が提示されており、ここから章子は「想像」を媒介にし、自己探究の旅に出る。

論文冒頭に配した引用は、章子がこの部屋に入るなり、「屋根裏」という言葉をもとに想像をめぐらせている場面のものである。その想像されている言葉の描写：「たとえば、(薔薇の花)－(珊瑚樹)－(初恋)－(……)……」(380)の最後の部分の「(……)……」という謎の能記（シニフィアン）が表象しているものは、一つのレベルでは屋根裏から生まれ出る想像の無限の可能性だといえよう。実際章子は自分の「持ち合わした空想力」を「かつてなかったほど翅を伸ばして」(384)、部屋を「船」、「森」、「湖水」などに見立て、自分を「水夫」、「妖精」、「湖水の主」として更に想像を続ける。ここでは彼女が自分だけの空間において想像の自由を確保することにより、自己確立の無限の可能性を開くことが暗示されている。

同時に、もう一つのレベルにおいてこの能記が示すものはこれから章子が探さなくてはならない自分の「ことば」だと考えられる。「屋根裏」とはただの場所というだけではなく、一つの「語彙」なのであり、章子が自己形成するためには、そこから生まれ出る自分の「ことば」を確立しなくてはならないのである。ここで重要なのは、章子が近代的主体として行為主体性（エージェンシー）を獲得するためには自分の「ことば」が必要であるということが示唆されている点であり、それは彼女が成長を遂げるにしたがって、以前は想像し得なかった「ことば」を獲得する、というこれからの展開に結びついている。

四階にある屋根裏部屋は「塔の頂上」(375) とも呼ばれていることから考えても、この空間は物語の始めにおいて、少女が想像に耽ることを可能とする「桃色の夢の塔」として登場する。章子の想像は確かに「翅を伸ばしている」が、同時に、まだこの段階では、章子の想像は「(薔薇の花)ー(珊瑚樹)ー(初恋)」という「夢見る少女」としてはありがちな言葉の連想に止まっているともいえよう。『屋根裏の二處女』を「少女小説を批評する少女小説」とする論者[21] は、この段落の言葉と文体が吉屋を有名にした少女小説、『花物語』(1916-24 年 ; 1925-26 年) のそれと似ていることを根拠としている。『花物語』は花の名の題名をつけた 50 数編ほどの短編連作物であり、そこで展開されるのは少女達の友情や恋愛の物語であるが、吉屋が『屋根裏の二處女』を書いていた時、この少女小説の連載はすでに 4 年目に突入していた。[22] 確かに『屋根裏の二處女』は『花物語』を意識しているが、それは後者の否定、批判を目的にしているのではなく、物語言説を強く意識した作品として「少女小説的」な文体を積極的に取り入れたり、デフォルメしたりすることにより、主人公の「成長」という物語内容に厚みを加えよとしているのだ。このことを念頭に置きながら、これから章子が一体どのような「想像」を展開させるのか、そしてそれが彼女の成長の描写とどう関わっていくのか引き続き検討したい。

3

　『屋根裏の二處女』において章子が想像をめぐらせ、現実から遊離する場面は驚くほど多い。特に、物語の前半に我々が出会う彼女は自己というものを見出せず、人との接触を恐れ、殆ど言葉を話さない。彼女は落ちこぼれとして常に自己嫌悪に陥っており、ごく簡単な行動をすること (食事、挨拶、物を運ぶ、火を消す) も困難な有様である。そのような状態の中彼女は想像の世界へとしばしば逃避するのだが、そこではつかの間でも行為主体性を持つ、自己表現のできる者としての章子がいる。例えば、彼女は夜 YWA の音楽室で独りピアノを弾き、それを演奏会のように想像するのだが、その一部を引用してみよう：

近代的主体探求：女性自己形成小説としての『屋根裏の二處女』　　　　　203

　そこには優しき牧場の若草を吹く微風の嘆き……若き牧者のやるせなき唇に含む草笛の顫音(せんおん)……処女の涙いざなわで止むなき柔らかに美しき琴音(きんおん)……白銀の星の光に溶けて流るるごとき旋律……-（中略）-人間の霊魂に眠れる窓を開き未だ有らざりし影像を投げゆく楽音……あゝ宝石の火を散らして鳴るごとき繊細なる装飾音よ……黎明を創造し黄昏を描き深夜を生む楽音よ……天上の愛と平和を地上に導く熱き祈願の諧調よ……
　-（中略）-絶え間なき拍手の山彦……終りなき拍手のどよめき……楽堂の扉はひびき顫えておののく……拍手の荒浪……拍手の潮流……聴衆は熱狂の頂点に達した……
　　　　　　　　　　　　　　　　　　　　　　　　　　　　（418-19）

　この「独奏会」（417）の描写は小説の進展を中断するほど長く、そこには「……」で繋がれた果てしなく続くイメージの連鎖と様々な登場人物が、一つの世界を造り出している。章子は「空想に生くる娘」（420）として、現実の世界に戻るや否や落胆してしまうのだが、この想像の描写は単に彼女の不安定な精神状態を表すためにあるとは思えない。
　本来の筋を忘れてしまいそうになるほど我々を引き込むこの催眠術的な文体は少女の成長描写に特別な効果を与えている。次から次へと言葉とイメージが繋がるこの連鎖的文体は吉屋の初期の作品によく見られるものだが、本田和子は『花物語』におけるこの「繋ぎ合わせの妙」を「意味的には無意味で、形態的に有意味」とし、美しい文体にこだわった『花物語』を「構造にまして表層の優先する」[23]作品とする。この議論が『花物語』に適当なものであるか勘考することはここでは避けるが、『屋根裏の二處女』において登場するこの連鎖的文体を単に装飾的なものとすることはできない。ピアノや拍手の音を言語化する文体は、その「ことば」としての存在を自己主張する。しかもこの場面は本来の物語の筋を切り捨てているかのごとく長く、連鎖的文体はレリーフのように浮かび上がっているわけだが、実はこれは少女の「想像」という行為自体が力強い自己表現であるということを示唆している。
　この文体は、当時の少女教育においては病的と批判されたと思われる章子の「想像力」を肯定すると共に、少女を新しいことばを持つ近代的主体として、その「差異」、「他者性」をも表現している。少女小説は文学的には軽視されているジャンルだが、そこで使われた文体を長編小説において

用い、自己形成をする少女を描いたということは、男性の主人公を主体とし、近代性と関連付けて考えてきた文学とこの作品とは異なるという明らかな主張である。ここで近代社会において、かつては想像することもできなかった空間と自由を得て、自己肯定、自己確証へと向う主人公は一少女なのである。

　言うまでもなく、章子の「想像」は男権社会、そして異性愛中心主義(ヘテロセクシズム)に対するレジスタンスとして重要な役割を果している。物語内容における抵抗に注目すると、しばしば言及されるのは、章子が通学時に見る、女子供を突き飛ばして電車に乗る男達の描写、そしてそれに対する章子の思いである：

　　堂々とした体躯で婦人達を突き飛ばして昂然と乗り込む紳士達を見ると、いったい彼の母は婦人であるのを知っているかしら―彼の妻は婦人ではないのかしら―と不思議だった。‐（中略）‐
　　―若い処女のたれしもが―えもやらぬ仄かな狭霧を越えて遠い彼方の岸の灯をうがうように―同じ時代の青春の路をゆく若い青年達に向っての漠然とした淡い優しい憧憬(あこがれ)も―おそらくその一瞬間にあえなく滅びゆくであろう―そして、あゝ、そして彼等の群れから自分達の良人(おっと)が運命の手によって与えられる日がいつか来るのだと思うだけでも、どんなに人生というものをたよりなく寂しく思うであろう―章子の眼には泪が湧いた。
　　　　　　　　　　　　　　　　　　　　　　　　　　　　　　　(433-34)

　しかし、このすぐ後にくる想像の場面とあわせてみると、また別のレベルの読み方が可能となる。章子は電車での体験を繰り返すのを苦痛とし、混み合う九段の駅からは歩くこととして通学方法を変更する。そして九段の坂から寮までの道は彼女の想像により、美しい、幻想的な「水」の世界へと変わるのである：

　　鳥居の前の草原のほとりに夜霧は薄白くさらさらと流れる―二つの常夜燈にはもう御燈(みあかし)が聖げにしたわしく、ほっとともされて―夜霧の上に紅い翅(つばさ)のひとつがいの水鳥が浮いて動かぬようである―われもまたともに夜霧に浮びて流るるごとく次第に傾斜する坂へと下る。坂の下はるかな夜の都会の光景―朦朧として立てる夜の燈の古城の姿よ―紅い灯銀色の灯、青い灯―またたき燦(きらめ)き消えつつ浮かぶ―千尋(ちひろ)の水底(みなそこ)にあるという奇しくも美しい竜宮の彼方に浮かぶのではあるまいか、坂の上よりはるか下なる夜の海の遠き街の灯よ―

近代的主体探求：女性自己形成小説としての『屋根裏の二處女』 205

　－（中略）－河岸の家並の灯が淡く水の面を掠める―夕靄(ゆうもや)の刻々に濃いさをまして覆いゆく水の面を透して纜(ともづな)を結んで漂う荷船の数々の影―小さい灯が船ごとにもれて柔らかい靄の中に溶け入ってちらちらと河のおもに紅く雫してゆらゆらと‥‥‥遠く飯田橋のかなたまで朧(おぼろ)にこむる河の夕靄―船の灯ゆらめき―寂しい人の魂を乗せて漂う水の上に棺のごとく―夢のごとく―幻のごとく―船は流れにうかぶ―。
　橋の真中を走りゆく電車の響きも人のざわめきもふっと消えて夕靄の河岸とつなげる船の灯が泪にいつしか濡れた章子の瞳ににじんでぼうと果てもなく拡がってゆく‥‥‥
(434-35)

　「水」の風景は章子の涙と結びつき、「河岸」の「灯」を眺めながら帰路を急ぐ自分も結局は男性社会に管理される運命を持つのかという懸念と悲しみが表されている。同時に、「想像」に脚色されたこの風景は「停車場」の現実を涙によって消してしまう別世界でもある。章子はレールに敷かれた人生よりも、「流るる」船での航海を選ぶ者なのだ。ここでは章子の視点を通した「想像」が語り手の風景描写と重なり合い、その境界線が不鮮明になるのだが、これは章子の「ことば」が構築されるにつれ、それが男権社会の「現実」を飲み込み、消去することが暗示されている。ここではまだ「船」が「棺」、「悲しみ」と結び付けられ、章子が自分の旅立ちに対して消極的であると共に、その自己発見が未完成であることが表現されているところもあるが、章子の「想像」は逃避ではなく、新しい世界を造り出すものである。彼女はこのように「ことば」の力を表現しつつ、ついには屋根裏での隣人、秋津環との共同生活に入るのである。
　二人は屋根裏の秋津の部屋を書斎とし、章子の部屋を寝室とする。この新しい空間において章子は更に変り、行為主体性を持つ、社会化された主体として成長をしていく。章子が秋津との生活に幸福を見出すこの描写は、明らかに同性愛を「病気」として危険視する社会規定に対抗している。同時に、この恋愛は激しい感情を伴うものとして描かれており、その「真剣さ」もアピールされているといえよう。秋津の女学校時代の友人で、現在は伴男爵夫人であるきぬの登場により二人の間に危機が生じ、章子は激しい嫉妬を覚える。秋津ときぬの関係が謎めいていることから章子は様々な想像に苦しめられることになるが、その極限的な例は、きぬが秋津に贈っ

た人形への攻撃という形で表れる：

> 章子は人形(？)の腕をう…………とねじあげた、ぽきりともろい手応え
> で—章子の手—指先に白い腕が一本残った……かっと章子の神経があおられ
> た、背骨に添うて細い鋼鉄線の顫えるごとく冷たい戦慄が走った—胸には熱鉛の
> 玉ゆらの湧くごとき重たるい鼓動が不規律に打たれた—ぽたり……ぽた
> り……章子の耳に響いた—自身の手に握る白い腕からの鮮血の滴りを……
>   章子はお河童の黒髪の乱れた下から悲しい怨恨の眼の己れを射るのを感じた—
> 再びあおられた残虐な火が章子の身体に燃え上った—章子は全身に力をこめて出
> し切った—眼の前の一つの人間を滅ぼそうとしてかかる人間の意力を打ち出して
> かかった—自分の双手(もろて)は今血みどろであるのを感じた、息をあえぎあえぎ章子は
> 野獣のごとく飛びかかった—
>   (498)

この文章に挿入されている「(？)」は章子にとってこれが人形以上のものであることを強調し、「……」は血の滴りを表すかのようである。また、ダッシュで繋がれた息急くような文体は彼女の暴力的な感情、行動をよく表現している。この想像はまさしく当時の教育者を心配させた、神経症、同性愛、ヒステリー、という「病気」へと少女を向わせてしまうような世界を展開させているが、これは章子の自己形成に結びついており、その激しい情熱は自己表現だけではなく、彼女に自分が何者であるかを知らしめる役割を果している。この「ことば」の力は直接行動に結びつき、「想像」は明らかに「桃色」の、「少女小説的」なものではすでにない。それは章子を苦しめ続け、遂に彼女は実際に仲間の一人、お静の頬を打ち、秋津の肩や胸を叩くことさえしてしまう。

興味深いことに、『花物語』を含めて筆者が知る限りの吉屋の少女小説にはこのような暴力を働く少女は見受けられない。『屋根裏の二處女』は決して暴力を肯定しているわけではないが、この事件が転換期をもたらす重要なきっかけとなり、それによって秋津と章子は心を割って話し合うことができるようになることから考えても、危険な想像、そしてそこから生まれる危険な行動は、今までとは違った少女の行為主体性の一形態を表している。「近代」という不安定な時代を生きる章子は、このように様々な「想像」を経て見事に成長を遂げ、男権社会における他者として新しい「ことば」を

語り得るようになるのだ。

4

　章子の成長と共に浮上するこの新しい「ことば」とは、物語内容における少女の「新しい」自己表現や自己主張であると同時に、既定秩序に対する他者としての少女を表す物語言説であることは今まで述べた通りである。この作品は幾層ものレベルにおいて、主人公が様々な「想像」を経て「ことば」を得ることを自己形成の重要なプロセスとして描いているのだ。ここでは更に章子が自分のものではない「ことば」を拒絶する、又は理解しない、という点に注目しつつ、引き続き彼女の自己構築描写について考えてみたい。

　章子は物語の最初には「ことば」を話せない者として登場するが、彼女に選択肢として与えられる「ことば」（キリスト教徒が語る神の言葉、女仲間の「黒い手袋党」[24]の言葉、外国人指導者達の話す外国語等）は自己表現の手段には不十分なものとして最終的には役に立たない。その上、独自の「想像」の世界を展開させながら「ことば」探しをする彼女は、男権社会、そして異性愛中心主義の「ことば」を全く理解することができない者として描かれている。様々な既定イデオロギーや言説が彼女を取り巻く中、それに対する無関心、無知は彼女を従属状態から解き放つ作用を持つ。芝居小屋で「新派悲劇と銘を打ったなんとかいう小説家の作ったなんとかいう芝居」(480) を観ていても、周りの女性が涙を流しているのに、それが章子の言説世界には全く関係がない恋愛形体であるため、彼女はあくび、眠気、そして足のしびれに悩まされるのみで、舞台の色恋沙汰に興味を示さない。又、寄席に秋津と友人の工藤と共に出かけても、彼女は全く内容を理解しない：

　　多くの頭を越して向うの高い座の上には、紋付きの羽織を着た男が、浅草紙を皺くちゃにしたような顔をゆがめて何か話していた、‒（後略）‒
　　何が何やら話のわからぬうちに、その男はお辞儀をしてあちらへ行ってしまった、あとは笑い声が残った、ずいぶんたびたび笑い声に章子は取り囲まれたが、

よくわからなかった。 (459)

　寄席という空間は様々な文学作品において、男性にとっての共同体体験を育みながら、「ことば」を教え伝え、「想像」を生む場として登場するが、ここでは他者である章子が完全に参加することはできない。酒を飲み、煙草をふかしながら、つまらない話を聴いて笑う男性の集団に彼女は嫌悪を感じ、平然としている秋津、そして煙草の煙を小座蒲団で払う勇敢な工藤に尊敬の念を抱く。唯一彼女の印象に残るのは蝙蝠の真似をする芸人なのだが、彼の「お化け」の噺を彼女は全く違う次元において受けとめる：

　　そのひとは、お化けの話をした、聞いていてほんとに恐ろしかった。
　　亡くなった女房が幽霊になって車夫の良人(おっと)に客を夜ごとに連れて来て与えるというすじだった。-（後略）-
　　章子は息をつめて聞きこんで、うす冷たい風にあたる気持がした―（どうりでおあしがなかった―）という言葉で、どっと多勢が笑い出して、高座の人は平たくなってお辞儀をした。
　　みんなが笑ったので、お化けはほんとにいなかったのかと思って章子はほっと息をついた。
(461)

　章子が噺のおちを理解できないのは、彼女がまだ成長段階にあるため「ことば」の表面的な意味しか分からない、と考えることもできるが、章子の「無知」を語り手は批判せず、むしろ、その純粋さを強調している。この寄席小屋を男性中心の社会の象徴として読むと、章子の世界がこの空間とは相容れないものであることが明らかになる。章子はお化けの存在を身近に感じるほど想像力に長けているが、それは高座の者の意図通りには機能しないのである。
　男権社会の「ことば」を一番理解できるのは男言葉で話す工藤であるが、その彼女でさえも恋する男性の画家の前では言葉を失い、話さないまま肺炎で死んでしまうことからも、新しい「ことば」を獲得する大切さは常に示唆されている。言うまでもないが、少女が手に入れるべきこの新しい「ことば」は、他者としての自分を認識するだけのものではなく、社会性を持たなければ効力を発揮できない。「ことば」が行為主体性をもたらし、主体

を作り上げるとするならば、お互いに語り合う、ということが間主体性を(インターサブジェクティビティ)構築すると考えていいわけだが、コミュニケーションの確立も、新しい「ことば」の内に入るのではないだろうか。

　秋津はもともと章子とは「以心伝心」の仲にあり、章子が言葉に出さずとも彼女が何を欲しているのか理解してくれる人物として始めは描かれている。章子も全てひらがなで書かれた、まるで子供に宛てたような秋津の手紙(「ぎんざへおいしいものをかいにゆきます／おとなしくおるすばんしてね」)を読み、「意味がよくすぐにわかった」(472)と言って喜ぶような立場をとっている。しかし、このような「ことば」が不十分、または不平等に作用する関係には限界があり、きぬから秋津への手紙が増えると共に、章子と秋津の関係は崩れて行く。章子が自分の思いを伝えることにより、はじめて二人は対等に語り合えるようになる。秋津は自分が愛するのはきぬではなく章子である事を打ち明け、「これからふたりはここを出発点にして強く生きてゆきましょう、世の掟にははずれようと人の道に逆こうと、それがなんです」(511)と呼びかける。そして二人が屋根裏部屋から去り、共に生活をする決意を固めるところで小説は終りを迎える。

　物語の始めには、章子は「人間の力の緒を引き締め司どる要の釘が一本与えられてなかった」(409)、とされているが、成長した章子は「人一倍のがむしゃらな「自我」を強くはびこらせていた娘」(511)としての己を知ることになる。様々な「想像」を経て、ことば探しを行い、語り、語り合える者となった章子は遂に「胸に燃える銀絃の焔」(511)、則ち「自我」を見出し、更には他の人々(秋津、工藤、伴きぬ)の中にもそれぞれ独自の「自我」があるとしてそれを尊重するようになる。自己形成のプロセスを経て始めて章子は「個人としての生命」(511)を獲得する。

　吉屋がこの小説の読者として想定していたのは自分の少女小説、特に『花物語』の愛読者、またはかつて愛読者だった人であろうと思われるが、ここではその一連の作品より遥かに「成長」ということに重きが置かれている。[25] 登場する少女はレジスタンスとしての様々な「想像」の世界を描き、その過程において見出した新しい「ことば」により自己表現をし、新しいコミュニティーを築くと共に内から外へ、私から公へと羽ばたくこと

ができるようになる。『花物語』を「返らぬ少女の日」へのノスタルジーを表現する作品とするならば、[26]『屋根裏の二處女』は少女が成長し、大人になることを「喪失」や「悲劇」とせず、肯定的に受けとめ、女性の人生の可能性を謳歌する小説である。「少女時代」を懐かしみ、後ろを振り返るのではなく、未知の世界へ目を向けるというこの小説のフィナーレは、章子の物語を「目覚め」への必然的な過程として捉えつつ、重要な彼女のこれからを読者の想像へと委ねるのである。

　「ふたりのおとめの〈運命〉を育んだ青い揺籃となった屋根裏」(512)はあくまでも出発点であり、そこで育まれた自我の成長は止まることを知らない。女主人公が「ことば」を得る、という物語の存在は「対立的な公共圏」[27]を構築するものだとフェルスキは解釈するが、この小説が少女の「想像」と「ことば」を肯定し、女性の成長をメランコリックな視点で描くのを拒否したということは、読者達が自分の可能性を想像／表現できる、新しい共同体的空間を提供したことに他ならない。

5

　『屋根裏の二處女』は「想像」と「ことば」というモチーフを用い、物語内容と物語言説において様々な既定秩序への抵抗を示しながら少女の成長を肯定的に捉えている。しかし、一般的な見方としては、このような「女性解放」的な、いわゆる通俗的作品は逃避的なユートピアとして見られることが多く、その読者である女性消費者という新しい「主体」は、「女性解放の幻想に陶酔する自由を獲得する」[28]に過ぎないとされている。もちろん「大衆文化」におけるユートピア的要素の存在、及び当時の女性解放運動における限界は無視できない。しかし同時に、その物語の中のレジスタンスが新しい意識を生み、新しい共同体を育んで行ったことも否めないだろう。吉屋は『屋根裏の二處女』執筆の際、この作品は「自費出版でもなんでもしたい」[29]と思っていたと語っているが、少女小説家として独自の読者共同体[30]を育成した彼女は、この長編において少女が大人になる肯定的なストーリーを語ることによって、主体として成長し、変化していく重

要性を訴えているのではないだろうか。

　前にも紹介した沼田笠峰が1907年に、少女は他者から「愛される」「愛らしい」者でなければならない、という呼びかけを少女雑誌においてしたことに注目し、明治40年代において少女の既定アイデンティティーが「務めを果すべき者から愛玩される者へ」変容した、とする見方がある。[31]『屋根裏の二處女』を吉屋の呼びかけ、と捉えるならば、それは少女を「愛す」者とし、能動的に働きかける主体としての意識を促していると言ってよいだろう。それはもちろん、童話作家として有名な巌谷小波が説いた、他者を愛することにより「女らしさ」を獲得し、「務めを果す」[32]というものではなく、自己表現、自己実現のためのものである。今までの吉屋文学研究における「少女」像は「画一的」、「受動的」、という要素が強調される傾向があり、その「主体性」、「行為主体性」という側面は無視されがちであった。このような読み方から離れるためにも、我々は『屋根裏の二處女』を画期的な女性自己形成小説として、物語内容だけではなく物語言説にも注目しつつ、少女が「愛す者」としての自我を獲得するプロセスの中で「想像」し、「ことば」を構築／獲得して行くこの物語を再評価するべきである。

注

[1] 『吉屋信子全集一巻』（朝日新聞社、1975）380。なお、今後はこの作品からの引用は頁数を直接論文中に記することとする。ただし、引用に際しては、原文にある部分ルビを省くことがある。また、新字体に置き換えた箇所がある。引用文に「……」とあるのは原作に実際用いられているものである。

[2] 「女性自己形成小説」(フィーメール・ビルドゥングズローマン)は女性学の発展に伴い、1980年代に欧米において批評対象のジャンルとして確立された。本稿では、女性教養小説という名称よりも、より原義に近い女性自己形成小説という呼び方を取る。

[3] Rita Felski, "The Novel of Self-Discovery: A Necessary Fiction?" *The Southern Review* 19, no. 2. (1986):132-133. もちろん、すべての女性自己形成小説が肯定的な物語だというわけではないが、この点における議論はここでは割愛する。

[4] ここでの「主体」とは、フェミニズム的概念における、いわゆる客体ではない、行為主体性(エージェンシー)を持つものとして考える。なお、この論考において検証されるのは、い

かに女性がその従属性を理解しつつレジスタンスを展開させているか、という点にある。そのため、ポスト構造主義的な視点での、イデオロギーや言説に従属するという「主体」の一面は議論の中心にはならない。

⁵ *Modernity and Identity*, eds. Scott Lash and Jonathan Friedman (Oxford: Blackwell, 1992), 1.

⁶ Miriam Silverberg, "Constructing the Japanese Ethnography of Modernity," *Journal of Asian Studies* 51, no. 1 (1992): 30-54; "Constructing a New Cultural Hitory of Prewar Japan," *Japan in the World*, eds. Masao Miyoshi and H.D. Harootunian (Durham: Duke University Press, 1993), 115-143 参照。

⁷ 「少女」とは一体何歳ごろの娘のことをいうのか、大正、昭和初期においても定義は様々であり、「少女」を思春期前までとし、それ以上の年の未婚の娘を「處女」などとよびわける場合もある。しかし、私の研究対象としての「少女」は「自己探究をする未婚の娘」として、広い範囲で捉えている。なお、この作品(『屋根裏の二處女』)の題名における「處女」の使い方は、少女が成長し「處女」となる(ただし、異性愛中心主義の枠組みから離脱したものとして)ということが意識されており、この点からも章子を「成長する少女」とする読み方は妥当だと考える。

⁸ 一般的には「想像」とは現実の経験をきっかけに非現実のことを考えること、「空想」は経験を介さないで非現実のことを考えること、等とされているが、この論文において使う「想像」の意味は両義を含み、英語の imagination に当たるものである。

⁹ これは東京の YWCA をモデルにしたとされている。

¹⁰ Terry Castle, *The Apparitional Lesbian* (NY: Columbia University Press, 1993), 85 参照。当時、少女同士の恋愛は異性愛に向う性的発達の一環として考えられていた:安田徳太郎「同性愛の歴史観」『中央公論』50 巻 3 号 (1935) 150 参照。

¹¹ 川崎賢子『少女日和』(青弓社、1990) 9-37 ; 駒尺喜美「終始、女性への熱いまなざし」『吉屋信子全集月報 12』(朝日新聞社、1976) 2-3 ;『吉屋信子　隠れフェミニスト』(リブロポート、1994) ; 吉川豊子「『青鞜』から「大衆小説」作家への道」『フェミニズム批評への招待』(学芸書林、1995) 121-147 参照。

¹² ここで言う物語言説とは、物語内容を「筋」とした時、その表現方法と考える。

¹³ 沼田笠峰『現代少女とその教育』(同文館、1916 ; reprint、日本図書センター、1984) 67-72。ここでの「少女」とは高等女学校程度の年から結婚前までの者のこ

と、とされている (4)。沼田は吉屋が女学生時代たびたび投稿し、特別な賞をもらっていた『少女世界』の編集者および作家であり、のち頌栄女学校の校長となった。二人のつながりに関しては『吉屋信子全集十二巻』(朝日新聞社、1976) 408, 415 を参照。

[14] 沼田笠峰、72-79 ; 89 ; 217-223。

[15] 高橋寿恵『女児の性教育』(明治図書、1925 ; reprint、日本図書センター、1984) 30-44 参照。

[16] 吉屋信子「若き魂の巣立ち」『泊夫藍』(宝文館、1928) 279, 287-288。原文は旧漢字、総ルビであったが引用に際して改めた。なお、このエッセイは『処女読本』(健文社、1936 ; reprint、大空社、1997) にも収められている。

[17] 本田和子『異文化としての子供』(筑摩書房、1992) 148-185 参照。

[18] 始めて書いた小説としては『地の果まで』が先であったが、これは大阪朝日新聞の長編懸賞で一等になり、『屋根裏の二處女』出版と同じ 1920 年 1 月に新聞連載が開始され、本になったのは同年 9 月である。吉屋信子の年譜は『吉屋信子全集十二巻』545-577 を参照。

[19] Sandra M. Gilbert and Susan Gubar, *The Madwoman in the Attic* (New Haven: Yale University Press, 1979) 参照。

[20] Frances Hodgson Burnett, *A Little Princess* (NY: Bantam Books, 1987) 参照。吉屋はバーネットを「私の少女時代の理想の女性」としている :『三つの花』(家庭社、1947) 3。『少公女』の訳本は明治時代からあったが、大正、昭和初期には吉屋と交流のあった佐々木茂索や菊池寛も翻訳を出している。

[21] 川崎賢子、18。

[22] 小松聡子及び叶井晴美によると、『花物語』は『少女画報』(1916-24年)に連載された後、『少女倶楽部』(1925-26 年)にも連載された。(『吉屋信子全集十二巻』における年譜には『少女倶楽部』連載のみ記載されている。)なお、『屋根裏の二處女』が出版された1920年には洛陽堂から『花物語』の初の単行本が出版されている。話の数としては、『吉屋信子全集一巻』に収められているのは50篇(『吉屋信子全集一巻』3-356) だが、復刻新装版の『花物語』全三巻 (国書刊行会、1999年) には52篇が収められている。小松聡子は 54 編とし、正確な数は資料が散逸しているため不明だとしている。小松聡子「吉屋信子『花物語』の文体」『お茶の水女子大学人間文化研究年報』18 号 (1994) : 2-48, 2-54; 叶井晴美「吉屋信子の少女小説におけ

る少女像」『山口国語教育研究』5 号(1995):12 参照。

²³ 本田和子、191。

²⁴ 吉川豊子はこの「黒い手袋党」を青鞜社に結び付ける：吉川豊子、132。これによるシスターフッドの可能性は肯定的に描かれているものの、最終的に章子に救いをもたらすものではない。吉川の主張するとおり、この作品において吉屋は青鞜社の活動を肯定すると同時に、それとは違う自分流のフェミニズムを主張していると考えられる。

²⁵ 無論、これは『花物語』の短編全てにおいて主人公の成長が見られないということではない。小松聡子の指摘通り、初期の『花物語』においては「イメージ」が重んじられるが、後期のものでは「メッセージ」や「ストーリー」が中心になり、その結果、少女の変化、という話が展開される：小松聡子、2-49。ただし短編という形式的な要因もあり、少女達の自己形成というテーマが十分に追求されているとは思えない。

²⁶ 『花物語』が単行本となった時、吉屋は序文に「返らぬ少女の日の／ゆめに咲きし花の／かずかずを／いとしき君達へ／おくる」としるした。『吉屋信子全集一巻』5 を参照。

²⁷ "The Novel of Self-Discovery," 134.

²⁸ 前田愛「大正後期通俗小説の展開」『近代読者の成立』（岩波書店、1993）261。

²⁹ 『吉屋信子全集巻』551。

³⁰ 少女文化における「少女共同体」に関しては、本田和子『女学生の系譜』（青土社、1990）；川村邦光『オトメの身体』（紀伊國屋書店、1993）を参照。

³¹ 久米依子「少女小説―差異と規範の言説装置」『メディア・表象・イデオロギー：明治 30 年代の文化研究』（小沢書店、1997）217-218。

³² 久米依子、217-218。

こころの平安
　―悲劇のカタルシスの作用について―

斎藤和明

　「悲劇」という言葉は、文学用語である。北村透谷の造語であると言われている。明治の半ばのころ初出の言葉であるが、その後、間もなく意味が移りひろがって、「悲哀なる人事」（明治44年の『辭林』の定義）、すなわち人生に起こる悲惨な出来事の意味として使われるようになってきた。昨今では、新聞やテレヴィジョンで、悲劇という言葉が、ますます軽く使われるようになっている。「理由なき凶刃が胸に、善良な市民の悲劇」「史上初のデッド・ボールによる死―レイ・チャップマンの悲劇」、あるいは「悲劇の飛行機事故」、「潜水艦事故の悲劇」というような報道が、しばしばなされている。英語の「悲劇(tragedy)」の場合でも同様で、この単語には、16世紀にすでに、「人生での突然の惨劇」の意味が、「不幸な出来事」の意味が加わっていた。
　それはそれでよい。だが、悲劇という文学用語の厳密な定義は、とまでゆかなくとも、本来の意味までも、ぼやけて曖昧になり誤解されてきているようだ。文学の様式としての悲劇とは、ただひたすら悲しい筋の劇、最近の学生の表現での「メッチャくらい」「チョウみじめ」な話の劇だと、いとも気軽に考えられているようである。私には、そこが気になる。悲劇とはただ暗く惨めな内容のものであるなどと、軽く片づけられてよいものではない。そもそも人間とは何か、という重い問いを問いかける役割を担うもの、それが悲劇なのである。そこでいま、その重い役割が、どのように担われているかという問題を考えつつ、悲劇の意味を明確にしておきたい。

1

　紀元前3000年に悲劇の例がエジプトに存在していた可能性もあるが、西

欧の文学にとっての悲劇はギリシャに始まる。英語の'tragedy'も、ギリシャ語の「トラゴーイディア（山羊の歌）」からくる。この悲劇という様式は、葡萄酒の神ディオニュソスに捧げられた、葡萄の収穫祭で合唱隊がうたう歌、またそれとともに、収穫し熟成させた葡萄酒を初めて飲む際の儀式やその宴会での合唱、を原型とするものであった。合唱隊が山羊の皮をかぶっていたのでトラゴーイディアになった、とも言われている。他方、悲劇の共演で最優秀作品賞として「価値のない山羊」（ホラティウスの『詩の技法』）が与えられたので、という説もある。そのトラゴーイディアは、紀元前5世紀にアテナイを中心に発達していった。合唱隊のひとりによる独唱がはいるようになり、その独唱と合唱とのやりとり、あるいは単独の俳優のせりふと合唱隊とのやりとり、やがてふたりの俳優の対話がはいり、さらに俳優が三人になり、合唱よりせりふが重要になるなど、次第に演劇の構造を備えるようになってくる。そしてアイスキュロス、ソフォクレス、エウリピデスの三大悲劇作家が登場し、アテナイは悲劇の全盛期を迎える。その時期に、いわゆる悲劇の源流が見出されるのである。
　悲劇の重い意味を知るためには、源流としての悲劇とは何かを問う必要がある。そのためには、まずアリストテレスが『詩学』のなかで特に注目し、賞賛しているソフォクレスの『オイディプス王』を取り上げ、悲劇とはどういうものかを考えておこう。言うまでもなくこの作品は、無意識の世界で男性が父を憎み、そして母を愛し独占しようとする願望を意味する精神分析の用語、エディプス・コンプレックスとしてよく知られている。その用語の出所が、この悲劇である。
　あの悲劇を思い出してみよう。テーバイの王ライオスは、やがて生まれる息子に自分が殺されるとの神託を受けていた。息子が生まれる。王は、その嬰児のくるぶしに穴をあけ金のピンで足を貫いて、テーバイの羊飼いに、キタイロン山に捨てさせた。慈悲心のある羊飼いは、捨て子を殺さずにコリントスの羊飼いに渡す。さらにその子は、子どもに恵まれなかったコリントス王ポリュボスに差し出され、王子として育てられた。その王子は、かかとが腫れていたため「オイディ（腫れた）プース（足）」と名付けられたのである。

年月は流れた。ある酒宴の席で腫れた足の君は、友にからかわれ、自分がコリントスのポリュボス王の実子ではないと告げられる。話を聞いて悩んだ王子はアポロンの神託所へ赴く。するとそこで、「故郷に帰るな。帰れば父を殺し、母と結婚することになる」という神託を与えられた。すぐさま、その足で王子は旅に出た。旅の途中、三叉路ですれ違ったテーバイの王の従者との間で争いが起き、オイディプスは、三人の従者とともに、ライオスを王とは知らずに殺してしまう。ひとりは逃げて助かった。それがキタイロンの山に幼児を捨てるように頼まれた羊飼いであった。従者はテーバイに戻り、国王は山賊に殺害されたという悲報を届けた。ほどなくしてオイディプスは、テーバイにくる。その都は怪獣スフィンクスに苦しめられているところであった。「四本の足、二本足、三本足で歩く者は誰か」という謎をかけ、謎が解けない者を毎日喰い殺していた。オイディプスは、謎を解いた。その怪物はそこを去ったのであった。そこでこの英雄は、テーバイの新王に迎えられた。そして王妃イオカステと結婚する。二人の間には二男二女が生まれた。

一五、六年もの間穏やかだったテーバイの国に、危機が訪れる。疫病が蔓延した。果樹も病害に襲われている。デルポイの神託により、先の国王の暗殺者が、都に住んでいるためであるとわかる。国を救うには犯罪人を殺すか、国外に追放しなければならない。先王殺しの犯人追求のため、予言者テイレスィアスが呼び出される。問いただされて王妃も、先王殺害の事情を話す。どの話も真実を指し示していた。そこへコリントスから使者がきて、ポリュボス王が死去したと報じ、王子オイディプスに帰国を促す。オイディプスはアポロンの神託を思う。母親がまだ生きている故郷へは戻れない。使者はこう答える。あなたはポリュボスの子ではなく、実は、テーバイの羊飼いから頼まれた私の養子だった、そのあなたを、子に恵まれなかった国王が引き取ったといういきさつがある、だから心配はいらない、と。すると突然、王妃イオカステは奥へ引っ込む。そこへ使者にオイディプスを渡した老羊飼いがくる。真実が明るみに出た。オイディプスは宮殿内へ向かい駆ける。すでにイオカステは首を吊って死んでいた。オイディプスは、彼女のブローチで自分の両眼を刺す。これからは、叔父のクレオンがテーバイの国政の責任

を担う。そんな大筋である。

　ところで、戯曲を論ずる者は、また、かりそめにも深刻な文学作品を創作しようと、あるいは批評しようと志す者は、先ほど触れたアリストテレスの『詩学』、すなわち『ペリ・ポイエーティケース（創作について）』を、その活動の出発点に置いているものである。少なくともこの著作を意識しているはずである。製作すること、創作すること、詩作、そして一篇の詩という作品が、みな「ポイエーシス」という単語で表わされる。そして、「ペリ」は「何なにについて」であり、「ポイエーティケー」とは「ポイエーシスにかかわる術」という意味である。それゆえこの著作は「創作について」で、通常『詩学』と訳されている。

　その『詩学』で展開されている悲劇論は、悲劇の本質を示す理論である。まず、悲劇とは、喜劇と異なり、すぐれた人物の厳粛な、高貴な大きな行為の「ミメーシス」、つまり再現して見せる描写、模写、である。そしてその再現は、快い言葉による「エレオス」（痛ましさ）、と「ポボス」（恐れ）を通じて、痛ましさ、恐ろしさの「パテーマタ」（受難）の感情の「カタルシス」、すなわち排泄浄化作用、を達成するというものである。特に『オイディプス王』には、すぐれた悲劇に必要な「アナグノーリシス」（認知）と「ペリペテイア」（逆転）の要素があり、またさらに、ここでは認知と逆転が同時に起こるという見事さがあることを、アリストテレスは指摘している。その指摘もあって、悲劇の重要な要素がすべて出揃って現われてくる『オイディプス王』は、後世になって悲劇の原型と見なされるようになったのである。

2

　「認知」とは、いままで無知であったが、いま真実がこれだと知った、という段階への認識の変化、いわば真実の存在への覚醒、つまり真実の発見である。『オイディプス王』では、長い年月、賢者として国を治めてきたオイディプスが、自分こそ先王の実子で殺害者であったこと、しかも妻が実母であるという真実を発見する。その発見を認知する。この認知は、同時に自己

こころの平安―悲劇のカタルシスの作用について―

が完全に否定されてしまうという瞬間である。しかも、その瞬間にいたるまでに、真実への覚醒を促す、さまざまな暗示があった。いま、それらが、人生の営みの表面のみを見てはならない、奥にある真実を見抜くようにという、自分自身への呼びかけの声だったのだとわかる。

　オイディプスは疫病を食い止めるための犯人探索に努力するが、自己を国王の座から降ろして国外へ追放する結果をもたらす。目的成就により、自己は幸福にではなく、不幸になる。そもそも父を殺し母を娶る運命を避けるため故郷から出奔したのが、実は真の故郷を目差していたのだった。この皮肉が、「悲劇の皮肉」である。それは、あまりにも鮮やかなので、「ソフォクレス風の皮肉」と呼ばれるようになったものである。真実の認識は、自分には自己の真実を見る眼がなかったということの発見である。人間とは、眼があって視力があって、しかも、ものが見えていない、そんな者なのだという認知である。ものが見えていると思っていたときの自己過信が皮肉である。そして、眼が見えている状態の逆は、すなわちペリペテイアは何であったか。逆転、それは失明することであった。

　観客は、オイディプスが両眼を突くという行為から、悲劇の要素として重要な、苦痛と恐怖の感情、パテーマタを喚起される。この上ない痛ましさと恐怖を経験する。受難の実感を主人公とともに共感する。むろんそこには、真実の発見と逆転がある。その前に、コリントスからの使者が、王を喜ばせようとして、アポロンの神託への恐れから解放しようとして、オイディプス王の過去を明かしていた。事態はかえって反対の方向へと進展しだすのを感知していた。あの時の不安感をさらに超える痛ましさを、ここで改めて感じているのである。王の幸福は、ここで、不幸へとまさしく逆転していた。もはや運命に逆らえないと知ることからくる苦痛があり、運命の時が迫るのを感じる。それに恐怖が伴う。それが、エレオスとポボスのパテーマタである。

　オイディプスの痛ましく恐ろしい行為により、観客は苦痛と恐怖の感情を経験する。そしてその経験の激しさが、カタルシスを引き起こす。カタルシスとは、魂の浄化をもたらす感情の「排泄作用」の意である。この悲劇では、その作用はどんな内容のものなのであろうか。

　あの恐しい行為の決意をするオイディプスは、すでに真実が見えないよう

な肉体の眼など、もはや不要だ、と知っていた。犯人がわからずにいたときは、こころの眼が見えていなかった。自分を知りたくても知ることができないでいた。事象の表面しか見ていなかったからである。それゆえ内面は不安に波立ち苛立っていた。心眼がなかった。そのため、いまは、肉体の眼は視力を失ってしまっている。だがそれでよい。こころの眼が真実を認知しているのだから。いままでは、真実の世界からの呼びかけに気づいていなかった。いや、気づこうとしていなかった。だが、いま真実の発見自体が、無知から知への転換であり、逆転であると知っている。自分自身の本質も、人間のあるべき姿も、人間と人間を超越する世界との出会いの意味も、よく見えてきたようだ。眼を捨ててそう思える。失明が心眼を与えてくれた。妻は失ってしまった。国王という地位も失った。それに伴う権力も財力も失った。失ったものは大きい。だが、こころはもはや乱されていない。いままで価値があると思っていたものが、いま失ってみて、無価値になっているのを知っている。自分で自分を罰することへ行き着いて、神々の世界の正しさを知った。幸から不幸へと運命づけられたオイディプス王は、不幸から幸への逆転を体験した。

　かねて私は、悲劇が観客に激しい感動を喚起するのは、主人公の内面のこの逆転のゆえなのではなかろうかと思ってきている。私たちには悲劇の主人公とともに、世俗の価値のある地位、財産、名誉よりも、この世の一切を超えた世界が見えてくる。世俗の欲望の対象にはいままでも価値がないと、思っていた。しかし知性ではわかってはいても、日常生活のなかで感性がそれらに執着していた。しかしいまはその執着心を排泄できている。この悲劇が自分にそれを可能にしてくれた。そのことを知って、いま、こころ晴れやかである。そして胸のうちが晴れて穏やかであることのほうが、遥かに貴いのだ、と気づいて感動する。観客は、最も悲惨なオイディプスを見て、このひとには真実の世界との断絶がもはやないと知る。このひとには内面の平安がある。そのことを知って、観る者自身のこころも平安になっている。それがよくわかる。感情の排泄のもたらすもの、カタルシスとは、そういう平安をもたらすものなのである。

　さて、近代の悲劇でのカタルシスの場合は、どうか。ルネッサンス期の悲

こころの平安―悲劇のカタルシスの作用について―

劇は、古典を重んじつつも、古典の形式と法則から離れて行った。古典劇では、時と場所と行為（筋）が一致すべきであった。すなわち劇は、一日の、一所での単一の行為で完結するというきまり、すなわち「三一致」があった。しかし近代ではそれが重要視されなくなる。シェイクスピアは古典の戯曲の規則、典型には縛られずに創作をした。いわゆる四大悲劇のひとつ、1602年に出版登録が行なわれた『ハムレット』の場合を考えてみようか。これは復讐劇と言われている。

天保年間の英文法書以来その名の記載は幾つかあるが、日本では、1871（明治4）年の中村敬宇訳サミュエル・スマイルズ著『西國立志編』がシェイクスピアを一般読書界に初めて紹介した。そこには『ハムレット』からの引用がある。また、『新體詩抄』（明治15年）には、ハムレットの有名な 'To be, or not to be: that is the question:' で始まる独白が訳されていた。さらに、假名垣魯文の翻案概略物、(『西洋歌舞伎葉武烈土』明治8年）を基にしているらしい『葉武烈土倭錦繪』が明治19年に出た。そこで明治初期以来、これが最も有名なシェイクスピアの作品になっている。百年前とは違う現在、しばしば日本のシェイクスピアと称される近松門左衛門の『心中天の網島』の治兵衛と小春、そして夫を奪った遊女小春にまで義理を立て通そうとする貞節な女房おさんを知らなくとも、また『曾根崎心中』の徳兵衛とお初を知らなくとも、ジュリエットとともに死んだロメオを知っている。あるいはまたハムレットの独白の「弱き者よ、汝の名は女なり」や「生きるべきか、生きるべきでないか、それが問題」は知っているという者は多い。

ちなみに、『新體詩抄』に訳された「生きるべきか」の一節は、ふたりの翻訳者による競作になっていて、それだけこの独白が重要視されていたのである。書出しは、矢田部良吉の訳が「ながらふべきか但し又／ながらふべきに非るか／爰が思案のしどころぞ」で、つづいて外山ゝ山訳は「死ぬるが増か生くるが増か／思案をするハこゝぞかし」である。何とも時代がかっている。しかも外山訳では、このせりふの最後で、ハムレットがオフィーリアに呼びかけるところは、「のうこれもうし美しの／おヘリヤ殿よ辨天よ」なのである。まさか弁天様になるとは、オフィーリア殿も、あっと驚いたであろう。約半世紀後の坪内逍遙訳では、「なう、姫神よ」となるが「ニンフ

(nymph)」の訳語がここでは「辨天」なのである。この弁才天、もとインドの川の神で、音楽も司ると言われる。すると、川の精霊のような美しい、しかも歌を好むオフィーリアが弁天娘であっても、私たちは驚くことはない。

3

　この悲劇のカタルシスの背景を改めて見直してみよう。冒頭に、亡霊が出現する。デンマークの国王ハムレットが逝去し、その弟クローディアスが王位を襲い、先王が死んだあと、ひと月もしないのに王妃である母が叔父と結婚していた。王子ハムレットは父の霊であると思われる亡霊から、父がクローディアスに毒殺されたと知らされ、叔父に対する復讐の使命を与えられた。何か不吉なことが起こる前兆を思わせ、国家に不穏な空気が漂っていることを暗に示すかのようだった。なぜかこの国では、いま警備が厳しい。兵器工場などでは、週末の休みも返上して工員たちが大砲の製造のため働かされている。最近、外国からの武器の輸入も盛んであった。現代世界のあちこちでそうであるように、武器を輸入して国家を転覆させようとする、生々しいテロリズムの陰謀が繰り返されるように、ここでも何かが起ころうとしていた。先王ハムレットに倒されたフォーティンブラス王の息子がいま失地回復を計っている。ノールウェイからの侵攻の危機が迫っていて、デンマークには『オイディプス王』のテーバイを思わせる混乱と腐った臭いが漂っていた。

　国の乱れを正して国家を安定させることが、指導者には期待される。ドイツ留学から一時帰国した王子ハムレットにとっての生きる意味は、国家の安定と秩序の回復に尽くすことであった。王子は、国に何かわるいことが起こる、と感ずる。王子は、「復讐せよ」と父の亡霊に命じられた。仇の犯人とは、王妃つまりハムレットの母と最近結婚をした新王。亡霊の言葉は、その男、つまり弟が以前から王妃と不倫の関係を結んでいたことを思わせていた。その母の子である自分とは何者か、という問題に新たに煩悶する。貞節を捨て、近親相姦を犯すような母のことを考え、わが身も汚れていると思う。生きる意味が失われた。自殺をしたい。「天地には、ホレーショウよ、

哲学では夢にも思いつかない、不思議なことが数多くあるのだ」と、王子は親友に述懐する。人生不可解なりと感じているのである。王子の様ざまな苦悩は、四大独白など幾つもの有名な独白のなかに示されている。

　デンマークの秩序の安定へのハムレットの責任感は、さらにつよまる。「国家が腐っている」ようだった。国が汚れ時代が狂っているようだった。「時が関節をはずしてしまっている、ああ、呪われた時勢よ、私がこの関節を接ぎ直す役を果たすため、この世に生まれてきたとは。」王子はそう考える。「雑草がはびこったままの庭」に、「鉱滓の浮いたこの時代」に生きる王子は、庭仕事をして世界の乱れを整理し、時代の関節をはめなおす、という自分自身に与えられた新しい使命を自覚する。その使命の内容は、まず復讐である。父親殺しの犯人を殺し、父の怨念を晴らすことが、国の秩序を回復する前提になった。復讐は乱れた国家と自らの内面を安定させることでもあった。ところが、王子は、叔父が暗殺者であることの確証を掴んだ上で復讐を決行したい。そこで、旅役者に暗殺劇「鼠とり」を演じさせる。観ていた王は、動揺のあまり席を立つ。王子は、亡霊の言葉が真実だったと確信する。だが、すぐに復讐にとりかからない。王子は母と居間で話すのを立ち聞きしていた、恋人オフィーリアの父ポロウニアスを、王と取り違えて殺す。王クローディアスにとっては、ここで、王子を危険人物として亡き者にできる口実がととのった。ハムレットを英国へ送る。到着次第殺すべしと書かれた国書とともに、である。ところが、その国書は王子の知るところとなり、間もなく船が海賊に襲撃された。王子は、単身で敵船に乗り移って戦うほどの活躍をして、安全に帰国してしまう。

　ハムレット、フォーティンブラス、オフィーリア、レアーティーズそれぞれに対応する父と子の関係が、この悲劇で重要な主題である。たとえば、オフィーリアの悲劇は、父の命ずること、「王子の愛を拒め」との厳命に忠実に従ったことから、ハムレットの悲劇は、父の命ずる「復讐せよ」との使命に忠実に従ったことから、引き起こされたのであった。

　ハムレットは、ある芝居のなかの、トロイの国王プライアムの最期を語るせりふが好きだった。トロイ戦争での英雄アキリーズの親友パトロクラスはヘクターに殺され、ヘクターはアキリーズに殺される。そして、ヘクターの

弟パリスが、弓で兄の仇アキリーズを殺す。ちなみに、この不死身のような英雄の唯一の急所がかかとであった。弓の傷をそこに受けたのが彼の死因だった。それで、「アキレス腱」なのである。この英雄の子ピッラスは父の仇を討たなければならない。そしてついにあの夜、敵国の王プライアムを殺すことで復讐を遂げた。その夜の描写が、「あの荒々しきピッラス (The rugged Phyrrhus)」で始まるせりふである。「その黒ずんだ貂の毛の色の鎧は、黒いそのこころのよう、さながら夜に似て、呪われし木馬の腹にうずくまれり」──あの、機に臨んで変に応ずる才能の持主オッディシュース（つまりオデュッセウス）の考案した木馬の策略によって、さしものトロイの城も落ちたのであった。ハムレットは役者の朗読に聞き入る。ピッラスは復讐を遂げ、王が切り刻まれて死ぬ。王妃ヘッキュバの眼の前で。そのくだりで、感情をこめて朗唱する役者は、涙を流している。ハムレットは感じ入った。「ヘッキュバは、あの男にとって何なのだ、またあの男は彼女にとって何なんだ、涙を流さなければならないとは。」つまり彼、役者が虚構の話にあれだけ魂を打ちこめるのに、この私は、何ら行為をなしていない。自分の父が悪党のために生命と王位とを奪われたのに、また、その怨みを知らされたのにこの私は、使命を忘れているではないか、復讐への努力を何ひとつしていないではないか、と愕然とする。

4

　このピッラスの場面は、この劇での主人公の転機、「ペリペテイア」を準備する重要な個所である。その後、間もなく、ポーランドへ向かうノールウェイの先王の王子、現在の王の甥のフォーティンブラスの軍隊に出会う。ハムレットはその場面でも、同じく、深く感動する。何とフォーティンブラスはまったく価値のない、卵の殻ほどの土地のため出陣している。名誉のためなら一本の藁を手に入れるためでも出陣してよいと思っている。その場面もまた、主人公に、復讐という使命を遂行すること自体が重要なのに、お前は何ひとつ行為をなしていないではないかと告げている。行為を引き延ばすのがお前の本性じゃあないか、と指摘しているのである。

こころの平安―悲劇のカタルシスの作用について―

　ところで、名せりふの多い『ハムレット』に、「ある人ひとりをよく知ること、それは自分自身を知ることとなろう」という一行もある。確かにそうだと思う。これは、ハムレットがレアーティーズと戦うことになって、ホレーショウとともに、王からの言葉を伝達にきた軽薄な廷臣オズリックをからかう場面、コミック・レリーフとなる、揶揄の軽い調子のなかに挟まれたせりふである。オズリックが「あなたが無知な方ではないとは、知っていますが」と言いかけると、終わりまで言わさずに、「そうあってほしい。だが、そう言われても私の面子が立つわけではないが」と独白のように呟く。つまり、根本では自分が無知であることを知るハムレットなのである。いま彼は、ウィッテンバーグ大学で学んだギリシャ哲学を懐かしんでいる。その直後に言うのが、「自分自身を知ること」の重要性を指摘するせりふであった。「ある人」とは、ある時代、ある場所、ある作品、と言い換えてもよい。私もまた、作品『ハムレット』を読むごとに、人間性の謎を新たに知り、そのため自分自身の本性がよりよくわかってくる気がしてくる。

　ノールウェイ軍と遭遇したとき、ハムレットは自分自身を知っている。そして、彼にとっての人生の目標は、いままでの怨恨の復讐からずれが生じて、すでに別なものへと移っていたようである。いまハムレットはピッラスの復讐に感動しているのではない。フォーティンブラスのみなぎる戦闘意欲に感動しているのでもない。復讐の成就と戦争の勝利への闘志に掻き立てられているのではなく、ただ当然の行為をするという、行為それ自体への促しを自覚しているのである。当然の仕事を精一杯やっている役者の姿、当然の道を生き生きと行進する軍を率いるフォーティンブラスの姿に感動しているのである。

　ところが、自己の当然の行為をなすことに実際にとりかかろうとしたその時、王の側近ポロウニアスを殺してしまった。その過失により、ハムレットは、レアーティーズの父を殺したことになり、自分が今度はレアーティーズにとっての父親殺しの仇になってしまった。その時すでに、オフィーリアは、恋人のこころが離れたという苦痛に加え、父親が恋人の手にかかって殺されたという悲嘆に悩み、精神錯乱に陥り、ついには死んでいた。レアーティーズは、妹オフィーリアが発狂し自殺したことで、さらに王子を憎悪す

る。父の怨みを晴らしたいレアーティーズが王に対して反抗の気配を見せる。その時、王は自分をきみの味方だと思え、きみのため王子を亡き者にしてやる、復讐を遂げさせようと言う。

　王としては、邪魔者ハムレットは消したい。陰謀を用いても消したい。自分自身の生命と地位の安泰を願うからである。だが、王は、レアーティーズよ、これは「お前自身の平和のため」なのだと言う。この劇で、'peace'（平安、平和）という言葉が、最も皮肉に使われているのが、ここである。彼の復讐心を利用するクローディアスは、いま、レアーティーズに、試合では違反になる先きの尖ったままの剣を持たせる、しかもその先きに毒を塗るままにさせる。

　クローディアスは、先に復讐の機会をうかがう甥が背後にいるのに気づかず、平安を求め罪を悔い祈ろうとしていた。しかし、ハムレットは叔父をその祈りの最中に殺害し、復讐を遂げることはできなかった。祈りの最中に死ぬならば、平安が与えられ、その魂は天国へ行く。地獄に引きずり落としたい相手を、天国へ送ることはできない。自分の父が、いまだに死後の世界で王子の復讐成就の日まで苦しんでいるのだ。ハムレットは父と自分のこころの平和を気にする。その第三幕が、ハムレットにとり重要な転機になる。

　だが、オフィーリアの兄レアーティーズは、ハムレットとは違う。父殺しのかたきを見つけたならば、「教会のなかででも奴の咽喉をかき切ってやる」という復讐心に燃えていた。

　王子を殺そうとするクローディアスの企みによる、レアーティーズとハムレットとの剣の試合がいよいよ始まる。試合中、王子用の毒入りの酒杯をガートルードが飲み、また毒塗りの剣先きによって、レアーティーズもハムレットも死ぬ。だが死ぬ前にハムレットは復讐を果たす。

　そのレアーティーズとハムレットは、最後の場面で和解し合うのである。「赦してくれ、レアーティーズ、きみにはわるかった」と言うハムレットは、「私のこころを解き放ってくれ (Free me)」と願っている。こころの解放とは、こころの平安である。いま、これが自分にとって最も大切なのである。そしてレアーティーズの最後のせりふは、「どうか赦し合おうではないか、気高いハムレット／私の死も、父の死も、あなたの罪にはならないように／

それにあなたの死が、私の罪にならないように」であった。たとえ教会の中であれ、暴力を辞さぬ気のレアーティーズがそのように変わった。赦せぬ相手と赦し合えるように。それゆえに観客にはこの悲劇で最も美しいせりふがこれであると聞こえる。さらに互いの罪の赦しを願うレアーティーズに応えて、やはり死に瀕するハムレットも、「天がきみをその罪から解き放って下さるように」と祈る。いま、ハムレットのこころは、復讐の繰り返しの虚しさを知って、自由である。安らかである。それゆえ、ここで、敵の罪の赦しを神に祈るにいたっている。神との和解、敵との和解、それが生きることの真実の使命である。それが当然の道であると、ハムレットは知ったのである。

5

『ハムレット』での、犯人の確認も、やはり、アリストテレスの「アナグノーリシス」（認知、発見）である。ハムレットも、父を殺害した犯人を確認することへ、こころを向けそこへ直進していた。ここでは叔父が犯人だった。クローディアスが犯人であると確信したとき、すぐに復讐の決行をしない。確かに、ピッラスの場面、第四幕のフォーティンブラスの場面で転機、「ペリペテイア」がくる。ところが、それまで向かっていた復讐の行為をすることですべてに決着をつけようとするこころの動きが、いまひとつの転機を重なって、この悲劇には、重厚性が加わる。その「ペリペテイア」を迎えるとき、復讐意欲が後退し逆行してゆくかに見える。その逆行が真の逆転である。復讐の使命は、むろん意識していた。だが、第三幕での叔父が祈っている場面で、犯人を処罰する絶好の機会を逃す。むろん臆病のゆえではない。ハムレットは、叔父の、父の、友の、自己の魂の行方を問題にする人間だからである。ここから、明瞭に、ロシアの演出家ユーリ・リビューモフの言う、神と人間の関係をハムレットは意識し始める。復讐決行への傾斜はつよまる。しかし、復讐の意味の認識から離れるという逆行はさらに進む。つまりハムレットは、復讐から、こころの平安へ、国家の平和へと関心を深めていたのである。

そのように復讐から平安と平和へ関心が移ることの基礎には何があるのか。剣の試合の前、ハムレットは何か悪い予感を感じていた。だが王子は親友ホレーショウの、試合を断るべきという、忠告に対して、「前兆など気にしない。雀一羽落ちるのにも特別な摂理がある」と答えた。摂理とは神の意志、神の力と言い換えることができよう。敵と敵どうしが赦し合うことを祈るハムレットには、すでに天の絶対者との和解があった。神の意志との結びつき、神の力をその内面に感じている。だから、「覚悟こそがすべて (The readiness is all)」と言い切ることができた。用意ができて落ち着いていられること、それがこころの最も大切な基礎なのであった。

ガートルード、レアーティーズ、クローディアスそしてハムレットの死の場面は、アリストテレスのいわゆる「痛ましさ」「恐れ」の再現にほかならない。この場面を通じて観客は、こころの平安を胸にして死んでゆく主人公に感動する。内面の平安があるからこそ、外の政治の世界の平和を生み出すことができる。この悲劇の初めの場面で、父の仇を討ちたい若きフォーティンブラスがデンマークを侵攻しようとしていた。

この悲劇は、折りしもポーランド侵攻から帰還の途次、惨事の場面を目撃したノールウェイの王子フォーティンブラスによる、王子ハムレットの葬送で、終局になる。そのいまわの際のハムレットが、デンマークの新王としてノールウェイの王子を推挙している。何と母国を外国に支配してもらおう、という決断である。

観客はその寛大なこころに感銘を受ける。和解のなかった二国間にいま平和が築かれるのである。こころの平安があるため、仇敵である個人との和解、敵国との和解が可能になるのである。この悲劇の主題はそこにある。私はいま、ゆくりなくも、ホメロスの言葉、「立派な男は、こころに必ず和解を心得ているものなのだ」(『イリアス』)を思い出している。

17世紀のミルトンの悲劇『闘士サムソン』もまた、神と和解した英雄の死ののち、「平和 (peace) と慰め (consolation)／そしてこころの平安をもって、すべての熱情は鎮められて (And calm of mind all passion spent)」静かに終る。この悲劇について、ゲーテがこれほど古代人の精神をよく伝えている近代人の作品はほかにない、と言って絶賛していた。日常の生活で、自

分の内面の不安を抱え、自分を傷つけた相手を許せないでいる観客も、悲劇の主人公の胸のうちの静けさのなかに、すべての感情が鎮められて、こころ安らかである。迷いから解放されてこころは明るいのである。決して、暗い惨めな感情をもたらすものが悲劇ではない。『ハムレット』のカタルシスの作用とは、そういうものである。そのカタルシスをもたらす作品、それが本来の悲劇というものなのである。悲劇『ハムレット』は、そして、主人公の王子ハムレットは私たちに問いかける、「人間とはいったい何なのだ。もしも、ただ寝て食うだけが生き甲斐だとしたら、獣と同じではないか」と。こころに平安があるとき、カタルシスの感動を憶えている私たちは生き甲斐としての仕事に戻る。日常の、たとえ小さくとも自分に与えられた、自分にとってかけがえのない、当然の行為をなすことに向かうことができる。

斎藤和明先生略歴

1935（昭和10）年3月31日　東京市赤坂区乃木坂の下に生まれる。

学歴：
1953年　明星中学高等学校卒業
1958年　国際基督教大学教養学部人文科学科（英文学）卒業
1960年　国際基督教大学大学院教育学研究科（英語教育）修士課程修了
1963～4年　ベルファースト・クウィーンズ大学およびオックスフォード大学に留学（17世紀英文学専攻）。

職歴：
1960年　国際基督教大学教養学部人文科学科助手（英文学）
1966年　同人文科学科準講師を経て専任講師（英文学）
1968年　同人文科学科助教授（英米文学）・同大学院教育学研究科兼務（英語教育法）
1976年　同大学院比較文化研究科兼務（比較文化）
1980年～2000年　同教養学部人文科学科大学院比較文化研究科準教授を経て教授（英米文学・比較文化）

その間、米国レッドランズ大学客員教員（日本文化、1982～3年）、ICU高等学校校長（1986～1992年）、英国リーズ大学客員教授（日本文化、1993～4年）、ICU学務副学長（1996～2000年）などを兼務。

2000年4月より現在、明星学苑理事長、国際基督教大学名誉教授。

非常勤講師として、1966年以来、東京工業大学、国立音楽大学、東京女子大学、恵泉女学園短期大学、新島学園女子短期大学、東京神学大学、自由学園、いわき明星大学、聖学院大学などで教える。

主要著書・論文：

『入門英米詩選』（研究社、1972年）

「悪魔の影」平井正穂編『ミルトンとその時代』（研究社、1974年）所収

「『失楽園』とヒューマー」17世紀英文学研究会編『ミルトン研究』（金星堂、1974年）所収

「楽園の地獄—『失楽園』第九巻について—」笹渕友一編『キリスト教と文学』第三集（笠間書院、1975年）所収

（共著）『キリスト教と英文学』（日本基督教団出版局、1978年）

「自由への旅路—『闘士サムソン』について—」日本キリスト教文学会編『罪と変容』（笠間書院、1979年）所収

「『神曲』地獄篇の風景」中川秀恭編『森有正記念論文集—経験の水位から—』（新地書房、1980年）所収

「笑いについて」山本俊樹編『聖書と英文学をめぐって』（ペディラヴィウム会、1982年）所収

「キーツの秋」日本キリスト教文学会編『遙かなるものへの憧憬』（笠間書院、1982年）所収

（共編）『現代の日本文学—二葉亭から大江まで—』（明治書院、1988年）

「ミルトンとゲーテ」小塩節編『ヨーロッパ精神とドイツ—出会いと変容』（郁文堂、1992年）所収

『あーるす・ぽえーてぃか—英米詩の世界』（開文社出版、1993年）

（共編）『世界日本キリスト教文学事典』（教文館、1994年）

「『エマルソン』と透谷」桶谷秀昭、平岡敏夫、佐藤泰正編『透谷と近代日本』（翰林書房、1994年）所収

「エミリ・ブロンテと悪」佐藤泰正編『文学における悪』（笠間書院、1996年）所収

「現代人にとってのロマンティシズム—キーツのナイティンゲイル再考」倉松功、並木浩一、近藤勝彦編『知と信と大学』（ヨルダン社、1996年）所収

「詩人の道を選ぶミルトン」キリスト教文化学会編『キリスト教と欧米文化』（ヨルダン社、1997年）所収

「中村敬宇の平和思想―サミュエル・スマイルズと『西国立志編』」橋浦兵一
　　編『言葉との邂逅』（開文社出版、1998年）所収
『聖書を読むたのしみ』（編著、光村教育図書、1999年）など。

主要訳書：
モリス『光源氏の世界』（筑摩書房、1969年）
チルダーズ『砂洲の謎』（筑摩書房、1970年）
ジャンプ『バーレスク』（研究社、1973年）
モリス『高貴なる敗北』（中央公論社、1981年）
メッツガー他『聖書の時代』（河出書房新社、1990年）
ゴードン『クワイ河収容所』（筑摩書房、1995年）など。

あとがき

　斎藤和明先生が2000年3月をもって国際基督教大学(ICU)を定年退職される数年前に、斎藤先生に教室内外で教えを受け、その後英米文学・文化を専門として研究することになった者が、その後の研究成果を論文集にまとめて学恩にささやかながら応えてはどうか、という声があがった。そこで金子雄司、大西直樹、下館和巳、小野功生の4人が発起人となって計画したのが、この論集である。

　斎藤先生は1960年にICUの大学院修士課程を修了されるのと同時に、同大学教養学部人文科学科の助手になられ、以来40年の長きにわたってICUにおいて英文学の教育・研究にたずさわり、ご専門のミルトン研究をはじめとして、広く英語で書かれた詩全般について、さらにダンテから近・現代日本文学におよぶ比較文学研究について、多くの研究を公にされるとともに、熱心な教育者として後進の指導に当たってこられた。それだけにとどまらず、先生はまた、ICU高校の校長、大学の学務副学長などの行政の分野でも献身的に職務を果たされ、さらにご多忙のなかにあって、ICU教会でミルトンの『パラダイス・ロスト』やダンテ『神曲』の読書会を主宰されるなど、とても簡単に語り尽くすことのできない多方面にわたるご活躍を続けてこられた。

　先生のご研究の特長は、まず一言一句をおろそかにしない英語の正確な読みがその出発点にあるといえるだろう。テクストのことばを精読し、熟読し、語義レベルでの意味を確定しようと努める姿勢を、私たちは研究の出発点で教わった。しかもことばへの厳しさはテクストだけにとどまらず、先生は教室での学生の発言ひとつをも聞き漏らさず、その意味を問いただし、憶測や不確かな情報に基づく読みをしりぞけられた。私たち学生は、使い方によってことばが生きもし死にもすることを厳しく教えられてきた。だから教

室にはいつも張りつめた空気があったが、たとえば、休み時間なしで2コマ分続けて行なわれた演習を終えるときには、何ともいえない充実感とともに、自分も 'A sadder and a wiser man' になったのではないかという思いを抱いたものである。

　それと同時に、ことばをとおして、その暗示力や潜勢力をとおしてその奥にある見えない世界を探ろうと、精緻な読解に基づく解釈をほどこす姿勢を常に忘れないことも、先生のご研究の特長であった。ことばへの厳しさとことばの奥にある想像力の世界の探求は、おそらくICUで師事された齋藤勇先生の学風を引き継がれたものだろう。それ以外にも先生は、「詩人のアンソニ・スウェイト氏から詩の音の美しさと連想の大切さ」を、デレク・ブルーア教授からは比較の視点の重要性を教わったと、ある文章のなかで述懐されている。また、留学して師事された『ミルトンの荘重体』という名著で名高いオックスフォード大学のクリストファ・リックス教授から学ばれたものも、また大きかったことと思われる。

　さらに先生は、あくまでもことばに密着しながらそのことばの背後にある想像力の世界に肉薄しようとする解釈を、キリスト教的主題との関連において、さらにいえば人間の生き方の問題として論じようとする態度においても一貫しておられた。かといって、先生の作品解釈が堅苦しい教条的なものになることは決してなく、精神の輝きとでも呼べるものを常に感じさせているのは、先生独特のヒューマーのなせるところであっただろう。先生があるときミルトンについて書かれた、「明るい、心を引きたたせる特質（'exhilarating' という形容詞が頭に浮かぶ）」という評言は、そのまま先生にもあてはまるものだと私には感じられる。先生のご研究の魅力とは、つまるところ先生の人間の魅力である、というのがこの論集の執筆者に共通する感慨ではないだろうか。本論集の末尾を飾る斎藤先生ご自身のご論考は、まさにそのことを示す好例である。

　本論集に収録された13名による論文は、「ことば」と「想像力」という斎藤先生に受けた教えを象徴的に示すキーワードによって結ばれている。中世以降の英国人のローマ観を扱った論文を冒頭に配し、シェイクスピアとエリ

ザベス朝演劇について4論文、ミルトンの時代からロマン派までを扱った論文を4編、20世紀英文学論を3編、そして最後に近代日本文学論という配置は、英米文学はもとより、古典古代のギリシア・ローマ文学、ヘブライ文学から現代日本文学にいたるまで縦横に論じて倦むことを知らない斎藤先生のご関心の広がりを、いくらかでも反映したものといえるだろう。

　本来、本論集は斎藤先生のICUでの最終講義に間に合うように刊行する計画であった。執筆者との連絡、DTP作業、出版社との交渉など、当初からすべて金子雄司先生がお独りで全責任を担われ、ほぼ計画どおりに刊行予定であった。しかしその後金子先生が、大学での職務が多忙をきわめただけでなく、要職に就かれたこともあって編集作業の一時中断を余儀なくされたため、データ入力と基本レイアウトの作成はその大半をすでに終えていたDTP作業を小野が引き継いで、細部の修正と統一を行なった。結局は当初の予定よりも1年半遅れてしまうことになり、執筆者の方々ならびに関係各位に深くお詫び申しあげたい。

　だが、結果として、斎藤先生ご自身の文章を収録することもできて、背後から温かくも厳しくみまもる先生の存在をあらためて痛感することになった。その先生の眼にこの論集はどのように映るのだろうかと、学生時代に戻った気分でおずおずと、それでも感謝を込めて、この論集を先生にささげます。

　最後に、昨今の厳しい出版事情にもかかわらず刊行を引き受けてくださっただけでなく、大幅に遅れた入稿を辛抱強く待ってくださった開文社出版の安居洋一社長には、心から感謝申しあげたい。

2001年8月

小野　功生

■編者略歴

金子　雄司（かねこ　ゆうじ）
1942年生まれ。1971年国際基督教大学教養学部人文科学科卒業、東京大学大学院博士課程中退。現在、中央大学法学部教授、日本シェイクスピア協会会長。主要業績、（編著）*The Restoration Stage Controversy* 全6巻(Routledge / Thoemmes Press, 1996)；（編集主幹）『岩波＝ケンブリッジ世界人名辞典』（岩波書店、1996）；「シェイクスピア翻訳とその本文」高橋康也編『逸脱の系譜』（研究社、1998）。書誌学、シェイクスピア本文批評専攻。

大西　直樹（おおにし　なおき）
1948年生まれ。1972年国際基督教大学教養学部人文科学科卒業、Amherst College 卒業、国際基督教大学教育学研究科修了、国際基督教大学比較文化研究科博士後期課程修了、学術博士。現在、国際基督教大学人文科学科長、英米文学教授。主要業績、『ピルグリム・ファーザーズという神話』（講談社、1998）；"Puritan Origin of American Taboo"（アメリカ学会、1999）；（翻訳）ローレンス著『アメリカ古典文学研究』（講談社、1999）。初期アメリカ研究、19世紀アメリカ文学専攻。

■執筆者略歴

新井　潤美（あらい　めぐみ）
1961年生まれ。1983年国際基督教大学教養学部人文科学科卒業、東京大学大学院博士課程満期退学。現在、中央大学法学部教授。主要業績、「『エヴェリーナ』から『分別と多感』へ――ジェイン・オースティンとヒロイン像」『風習喜劇の変容』（中央大学人文科学研究所、1996）；（翻訳）ドナルド・キーン著『日本文学史――近代・現代篇』6、7巻（中央公論社、1991・1992）。比較文学、英文学専攻。

石田　美穂子（いしだ　みほこ）
1971年生まれ。1994年国際基督教大学教養学部人文科学科卒業、東京大学大学院人文社会系研究科（英文学専攻）博士課程単位取得満期退学。現在、青山学院女子短期大学専任講師。主要業績、"'The minority, that calls itself human': Comedy of the Absurd in E. M. Forster's *A Passage to India*"『リーディング』18 (1998)。20世紀イギリス文学専攻。

小野　功生（おの　こうせい）
1956年生まれ。1980年国際基督教大学教養学部人文科学科卒業、カリフォルニア州立大学ポモナ校大学院修士課程修了、国際基督教大学比較文化研究科博士後期課程単位取得満期退学。現在、鳴門教育大学学校教育学部助教授。主要業績、『挑発するミルトン――「パラダイス・ロスト」と現代批評』（共著）（彩流社、1995）；（翻訳）クリストファー・ヒル『十七世紀イギリスの宗教と政治』（法政大学出版局、1991）。17世紀英文学専攻。

佐野　正子（さの　まさこ）
1961年生まれ。1984年国際基督教大学教養学部教育学科卒業、国際基督教大学大学院比較文化研究科博士前期課程修了、東京神学大学大学院神学研究科博士前期課程修了、オックスフォード大学留学。現在、聖学院大学政治経済学部専任講師。主要業績、「十七世紀イングランドの独立派の教会論」『神学』61(1999)；（翻訳）A. D. リンゼ

イ『わたしはデモクラシーの正しさを信ずる』(共訳)(聖学院大学出版会、2000)。キリスト教倫理学、組織神学専攻。

下館　和巳（しもだて　かずみ）
1955年生まれ。1979年国際基督教大学教養学部語学科卒業、国際基督教大学大学院比較文化研究科博士前期課程修了、国際基督教大学大学院比較文化研究科博士後期課程退学。現在、東北学院大学教養学部教授、劇団シェイクスピア・カンパニー主宰。主要業績、『ことばとの邂逅』(共著)(開文社出版、1998);「木下順二とシェイクスピア」『東北学院大学英語英文学研究所紀要』26(1997)。比較演劇・英文学専攻。

鈴木　美智子（すずき　みちこ）
1967年生まれ。1989年国際基督教大学教養学部人文科学科卒業、ケンブリッジ大学大学院哲学修士、東京大学大学院博士課程満期修了、スタンフォード大学大学院博士課程修了。現在、日本学術振興会特別研究員。主要業績、「ジョンソンにおける法と裁き」玉泉八州男編『ベン・ジョンソン』(英宝社、1993);(翻訳)岡本かの子作「混沌未分」: "The Unordered World" *A Pacific Journal of International Writing* 8 (1996)。近代日本文学、比較文学、文学理論専攻。

田久保　浩（たくぼ　ひろし）
1958年生まれ。1981年国際基督教大学教養学部人文科学科卒業、University of Manitoba大学院修士課程修了、国際基督教大学比較文化研究科博士後期課程修了、博士（学術）。現在、関東学院大学、中央大学非常勤講師。主要業績、"Shelley's Poetic Response to William Wordsworth"（博士論文、1997年）;「自由意思と決定論—シェリーにおける啓蒙思想」『ICU比較文化』31(1998)。イギリスロマン派文学専攻

服部　隆一（はっとり　たかかず）
1945年生まれ。1968年国際基督教大学教養学部人文科学科卒業、東京大学大学院人文科学研究科修士課程修了。現在、東京工業大学教授。主要業績、『じゃじゃ馬ならし』(解説・補注)(日本放送協会、1982);「『空騒ぎ』——題名にそくして」『シェイクスピア全作品論』(研究社、1992);(翻訳)ロビン・モーム『モームとの対話』(パシフィカ、1979)。英国エリザベス朝演劇専攻。

松田　隆美（まつだ　たかみ）
1958年生まれ。1979年国際基督教大学教養学部人文科学科卒業、慶應義塾大学大学院文学研究科博士課程修了、英国ヨーク(York)大学大学院英文科博士課程修了、同大学より文学博士号(D.Phil.)取得。現在、慶應義塾大学文学部教授。主要業績、*Death and Purgatory in Middle English Didactic Poetry* (Cambridge: D.S.Brewer, 1997); "Death, Prudence, and Chaucer's Pardoner's Tale", *Journal of English and Germanic Philology* 91(1992);(翻訳)クリストファー・ブルック『中世社会の構造』(法政大学出版局、1990)。12-16世紀イギリスを中心としたヨーロッパ中世文学、思想史専攻。

松田　美作子（まつだ　みさこ）
1980年国際基督教大学教養学部人文科学科卒業、日本女子大学大学院文学研究科博士課程満期修了退学。現在、日本女子大学兼任講師。主要業績、"The Bee Emblem in the Rape of Lucrece" in *Hot Questrists after the English Renaissance: Essays on Shakespeare and his Contemporaries*, ed. by Yasunari Takahashi (New York: AMS Press, 2000);「ルネサンス神話画のグロテスクな視点—エリザベス朝文学との接点」『英語青年』143.7号(1997);「ナヴァールの女性エンブレム作者—ジョルジェット・ド・モントネと『キ

リスト教的エンブレム、あるいはドヴィーズ集』」青山誠子編『女性・ことば・ドラマ―英米文学からのアプローチ』(彩流社、2000)。英国ルネサンス文学、エンブレム研究専攻。

本山　哲人（もとやま　てつひと）
1969年生まれ。1992年国際基督教大学教養学部人文科学科卒業、国際基督教大学大学院比較文化研究科博士前期課程修了、バーミンガム大学シェイクスピア・インスティテュート修士課程修了、国際基督教大学大学院比較文化研究科博士後期課程在学中。主要業績、"The Revolution Revisited: Macbeth on Stage in 1606 and 1976"『ICU比較文化』30 (1997)；(翻訳)『松山関連宣教師文書』(岩波ブックセンター、1999)。16世紀英国演劇専攻。

山本　勢津子（やまもと　せつこ）
1956年生まれ。1980年国際基督教大学教養学部人文科学科卒業、岩手大学人文社会科学研究科修士課程修了。現在、岩手大学、盛岡大学非常勤講師。主要業績、"A World with a Logic of Its Own: Style and Tecniques in *The Waste Land*"『人文社会科学研究科研究紀要』1 (1993)；「劇あるいは「劇詩」として見た『荒れ地』―その劇的手法と多文体性をめぐって」*T. S. Eliot Review* 6 (1995)。ジョイス、T. S. エリオットを中心とした20世紀英文学専攻。

［主要業績については2000年3月現在］

言葉と想像力　（検印廃止）

	2001年9月20日初版発行
編　者	金　子　雄　司
	大　西　直　樹
発行者	安　居　洋　一
印刷所	平　河　工　業　社
製本所	株式会社難　波　製　本

〒160-0002　東京都新宿区坂町26
発行所　開文社出版株式会社
電話 03(3358)6288・振替 00160-0-52864

ISBN 4-87571-957-4 C3080

装幀　福野明子